「응, 잘 물어 봤어!」

「……내가 누구냐고?

나는…… 고귀한 무녀다.」

이 상황은 기세와 허세로 돌파한다!
되살아나라‥! 나의 암흑역사‼

야마노 미츠하 / 미츠하

이세세글 오실 수 있는
전이능력을 얻은 소녀.

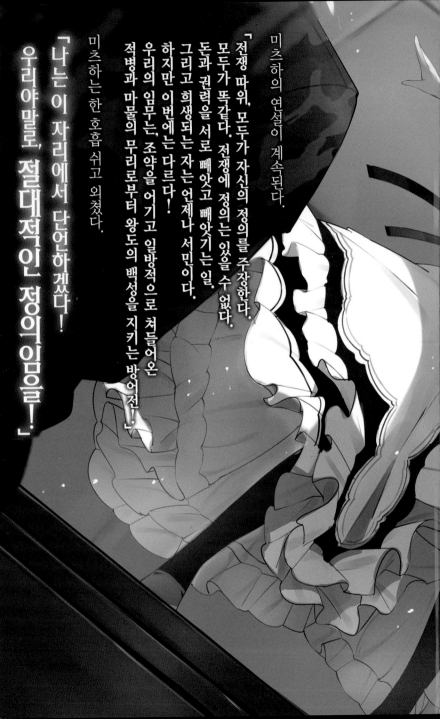

미츠하의 연설이 계속된다.

「전쟁 따위, 모두가 자신의 정의를 주장한다.
모두가 똑같다. 전쟁에 정의는 있을 수 없다.
돈과 권력을 서로 빼앗고 빼앗기는 일.
그리고 희생되는 자는 언제나 서민이다.

하지만 이번에는 다르다!
우리의 임무는, 조약을 어기고 일방적으로 쳐들어온
적병과 마물의 무리로부터 왕도의 백성을 지키는 방어전!」

미츠하는 한 호흡 쉬고 외쳤다.

「나는 이 자리에서 단언하겠다!
우리야말로, 절대적인 정의임을!」

「제군, 전쟁을 할 시간이다!
적은 2만, 우리는 58명.
주어진 것은 위험이 가득한 임무.
보수는 약간의 금화,
명예와 긍지, 그리고 고마워하는 사람들의 말.」

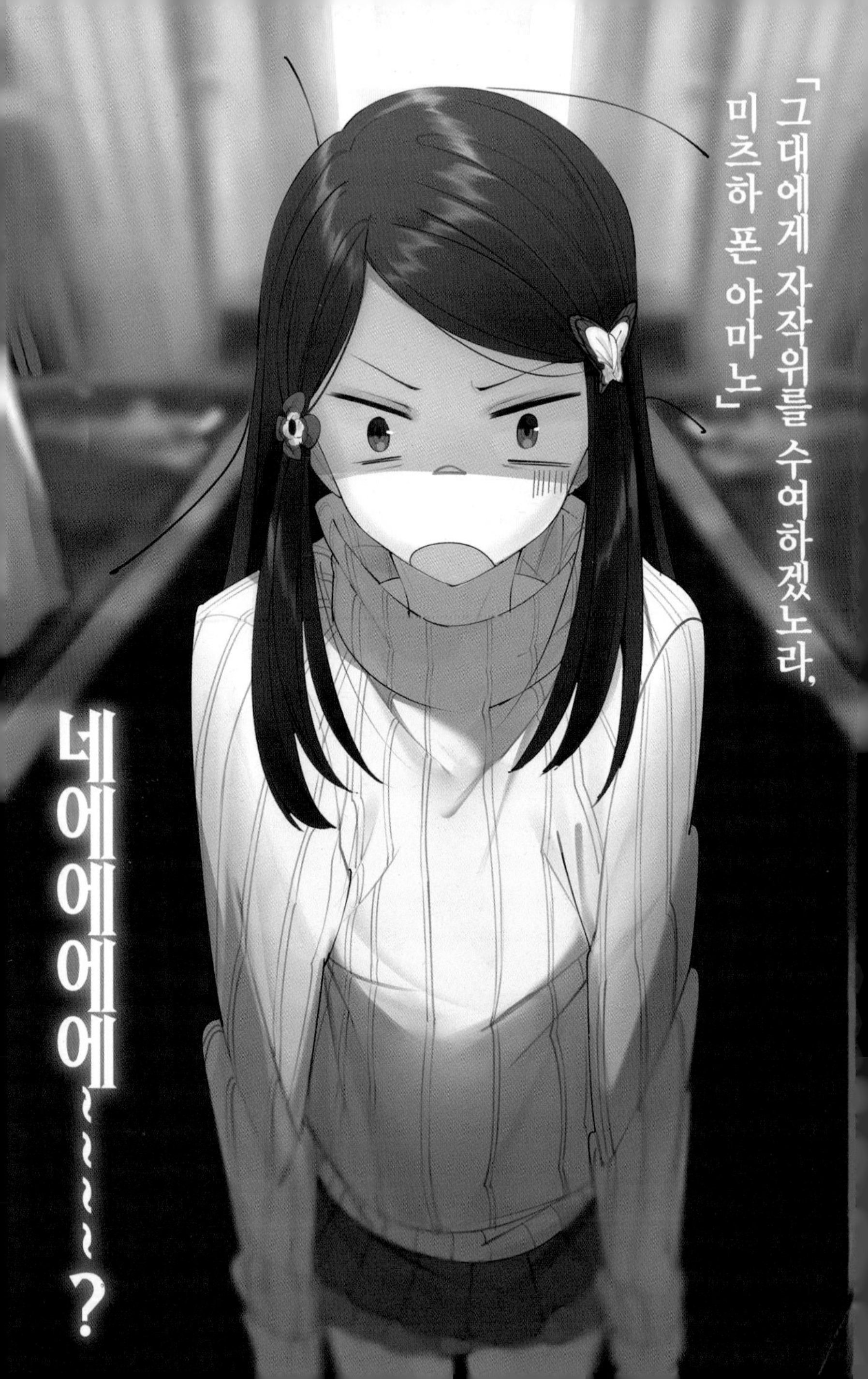
「그대에게 자작위를 수여하겠노라,
미츠하 폰 야마노」
네에에에에~~~~?

Author: FUNA
Illustration: 토자이

노후를 대비해

이세계에서

금화

8만개를

모읍니다

Saving 80,000
gold coins in the
different world for
my old age

2

CONTENTS

*Saving 80,000 gold coins in the
different world for my old age*

제10장 탄생! 천둥의 무녀님!

　귀중한 경험이 된 여행으로부터 며칠 뒤.

　뭐, 요 며칠은 꽤 바빴어. 샴푸라든가 샴푸라든가 샴푸를 찾는 손님이 많아서.

　소문이 좀 퍼졌나. 라이너 자작가의 메이드 군단, 일 잘했어! 보제스 백작님도 뭔가 해 주셨는지 그 뒤로는 이상한 귀족 관계자도 나타나지 않았고. 좋아 좋아.

　딸랑.

　오, 손님이다. 작은 여자아이. 이 아이도 샴푸인가. 샴푸란 말인가!

　"저기, 여기가 잡화점 미츠하 맞나요?"

　오옷, 그러고 보니 간판이 아직 없었어! 손님이 늘지 않는 원인은 그건가!! 쿤츠 씨, 그런 걸 조언해달라고요.

　에휴, 다음에 만들어달라고 해야지.

　"네, 맞아요. 잘 부탁합니다."

　고개를 꾸벅 숙인다.

아, 이 아이 왠지 귀족 같아. 나이는 열 살쯤, 풍성한 금발 웨이브, 귀엽고 기품이 있다. 진짜 공주님! 같은 미소녀. 어째선지 이 세계에서 인연이 있는 여자아이는 미소녀만 있는 듯한……

귀족은 미인과 결혼한다=미남미녀가 태어나는 식의 일류 브리더 사양인가. 결코 프리메이슨이나 *냥트로 성인의 짓은 아니라고 봐.

"그럼 좀 둘러볼게요."

미소를 짓고 소녀는 진열대가 있는 곳으로 갔다. 참, 부녀자 점장이 보면 코피를 뿜을 것 같네. 하지만 코피는 흘려도 점장은 결코 쓰러지지 않는다. 쓰러지면 뇌에 영상을 새길 수 없으니까. 그것이 점장 퀄리티. 거기에 끌리거나 동경하지 않는다.

아, 아델레이트의 데뷔탕트 볼 영상을 편집해서 넣은 블루레이디스크는 받았어. 스틸컷을 클리어파일에 넣은 것도.

완성도가 진짜 장난 아니었어. 자작님에게 얼마에 팔까. 한 장에 금화 1개 정도는 가능할지도……. 안 돼, 내가 혐오하는 마니아 상법 같은 발상이야!

이 여자아이는 어쩐지 엄청 기뻐 보여. 계속 물건을 바구니에 담고 있는데 벌써 상당한 금액이야, 다 합치면. 아, 슬슬 계산하려나.

---

* 냥트로 성인 : 타케다 로엔의 저서 「세계의 지배자는 진정 유대인인가」에 등장하는 외계인.

"이것들하고요. 샴푸 주세요!"

네네. 천으로 된 쇼핑 가방은 서비스야. 아, 엄청 기뻐하고 있어. 하긴 캐릭터가 프린트된 것은 드물지, 여기서는.

오호, 금화로 지불하네. 호위하는 사람 진짜 없는 거니.

"즐거웠어요! 또 올게요!"

"감사합니다~!"

좋은 손님이다. 문 앞까지 배웅한다. 경쾌하게 걸어가는 여자아이.

……어?

띠리링!

길 반대편의 저건…….

딱히 볼일도 없어 보이는데 골목으로 이어지는 모퉁이에서 이쪽을 지긋이 보는 수상한 남자. 일본이라면 틀림없이 신고당할 '경찰 아저씨, 이 녀석이에요!' 같은 느낌의 스토커틱한 꾀죄죄한 남자. 목표는 나인가, 이 가게인가?

그렇게 생각하던 중 걷기 시작했다. 뭐지, 기분 탓인가…….아니야, 아까 여자아이 쪽이잖아!

잡화점 미츠하를 마지막으로 실종된 귀족영애, 라는 소문이 퍼지면 큰일이야!

나는 서둘러 가게로 들어가 카운터 아래 비밀 서랍에서 반격용 가방을 꺼냈다. 카운터의 아래에서 반격용 가방, 은 무슨. 시끄러워!

어깨끈을 비스듬히 걸친다. 문을 닫고 잠근다.

보아하니 여자아이는 아직 멀리 가지 못하고 뚜벅뚜벅 걷고
있다 호위하는 사람도 안 보인다. 그 남자는…… 길을 가로
질러 소녀의 뒤로. 나는 남자에게 들키지 않도록 조용히 빠르
게 접근한다.

소녀가 골목의 입구를 지나치려는 순간 남자가 뒤에서 소녀
에게 달려들어 입을 막고 골목으로 끌고 들어갔다. 내 생각이
맞았어!

나는 서둘러 달렸다. 골목에 들어가 전력질주. 교차점에서
사라지는 두 사람의 모습. 거기를 돌아서 조금 전진하자……
여자아이에게 재갈을 물리고 묶는 남자가 넷. 그 옆에는 커다
란 부대자루가 놓여있다. 여기에 넣어서 유괴하려는 건가. 준
비가 철저하군.

"무슨 짓이야!"

내 호통에 악당들은 한순간 당황했지만, 상대가 작은 소녀
한 명이라는 것을 알고는 안심한 얼굴로 히죽거리며 웃는다.

"호오, 용감하시군. 하지만 돈줄이 하나 더 늘었을 뿐이다.
우리는 대환영이지."

남자 중 한 명이 그렇게 말하고 나에게 접근한다. 나는 가방
에서 검집째로 나이프를 꺼내 벨트의 왼쪽에 꽂았다.

"헤에, 저항할 생각인가? 하지만 아무리 강한 척해도 아가
씨가 사람을 죽일 수 있나? 사람을 죽인다는 건 말이야,"

다시 가방에 손을 넣어서 그것을 꺼내 다가오는 남자를 향해 내밀었다.

팡!

가벼운 소리가 울리고, 남자는 땅바닥에 쓰러져 꿈틀꿈틀 경련했다.

"죽일 수 있는데? 왜, 쓰레기를 죽이면 안 되는 이유라도 있어?"

"뭐얏!"

권총형 스턴건. 가는 코드를 붙인 채 날아가는 전극에 고압 전류를 방출한다. 범죄에 사용되는 것을 방지하기 위해 발사 시에는 카트리지에 봉입된 시리얼 넘버가 쓰인 수백 장의 작은 종잇조각이 날리게끔 되어 있다.

물론 비합법적으로 입수한 경우나 이세계에서는 아무런 의미가 없다.

일본에서는 발매 후 바로 판매나 소지가 금지됐지만 외국에서는 그냥 구입할 수 있는 물건을 용병부대를 경유해 입수한 것이다. 일단은 되도록 사람을 죽이고 싶지 않아서.

"너는 도대체 누구냐!"

응, 잘 물어봤어! 이 상황은 기세와 허세로 돌파한다! 되살아나라, 내 암흑역사!!

"……내가 누구냐고? 나는……고귀한 무녀다!"

존경하는 *쿠리즈카 아사히 님의 중저음을 의식해 목소리를 깔고 말한다. 머릿속에서는 [무녀]가 [경호원]으로 변환됐다.

"뭐라고?"

영문을 모르겠어, 같은 얼굴을 한 남자들. 응, 나도 영문을 모르겠어. 지금은 그저 [언젠가 꼭 말해 보고 싶었던 대사집]을 사용할 수 있을 것 같다는 기대로 충만하다.

"이 몸은 천둥의 무녀다. 대적하는 자는 용서치 않겠노라!"

이번엔 베레타 93R을 꺼내 골목에 방치된 부서진 항아리에 대고 3점사. 그게, 조정간을 조작하는 건 폼이 안 나니까 그대로.

탕탕탕!

울리는 총성, 깨져서 날아가는 항아리 파편.

"""으, 으아아아아아아!"""

비명을 지르며 남자들이 도망치려는 그때 골목 너머에서 왠지 살벌한 분위기를 내는 병사들 같은 집단이…….

"공주님, 무사하십니까아~~!"

아, 진짜 공주님이었습니까, 그렇습니까.

병사 집단이 남자들과 여자아이…… 공주님에게 몰려가는 사이 조심조심 뒷걸음질 쳐서 골목을 꺾어 도망…….

"기다려 주십시오. 무녀님."

---

* 쿠리즈카 아사히(栗塚旭) : 일본의 배우. 중후한 남성 연기자. 여기서 미츠하가 말한 『경호원(用心棒)』란 이 배우가 출연한 사극 시리즈.

꺄아아아아~!!

반대편에도 사람이 있었어! 그것도 일반 병사보다 약간 지위가 높은 듯한 중년 남성이.

아, 약간 댄디하다.

"저기~ 어디서부터 들으셨나요?"

조심스레 묻는 나에게 오늘 최대로 슬픈 소식.

"무슨 짓이야! 부터입니다만……."

처음부터입니까, 그렇습니까. 감사합니다.

나는 풀썩 주저앉아 지면에 양손을 짚었다.

"무녀님?"

봐주세요. 죄송합니다. 분위기 탄 거예요…….

"부디, 성으로."

그렇게 되겠죠~. 공주님에게 정체도 들켰고, 도망가긴 글렀네.

그렇게 초롱초롱한 눈으로 보지 마, 공주님.

"그 전에 제대로 영업 마감 처리하게 해 주세요……."

아직 회계를 정리하지 않았고 커튼도 닫지 않았고 방범 시스템도 폐점 모드로 바꾸지 않았어. 일단 가게로 돌아가야 해.

이어서 공주님은 병사들과 성으로. 나는 댄디한 아저씨와 젊은 병사 두 명과 가게로.

저기, 그렇게 경계하지 않아도 도망가지 않는다고.

끄~응, 어쩌지…….

가게의 영업 마감은 끝냈는데, 어떤 차림으로 성에 갈까…….

드레스? 아니지, 그 설정은 아직 일러. 백작님과의 조정도 있으니까 지금은 어디까지나 평범한 상점 주인으로 행농하자.

장비는? 발포하는 걸 봤어. 옆구리에 찬 호신용 발터 PPS는 그대로 둔다 치고, 93R은 필요한가? 쓸 일은 없겠지…….

아무리 그대로 총격전으로 성에서 탈출하는 일은 없겠지. 애초에 그런 일이 생기면 전이할 거고.

하지만 그랬다간 모처럼 얻은 가게와 귀족 연줄이…….

결국 옆구리에 발터, 가방에 93R. 3발 쐈지만 재장전할 시간은 없다. 이대로.

나이프는 안 챙긴다. 총은 [신기]라고 주장할 수 있다 해도, 나이프를 들고 왕족 앞에 가는 건 좀 아니지~.

그리고 생각난 김에 상품 진열장에서 슥슥 골라서 가방에. 진열장은 항상 상품이 그득하다!

그야 열심히 보충하고 있어서 그래. 게다가 우리 가게는 은화 1개짜리를 10개 파는 것보다 은화 10개짜리 1개를 파는 게 방침이니까. 팍팍 팔리면 바빠지잖아. 흐음, 여성의 행복을 위해서라면 조금은 타협하지만.

아, 다음에 생리용품도 팔아볼까.

하지만 우리 상품은 싸지 않은 탓도 있지만 다들 용도나 편리함을 모르니까 전혀 팔리지 않아. 샴푸처럼 걸어 다니는 광고탑이 실물 견본으로 선전해 주면 딱 좋을 텐데…….

하지만 바빠질 테니 무리하게 선전해 주지 않아도 돼, 역시.

결국 점원복 차림으로 가방에 93R과 선물만 넣고 준비완료.

아, 젊은 호위기사 양반, 폐점 모드 때 가게 안을 돌아다니면 위험해. 벼락 맞아도 몰라.

오오, 창백해져서 굳어버렸다. 응, 그냥 똑바로 가. 절대로 진열장에 손대면 안 돼, 응.

* *

성희는 천장이다.

그게 있지. 성+희다+모르는 천장을 합쳐서 말이야. 아, 그건 이제 아무래도 좋나. 어쨌든 성에 도착했다. 딱히 백마가 끄는 마차가 아니라 그냥 걸어서. 평민은 도보로 충분합니까, 그렇습니까. 하하하…….

시간을 기다리는 대기실에서도 그 댄디한 아저씨가 같이 있다. 응, 댄디한 아저씨는 참 좋아. 백작님이나 집사 슈테판이라든가.

라이너 자작님은 아직 좀 성숙이 덜 됐지. 앞으로 10년만 있으면…….

아, 준비됐나요, 그렇습니까.

"그대가 미츠하라고 하는 자인가."

"그렇사옵나이다~!"

응, 왔구나, 임금님!

"됐으니 고개를 들어 가까이 오라. 그쪽에 앉아 주게. 딸이 은인이니 예법은 무시해도 되네. 나도 불편한 말투는 그만둘 터이니 평소처럼 이야기해 주게나."

아~ 임금님도 항상 임금님 말투를 쓰는 게 아니구나. 하긴 가족끼리 그런 말투는 못 쓰겠지. 게다가 태어나면서 왕인 것도 아니고. 가끔은 예정과 다르게 왕이 되는 사람도 있을 테니까…….

여기도 딱히 대신들이 쭉 늘어선 알현실이 아니다. 그야 정식 알현이거나 서훈을 받는 것도 아니고, 급하게 준비된 자리니까. 매우 사적인, 그냥 '도움을 받은 딸의 아버지'로서 고마움을 표하고 싶었을 뿐인 간단한 회담이라고 한다.

뭐야, 이것저것 생각해서 손해 봤어. 여기는 테이블과 그 위에 의자가 있을 뿐인 보통 방이니까. 하긴 왕궁의 보통이니까 충분히 사치스럽긴 하지만. 접이식 책상에 파이프의자였다면 반대로 굉장했을 거야.

임금님 옆에는 왕비님 같아 보이는 사람과 공주님. 그리고 왕자님 같은 사람이 한 명 앉아 있다. 공주님보다 작네. 여덟 살 정도? 뭔가 흥미진진하게 보는데…… 공주님, 무슨 말 했어요?

그 뒤에는 나이 든 사람이 한 명. 시종장 같은 사람인가? 댄디한 아저씨는 내 뒤에 서 있다.

안 도망간다니까요!

"그래. 천둥의 무녀, 미츠하 양."

"잡화점 점주, 미츠하입니다."

"그래. 천둥의 무녀, 미츠하 양."

"잡화점 점주, 미츠하입니다."

"그래. 천둥의 무녀, 미츠하 양."

"잡화점 점주, 미츠하입니다."

"그래. 천둥의 무녀, 미츠하 양."

"잡화점 점주, 미츠하입니다."

"잡화점 점주, 미츠하 양."

드디어 임금님이 포기했다.

아니, 이 타이밍에 내가 '천둥의 무녀 미츠하입니다.' 라고 받아치는 농담은 하지 않아.

"네, 저희 가게에서 이것저것 사 주신 공주님을 배웅했을 때 수상한 남자가 시야에 들어와 걱정되어 뒤따라 갔습니다. 그랬더니 어쩜! 유괴를! 용기를 쥐어짜 말을 걸었습니다만, 그래 봤자 어린 계집, 위험한 순간에 달려와 주신 병사 여러분의 도움을 받아……."

"흐음, 들은 이야기와 많이 다른데."

"네, 저희 가게에서 이것저것 사 주신 공주님을 배웅했을 때."

"아니, 알겠네! 그건 이제 됐네!"

후후후, 이겼다!

결국 '네? 천둥의 무녀? 전래동화인가요? 어? 너 괜찮으세요?' 라는 식의 내 태도에 포기했는지 이야기는 얼렁뚱땅 넘어갔다.

도중에 들어온 보고에 의하면 도적은 정치적인 배경이 있는 것이 아니라 그냥 어여쁜 소녀를 유괴하여 파는 인신매매 조직의 일원이라고 한다. 우연히 시녀에게 잡화점 미츠하의 소문을 듣고 성을 빠져나온 셋째 공주가 필사적으로 뒤쫓는 호위기사들을 따돌렸을 때 공주인 줄 모르고 타깃으로 점찍어 유괴했다고 한다.

인신매매 조직은 유력 귀족의 입김이 닿은 곳이라서 좀처럼 손대지 못하고 있었는데 이번에는 이유가 어쨌든 '공주 전하의 유괴 미수'. 어떤 유력 귀족이 뭐라고 하건 '공주 전하 유괴범 수사를 방해하는가? 유괴범과 한통속인가! 역적이닷!' 같은 소리를 들으면 아무것도 할 수 없다. 필시 조직은 궤멸, 배후에 있는 귀족도 없앨 수 있을 것이라고 한다. 공주님도 참, 나이스.

아, 공주님은 셋째 공주 사비네, 열 살. 왕자님은 둘째 왕자 루헨, 여덟 살이라고 한다. 다른 왕자님이나 공주님은 나이가 조금 차이가 있어 가장 어린 둘이 제일 사이가 좋다고 한다.

물론 다른 왕자, 공주님들도 귀여워해 준다고 한다. 다만 함께 뛰어다니거나 장난치지 않을 뿐이라고.

임금님이 "앞으로도 딸들과 사이좋게 지내 주게."라고 말씀하시고, 사비네 공주가 환한 미소를 지어 주면 어쩔 수 없다. "그, 그러죠……." 하고 억지웃음으로 답했다.

에엣, 잠깐 기다려 봐. 임금님, 지금 뭐라고 했지?

딸 '들'? 임금님 뭔가 꾸미는 거 아니야?

아, 그렇지.

"임금님, 혹시 젊을 적에 비해 눈이 잘 안 보이시거나 하지 않나요?"

"그렇지. 얼마 전부터 서류의 작은 글씨가 잘 안 보여서 렌즈를 사용하고 있는데……."

아! 돋보기 안경이 있어? 생각보다 발전됐네!

하지만 안경 쓴 사람을 본 적이…… 아앗, 그렇구나! 지구에서는 볼록렌즈를 사용하는 돋보기 안경이 오목렌즈를 사용하는 근시용 안경보다 훨씬 일찍 보급됐지. 게다가 초기 안경은 손에 드는 모노클이나 코걸이 안경이다.

코걸이 안경이라고 해도 연회에 쓰는 게 아니야. 귀에 거는 부분이 없어서 코에 올려놓는 거야.

어쨌든 근시와 달리 노안이라면 밖에서 쓸 필요도 없다. 그리고 코걸이 안경은 여러 단점이 있고 떨어트리기 쉽다. 서류 작업 때는 사용해도 길을 걷거나 할 때는 거의 사용하지 않나.

하긴 어떤 것이 얼마나 보급됐는지도 모르니까 생각해도 소용없을까.

하지만 아무리 이 세계에도 돋보기 안경이 있다고 해도 현대 지구의 안경에는 대적할 수 없지!

"잠깐 이것을 시험해 보시겠습니까?"

나는 가방에서 안경을 꺼냈다. 수량은 다섯 개.

"이렇게 걸쳐 보세요. 각각 다르니까 가장 잘 보이시는 것을 찾아주세요."

"음, 이렇게 말인가? 에, 오오오? 가벼워! 게다가 잘 보여! 두 눈에 맞고, 양손도 자유롭게 사용할 수 있는 건가. 게다가 아래를 보거나 머리를 흔들어도 흔들리지 않아 일일이 잘 보이는 위치로 바꾸지 않아도 되는군!"

그리고 차례차례 안경을 바꿔서 써 보는 임금님.

어라? 손에 드는 렌즈만이 아니라 코걸이 안경도 있나……하지만 귀에 거는 타입은 아닌 듯한데.

"이보게, 자르, 잠깐 이쪽에 오너라! 이것을 써 봐라."

자르라고 불린, 임금님 뒤에 있던 노인이 무슨 일인가 해서 다가와 분부에 따라 안경을 쓴다.

"오? 오오, 오오오오오!"

"어떤가, 자네. 손에 드는 렌즈와 안경이 다 불편해서 곤란하다고 했지? 이거라면 어떤가?"

"보입니다, 지금까지의 안경에 비해 훨씬, 또렷하게 보입니다! 게다가 가볍고 안정적이고 양손도 쓸 수 있다니⋯⋯. 이거라면 장시간의 서류 업무도 편해질 겁니다!"

매우 기뻐하는 노인. 아무래도 임금님보다 이 노인에게 도움이 되나 보다. 하긴 시종장에게 은혜를 베풀어 두면 손해는 없겠지. 임금님도 기뻐해 주실 테고.

"이거라면 소신 자르, 당분간 재상 자리에서 물러나지 않아도 되겠습니다."

아, 시종장이 아니라 재상님이셨습니까, 그렇습니까.

남은 세 개의 안경을 회수하여 가방에 넣는다. 응, 광고탑 GET! 대신이라든가 대귀족이 상대라면 크게 부를 수 있겠어.

뭐, 마니아 상법? 무슨 소리인지? 바가지 씌우는 게 아니야, 그냥 '판매가가 매우 높을' 뿐이야.

"미츠하, 뭔가 더 없나? 좋은 게 있으면 보여주게! 물론 값은 잘 치르지."

"그야 장사니까요. 잡화점 미츠하에서는 돈만 받을 수 있으면 뭐든 팔아요. 단, 여자아이는 제외하고요."

"여자아이는 안 되나."

"안 되죠."

"그런가, 하하하."

""아하하하.""

저기, 공주님 유괴 사건과 관계가 있는 것처럼 들려도 이건 '돈을 아무리 많이 줘도 나를 구속할 순 없어요.' 라는 의미인데 말이야. 물론 임금님도 이해하셨다. 재상님도. 왕비님은 전혀 모르는 눈치다, 아마도.

　돌아가는 길도 도보였다. 아무리 마음에 들어도 마차로 보내주시지는 않네, 임금님.
　그야 왕가의 문장이 박힌 마차로 뒷골목 가게에 보내줘도 곤란하지만 말이야. *캐롤이나 멤피스도 아니고…….

---

* 호소카와 치에코의 만화 「왕가의 문장」의 등장인물. 캐롤은 현대에서 고대 이집트로 타임슬립한 소녀. 멤피스는 당대의 이집트 파라오.

제11장 악덕 상인을 쳐부숴라!

딸랑.

아, 이거 좋지 않은 징조다…….

들어온 손님을 본 순간 나는 그렇게 생각했다.

패거리 셋을 데리고 온, 뚱뚱하게 살찐 참으로 악당처럼 보이는 남성.

"네가 점주냐?"

거봐.

"이 가게의 권리와 물품 매입 루트를 넘겨라. 흠, 너는 이 몸이 거두어 주마."

에효~ 뭐야 이거! 법이고 나발이고 없네! 아무리 어린애처럼 보인다고 해도 그건 좀 아니지. 너무 대담해서 감탄했어. 얼마나 세상을 얕보는 거야. 돈인지 권력인지로 뭐든지 맘대로 하는 상당한 유력자인가?

"저기, 실례지만 누구신지요?"

일단 물어보자.

"뭐라고, 이 몸을 모른단 말인가! 어린 계집이 장사 따위를

하니 이 모양이지……. 뭐, 좋다. 가르쳐 주지. 내가 바로 애
들러 상회의 회장 넬슨 애들러다!"

"ㅇㅇ, ㄱ 애득러 상회의!"

전혀 모른다.

"그렇다. 이 가게는 생선, 샴푸인지 뭔지 하는 것과 기타 진
귀한 물건을 취급한다고 그러더군. 어리지만 장래성은 있어.
이 몸이 보살펴 줄 테니 고맙게 여겨라."

네네, 그걸 원하시는군요. 백작님의 압력은 상인들한테 닿
지 않았구나.

"저기, 거래처 관계도 있으니까 내일 같은 시간에 오실 수 있
나요. 거래처 사람도 불러드릴 테니……."

"음, 알았다."

엉터리 요구가 간단히 먹혀서 기분이 좋은지 넬슨인지 뭔지
는 흔쾌히 돌아갔다. 어차피 거절하면 이런저런 곳에 압력을
가해 주마, 같은 생각을 했을 테지. 애들러 상회에 찍혔으니
이제 끝장이라고 빠르게 포기했다고 생각한 건지, 아니면 나
를 상당한 바보로 아는지……. 헹, 일이 그렇게 간단히 풀릴
리가 없잖아.

그리고 '거래처 사람을 부른다' 고 했지 '물건을 들이는 곳'
이라고는 안 했다.

딸랑.

"미츠하 언니, 왔어요~"

"왔구나~."

응, 오늘도 왔구나. 정기적으로.

그게 있지, 사비네는 매일 온다니까.

처음엔 '미츠하 님'이라고 하기에 제발 그러지 말라고, 공주님에게 존칭으로 불리는 것을 들키면 목이 날아갈 수 있다고 설득한 결과 우여곡절 끝에 '미츠하 언니'로 정착됐다. '언니'는 그대로 한 단어라서 존칭과는 무관하다는 것이 사비네 이론이었다.

사비네는 빠르게 카운터의 안쪽으로 돌아 들어왔다.

여기에는 소형 TV와 DVD 재생기가 있다. 물론 손님 쪽에서는 보이지 않고 손님이 오면 바로 정지시킨다. 작품이 한창 재미있을 타이밍에 오는 손님은 사비네가 '네 이놈, 죽여버리겠어!' 하는 시선으로 노려본다. 억울하기 그지없다.

매일 오는 사비네에게 일본 이야기를 할 수 없어서 이야깃거리가 떨어졌을 때, 깜빡 조작을 실수해 카운터의 TV와 DVD의 존재가 들킨 것이다. 그리고 '뭐야이거뭐야이거뭐야이거뭐야이거어!!' 하고 완전 흥분한 사비네를 차마 완전하게 속이지 못하고, 어쩌다 보니 같이 시청하게 된 것이다.

단 '이것은 멀리 떨어진 곳을 보는 마법 거울이며 누군가에게 비밀을 말하면 망가진다.' 라고 못을 박았고, 만약을 대비해 처음에 보여준 작품은 '정체를 들켜서 마법을 잃는 꼬마 마녀 이야기' 라든가 '약속을 어겨서 모든 것을 잃는 이야기.' 만을 선택했다. 정말이지, 효과는 굉장했다.

하지만 당연히 일본어를 모르는 사비네를 위해 내가 번역하여 대사를 읊어줘야 한다. 이게 엄청 힘들다. 번역하지 않아도 되는 변신 장면이나 필살기 장면이 나오면 안도한다.

"아, 사비네. 이거 돌아가면 바로 재상님에게 전해 줘. 매우 중요한 편지니까 깜빡하면 안 돼."

사비네는 말괄량이지만 총명하고 똑 부러지는 아이다. 이런 부탁을 했는데 실수할 아이가 아니다. 뭔가를 눈치챘는지 진지한 표정으로 "응."이라 말하고 편지를 받아 소중히 주머니에 넣었다.

* *

딸랑.

"소녀여, 양도계약서를 가져왔다, 빨리 사인해라."

처음부터 크게 날려버리시네, 넬슨 씨!

"미츠하 언니, 그쪽 분은?"

사비네가 내 뒤에서 나타나 그렇게 물어봤다.

이제 겨우 열 살이 된 사비네는 국민들에게 자주 모습을 보이지 않았다. 그리고 지금은 간소한 복장이어서, 미소녀이지만 설마 왕족인 줄은 모를 것이다.

"음, 큰 상회의 높은 사람인데, 나를 데려가겠대⋯⋯."

"에~엣, 미츠하 언니와 헤어지는 거 싫어~."

사비네, 연기 잘하네⋯⋯.

아니, 지금은 '사비네, 무서운 아이!' 라고 해야 하나.

귀족의 표준을 훨씬 뛰어넘는 미소녀가 등장하자 넬슨 씨의 표정이 음흉하게 일그러졌다.

"호오, 그렇게 언니와 헤어지기 싫으면 아가씨도 언니와 함께 같이 와도 된단다."

"정말로요!"

넬슨 씨의 말에 폴짝 뛰어서 좋아하는 사비네.

그리고 넬슨 씨의 음흉한 웃음이 커질 때⋯⋯.

딸랑.

"실례합니다. 오래 기다리셨습니까."

"앗, 재상님!"

경악하는 넬슨 씨.

응, 출연자는 다 왔어.

"괜히 불러서 죄송해요, 자르 씨."

"뭘요, 미츠하 양의 호출이라면 언제든지 달려와야죠!"

'헉! 재상님을 이름으로 불렀다고?! 게다가 재상님이 이렇게 겸손하게 대하다니!'

넬슨 씨는 아무래도 나쁜 예감이 들기 시작한 모양이다.

"실은 이쪽 분이 이 가게를 무상으로 넘기라고 해서요. 그리고 저와 이 아이를 데려가겠다고……. 그래서 임금님 의뢰는 거절할 수밖에 없을 것 같은데……."

"호오? 그건 대체 무슨 일이지요, 애들러 씨?"

번득. 얼음 같은 시선이 꽂힌다.

"저, 저기, 그건……."

흐르는 땀이 멈추지 않는 모양인 넬슨 씨.

"국왕 폐하께서 직접 의뢰하신 상인에게 개입해서 일을 방해, 그것도 무상으로 가게를 넘기라는 무법 행위에, 어린 소녀에게 자신의 것이 되라고 강요한 겁니까……."

"어…… 아…… 아니, 그, 그런 일은……."

새파랗게 질리다 못해 이미 혈색을 잃어 새하얗게 된 넬슨 씨. 몸 상태는 괜찮은지.

"그런 일은 없다 이겁니까?"

"아, 네, 물론이고말고요!"

"그럼 앞으로 이 가게와 관계자에게도 직접, 간접을 떠나 일절 손대지 않겠다는 말씀인지?"

"네, 여신님께 맹세코!"

"그럼 만약 이 가게에 앞으로 모종의 방해를 받을 경우, 그 뒤처리를 전부 애들러 씨에게 맡기도록 하지요. 각 부문을 똑바로 지도하도록 하세요."

"넵, 그러겠습니다!!"

이걸로 애들러 상회는 자신의 산하만이 아니라 왕도의 모든 상업관계자가 잡화점 미츠하에 손대지 못하게 감시하고 책임을 지는 의무를 짊어졌다. 만약 영업 방해 행위를 모른 척하거나 방치하면 재상님으로부터 어떤 처분이 내려질지……

하지만 다소 무거운 짐은 지게 됐지만 인생 최대의 위기에서는 어떻게든 벗어났다고 안도한 넬슨 씨에게 혈색이 조금 돌아온 그 순간.

"아~ 애들러 씨. 애들러 상회는 내일부터 왕궁에 오지 않아도 됩니다. 상회의 상시 출입 허가는 전부 취소할 테니."

"뭐라고요……"

다시 창백해지는 넬슨 씨.

왕궁 출입금지란 왕궁 조달 어용상인인 애들러 상회에 있어 매출 감소 수준의 문제가 아니다. 신용의 추락. 같은 상인들의 웃음거리. 아무리 왕도 제일, 아니 왕국 제일의 대상인이라고 해도 받는 타격은 상상을 초월한다.

"어, 어째서 그런……"

이 가게에 관해서 다른 상인도 책임을 지고 막는 것으로 대가를 치른 게 아니냐고 생각했을 넬슨 씨. 하지만……

"아~ 그거 말이군요. 아무리 온화하신 국왕 폐하라도 자신의 어린 딸을 가지려는 남자와 그 패거리는 얼굴도 보기 싫으실 것 같아서 말이지요."

"네?"

"자, 가시지요, 사비네 공주 전하."

"싫어요~ 미츠하 언니와 더 놀 거예요~."

떼쓰는 사비네를 끌고 재상님이 돌아간 자리에는 바닥에 주저앉은 한 남자만이 남았다. 나무아미타불…….

그리고 얼마 후, 애들러 상회의 회장은 은퇴하고 모든 일을 아들에게 맡겼다.

잡화점 미츠하에는 손대지 마라.

왕도 전체, 아니 왕국 전체의 상인들에게 넬슨의 피를 토하는 듯한 외침이 닿고 조금 지난 뒤의 일이었다.

"……있잖아, 사비네. 내 '붉은 소변검사' 칭호를 이을 생각은 없니?"

"싫어! 뭔가 불길한 예감이 들어. 미츠하 언니, 그 칭호를 버리고 싶어서 나에게 떠넘기는 거지!"

왜 이리 감이 좋니! 사비네, 무서운 아이!!

제12장 야마노 요리

안경 매출이 순조롭게 늘어나고 있다. 저번 일도 있었고 재상님에겐 감사할 따름이다. 그 외의 물품도 조금씩 팔리고 있다. 이렇게 비싼데도.

아, 리어카도 팔았어. 스벤 씨 파티에서 엄청 고민한 끝에 구입. 어쩌다가 일시적으로 번 돈도 언젠가는 없어진다. 그렇다면 그 전에 미래에 투자하자고 결단했다고 한다. 일단 렌트나 장기임대도 설명했는데, 시스템을 충분히 이해한 다음 그래서는 안 된다고 판단했다. 응, 남자답네.

판매가는 거의 원가. 엄청난 서비스였다. 산 가격을 절대로 발설하지 말고 엄명했다. 다른 사람이 와서 그 가격에 팔라고 윽박지르면 가게가 망한다고 겁줬다.

다들 심각한 얼굴로 끄덕였다. 아마 엄청난 적자라고 생각했을 것이다. 광고탑이 되어 수요를 발굴해 주게나!

상품에는 만족한 듯하다.

지금까지는 운반력의 문제로 가볍고 부피가 작은 약초를 포함할 수밖에 없었고, 그것 때문에 시간을 잡아먹었었다. 많이 운반할 수 있다면 수렵을 중심으로, 약초나 나물 채취는 하지 않는다. 돌아오는 이동 속도도 빨라지고 부담도 적어졌다. 맞아, 나뭇가지로 그 중량을 들면 어깨나 다른 데도 뻐근해서 한동안 일도 할 수 없으니까.

이미 몇 번인가 수렵 중심으로 숲에 가서 상당한 성과를 냈다고 한다. 수렵에 쓰는 시간이 2배 이상이 됐으니까. 이제는 전업 헌터를 해도 되지 않을까.

다만 일제는 아무래도 크로스보우가 신경이 쓰여서 참을 수 없는 듯 가끔 만날 때마다 뭔가 할 말이 있는 표정으로 갈등하고 있다. 으~음, 지구에서는 크로스보우가 옛날부터 있었지? 어쩐다…….

리어카, 일반 판매는 어떻게 할까……. 주문을 받아서 판매할까? 가격은 얼마로 매기지. 돈 없는 용병이나 사냥꾼 상대라면 너무 크게 부를 수도 없고. 음, 잘 생각할 필요가 있어.

아, 드디어 저금구멍을 썼어. 처음 금화를 넣을 때 엄청 기대했어. 투입과 동시에 파이프에 귀를 대고…….

하지만 소리는 안 났어. 하긴 그렇지. 먼저 어느 정도 금화가 들어가 있어야 짤랑~ 소리가 나겠지. 에휴.

최근 사비네가 기분이 안 좋다. 손님이 늘어나서 DVD가 중단되는 상황이 많은 게 원인이다. 손님을 더 줄이라고? 아니, 그건 좀…….

3층 출입을 허락할까? 아니지, 거기에 들였다간 여기서 살래 소리를 들을까 봐서 진짜 무서워.

그리고 루헨 왕자를 데려오지 마세요, 제발.

아, 요전번에 베아트리스가 와서 사비네와 딱 마주쳤어. 엄청 놀라더라. 둘이 아는 사이라나 뭐라나. 사교계에 데뷔하기 전에도 교류가 있었구나.

아, 서열이 낮은 공주님과 백작가의 장녀라서 놀이 친구로 지정됐다고? 단짝 같은 건가요, 그렇습니까. 약간 언니여야 공주님을 배려할 수 있으니까 말이지. 동갑이면 다툼이 생길 수 있고.

아, 사비네, 베아트리스에게 DVD 이야기는 하지 마세요! 보여주려고 하지 마! 비밀을 발설하면 망가진다고 했잖니!

* *

딸랑.

17~18세로 보이는 여자아이가 가게에 들어오더니 진열대로 가지 않고 바로 내 앞으로 왔다. 어, 왜?

"실례합니다, 여기가 상담소 맞나요?"

오오, 완성한 나무 팻말을 달길 잘했어! 간만의 상담 의뢰!

아, 물론 가게 간판도 만들었어.

여자아이의 의뢰는 대충 이런 내용이었다.

소녀의 집은 식당을 하는데, 부모와 소녀, 고용한 요리사 두 명, 총 다섯 명이 운영했다. 아버지가 치프, 28세 남성 요리사가 세컨드, 19세 남자가 수습 겸 잡일. 어머니와 소녀가 웨이트리스 겸 계산 담당이며, 소녀는 요리 공부도 하고 있다고 한다. 가게는 문제없이 잘 돌아가고 있었다.

그런데 시내의 큰 요리점의 차남이 소녀에게 눈독을 들인 다음부터 상황이 악화됐다.

활발하고 밝은 소녀는 사람을 끌어당기는 매력이 있어 차남은 일방적으로 소녀에게 다가왔다. 젊은 수습 요리사를 좋아하던 소녀가 아무리 거절해도 끈질기게 접근하는 차남.

그러다가 차남의 아버지인 요리점의 점주가 가게를 잇지 못하는 차남을 소녀와 결혼하게 해 식당을 장악하고, 차남에게 가게를 잇게 하려는 음모를 꾸몄다. 차남이 잇게 할 식당의 신용을 떨어트릴 수는 없어서 노골적인 방해나 괴롭힘은 할 수 없었지만 일시적으로 경영을 악화시켜 빚을 지게 하는 함정에 빠트리려고 먼저 세컨드 요리사를 좋은 조건으로 스카우트했다.

그리고 이어서 소녀의 아버지가 '정체 모를 불한당에게 갑자기 공격당하고 오른팔만 쏙 골라 골절당한 사건'이 발생. 시간이 지나면 낫기는 하겠지만 한동안 요리를 만들 수 없다. 그렇게 영업할 수 없는 상황에 빠진 식당은 며칠 전부터 문을 닫고 있다.

요리점 점주의 계획은 아버지에게 신세가 진 적이 있다는 식당 종업원 한 명이 몰래 알려주었다고 한다.

의뢰 내용은 극히 심플하다.

'도와주세요!'

"잠깐 기다려 주세요."

그렇게 말하고 나는 문밖에 가서 '특별 의뢰를 받고 있어 잠시 휴업합니다'는 팻말을 걸은 뒤 문을 잠그고 커튼을 쳤다.

잡화점 미츠하의 상담의뢰 부문, 간만에 큰 일거리야!

하지만 그런 무거운 이야기를 어째서 11~12세로 보이는 나에게 상담하려고 한 걸까?

아, 라이너 가문의 사용인과 친구입니까, 그렇습니까.

"그럼 먼저 상황을 확인하죠. 일단 목표는 가게의 영업 재개, 계속적인 영업. 그리고 경영 상태 악화 방지. 나아가 요리점의 간섭 배제 및 앞으로의 영업 방해 방지. 그리고 가능하면 수습 요리사와의 골인. 이걸로 됐나요."

"네, 네에……."

소녀는 자신보다 훨씬 어린 (그렇게 생각하는) 내 냉정한 말에 놀라고, 마지막 목표에 조금 빨개졌다.

"일단 현시점에서 신규 요리사 고용은 어렵네요. 익숙하지 않은 사람을 넣어도 바로 도움이 되지는 않고, 실력이 좋고 구직 중인 베테랑 요리사도 흔하지는 않겠죠. 자칫 잘못하면 요리점의 입김이 닿은 요리사가 들어와서 오히려 훼방을 놓을 수도 있어요."

"에……."

그런 생각은 하지도 못한 듯 소녀는 깜짝 놀란 모양이다.

"그래서 문제 해결에 필요한 사항은 잘 모르는 사람을 고용하지 않고 원래 있는 인원으로 가게를 재개하여 영업을 계속하기, 휴점 기간의 손실을 만회할 이익을 거두기, 이후에도 안정된 이익을 낼 수 있도록 대책을 세우기, 요리점 점주의 계획을 망쳐서 다급함에 자멸하게 하기, 이후에도 손댈 수 없도록 최대한 타격과 공포를 주기. 이렇게 하면 되겠네요."

"말도 안 돼요! 대체 어떻게……."

"그걸 해내는 게 잡화점 미츠하 상담의뢰 부문에서 할 일입니다. 미츠하에게 맡겨 주세요!"

자신에 찬 내 말을 듣고 소녀는 말했다.

"저기요. 골인 부분이 빠졌는데요……."

이 소녀, 제법 대단한 인물이었다.

21시, 식당 〈낙원정〉 객석 테이블.

램프가 하나 켜진 어두운 곳에 다섯 사람의 그림자가 있었다. 식당의 경영자 베른트 씨와 슈테라 씨 부부, 딸 아리나 양, 고용된 수습 요리사 아넬 씨, 그리고 나다.

나는 모두에게 낮에 아리나 양에게 말한 내용을 설명했다.

"무리야!"

베른트 씨가 그렇게 단언했다.

"먼저 내가 이런 상황이고. 아넬은 손질은 가능하지만 혼자서 주방을 맡을 수 없어. 아리나는 간단한 도우미 정도이고. 게다가 셋이 주방에 있으면 접객을 슈테라 혼자 맡아야 해. 혼자서 손님을 접대하고 계산하는 건 불가능해."

베른트 씨는 내 말을 딱 부정했다.

"베른트 씨, 어째서 수습 요리사가 메인이 될 때까지 몇 년이나 걸린다고 생각하세요?"

내가 베른트 씨에게 묻자,

"뭐? 그야 기초부터 단련하고, 선배 요리사의 기술을 보고 배워서 남는 시간에 연습해서……."

"그거예요! 수습은 남에게 가르침을 받지 않고 잡일로 바쁜 와중에서 짬짬이 남는 시간에 조금씩 시행착오를 하면서 실력을 연마한다. 그런 거죠?"

"그럼. 요리사는 모두 그렇게 메인이 되는 거지."

"그럼 베른트 씨가 아침부터 밤까지 하루 종일 붙어서 친절하게 하나의 요리법을 집중적으로 가르치면 손질 기초가 있는 아넬 씨가 베른트 씨의 9할쯤 되는 완성도의 음식을 만들 수 있겠죠? 베른트 씨와 완전히 똑같지 않아도 괜찮아요, 9할 정도라면."

"그, 그래. 요리는 그 마지막 1할이 중요한 거야. 9할로 충분하다면 아넬이라면 두 개나 세 개도 가능할지도 몰라."

"일주일, 아넬 씨와 아리나 양에게 철저하게 주입해 주세요. 왜, 영업 때도 베른트 씨가 뒤에서 눈에 불을 켜고 보면서 때때로 조언해 주거나 맛을 조정해 주면 돼요. 한 손이라도 그 정도는 할 수 있잖아요?"

"음, 그야……."

그 말을 듣고 경악에 눈을 크게 뜨는 아넬 씨. 요리사에 세계에서는 스승에게 직접 지도받는 것은 가게를 이을 사람이나 분점을 차리는 사람뿐이다. 그것도 진짜 막판에 아주 조금만 배운다. 그것을 수습 요리사에게 일주일간 일대일로 가르치다니 도저히 믿을 수 없는 이야기이다.

"하지만 그것만으로는……. 다소 맛은 떨어질 거고 다른 가게에 비해 뭔가 특별히 뛰어난 것이 있는 것도 아니야. 한동안 가게를 쉬는 바람에 다른 가게로 넘어간 손님도 바로 돌아올 리가 없고 단골은 맛의 차이를 바로 알겠지.

게다가 아까 말한 것처럼 슈테라 혼자서는 접객도……."

베른트 씨의 말에 나는 빙긋하고 웃어 보인다.

"괜찮아요. 저에게 비책이 있어요. 종이배에 탄 기분으로 안심해 주세요!"

"전혀 안심이 안 되잖아!!"

그리고 7일 후. 식당 〈낙원정〉은 영업을 재개했다.

"네, 오므라이스 하나, 우동 하나!"

"햄버거 정식 하나 나왔습니다!"

활기 넘치는 〈낙원정〉 가게 안. 요리를 나르는 사람은 네 사람의 여성. 멤버는 베른트 씨의 아내인 슈테라 씨와 용병인 그리트 씨, 일제 등.

용병인 두 사람에게는 내가 지명의뢰를 냈다. 의뢰료와 함께 종업원용 식사를 마음껏 먹을 수 있다는 말에 홀려, 수렵으로 피로가 쌓여 며칠간 휴식 중이던 그리트 씨와 일제는 내 의뢰를 바로 승낙했다. 하긴 〈낙원정〉에서는 급료와 밥이, 나에게는 의뢰료와께 '지명의뢰'를 받았다는 귀중한 실적을 얻는다. 추가로 팁을 받으면 그대로 자기들의 돈이 되는 것이다. 가난한 헌터가 미끼를 물지 않을 리가 없지.

아, 의뢰는 여자들만. 남자는 필요 없어.

주방에서는 뒤에서 날아드는 베른트 씨와 내 지시를 받아 아넬 씨와 아리나 양이 필사적으로 손을 움직이고 있다. 베른트 씨는 기존의 〈낙원정〉의 메뉴를 지도. 그리고 나는 『야마노 요리』를 지도했다.

『야마노 요리』.

얼마 전부터 귀족들 사이에서 소문이 돌기 시작한 수수께끼의 요리다.

　제법 많은 귀족 사이에서 갑자기 화제가 된 그 요리는 있을 수 없는 소재, 믿을 수 없는 맛, 상상도 못하는 요리법 등 베일에 싸인 요리였다.

　수많은 요리사가 귀족에게 들은 이야기를 기초로 그것을 재현하려고 도전했지만 모조리 퇴짜를 맞았다. 몇 사람, 한 귀족 저택의 요리장에게 가르침을 청한 자들을 제외하고.

　가르침을 받은 자들은 그 요리장에게 요리 이름을 물었다. 요리장이 답하길,『야마노 요리』.

　물론 요리 하나하나에는 개별적인 이름이 있다. 하지만 그것들을 전부 포함하는 한 장르로서의 요리명, 야마노 요리.

　야마노 요리는 하나의 요리명이 아니다. 야마노의 기술을 쓰는 것이면 곧 전부 야마노 요리라고 한다. 마치 사루토비의 닌자 기술 같다.

　찬미하는 요리사들에게 요리장은 고개를 가로저었다. 이 요리는 자신이 만든 것이 아니다. 전부 스승에게 배운 것에 지나지 않는다고. 그리고 가르침을 받은 각종 요리에 스승의 이름을 붙인 것이『야마노 요리』라고.

　『야마노 요리』.

　그 이름은 귀족이나 부유층, 게다가 그들의 사용인 등을 통해서 평민들 사이에도 퍼지고 있었다.

입소문을 이용했다. 라이너 가문의 사용인들과 스벤 씨 파티에 부탁해서 〈낙원정〉에서 야마노 요리를 먹을 수 있다는 소문을 퍼트리게 했다.

전단지는 포기했다. 여기 평민들은 문맹률이 높기 때문이다. 가게를 개점할 때 전단지 효과가 없던 것은 그것 때문인가!

그런 이유로 나는 학습할 줄 안다. 그래서 이번에는 입소문 작전.

너무 크게 나가지는 않아. 손님이 몰려와도 처리할 수 없어 엉망진창이 되니까.

개점 직후만 손님을 모으면 되는 게 아니야. 오랫동안 안정적으로 손님이 오게 하는 게 중요하지.

그래서 야마노 요리는 우리 잡화점 방식이지. 맞아, 『다리박매(多利薄賣)』.

왜냐면 식당이니까. 처리할 수 있는 손님의 숫자에는 한도가 있어.

유복한 사람, 가끔은 사치를 부리고 싶은 사람, 여자애에게 좋은 모습을 보이고 싶은 남성, 무언가 기념일을 위해 돈을 모은 노부부 등이 메인 타깃이다.

아, 일단 싼 것도 준비했어. 빠르고 간단히 만들 수 있고 원가가 낮은 거. 누가 봐도 비싸지 않을 것 같은 생김새라서 엄한 가격을 부를 수 없었거든. 뭐, 회전율이 좋은 요리니까. 맞아, 우동 같은 거 등등. 가격은 소은화 5~6개.

　다른 메뉴도 있지, 비싸다고 해도 잡화점처럼 폭리, 콜록콜록, 높은 가격대는 아니야. 겨우 은화 2개 이하, 일본 엔으로는 1800엔 정도.

　물론 원래 메뉴에 있던 요리는 가격 변동 없음.

　첫날은 입소문이 통했는지 만석은 아니지만 테이블이 대부분 차는 성황이었어. 도중에 가게 안을 보고 벌레 씹은 표정을 짓고 돌아간 남자가 있었는데, 슈테라 씨에 의하면 그 요리점의 점주라고 한다.

　아, 『야마노 요리』라는 이름 말인데. 마르셀 씨가 『미츠하 요리』라고 하려던 것을 말렸어. 진짜로 필사적으로.

　그래서 이것저것 생각했는데. 『일본요리』는 좀 아닌 것 같아. 내가 혼란스럽고. 『지구요리』도 좀 아닌 것 같아. 그리고 다 같이 검토한 결과 『야마노 요리』가 됐어!

　흠, 성은 극히 일부에게만 알렸으니까 괜찮겠지…….

　아르바이트 여직원은 7일 계약. 그 정도면 아넬 씨와 아리나 양도 혼자서 할 수 있을 거고, 그렇게 되면 베른트 씨가 접객을 볼 수 있겠지. 한 손으로도 어느 정도 손님을 접대하거나 계산이 가능할 거고, 웨이트리스라면 큰 비용 없이 고용할 수 있겠지.

　2일째.

손님 중에 유복해 보이는 사람이나 귀족 같은 사람들이 보이기 시작했다.

응, 귀족이 이런 서민 가게에 있으면 체면이 살지 않으니까 다들 간소한 차림으로 평민처럼 꾸몄지만. 뻔히 다 보이거든요…….

아니지. 계획대로 되어서 대환영이야. 귀족이나 유력자들이 단골이 되어 '여기서만 맛볼 수 있는 요리'가 나오는 가게. 그거야. 이 주변의 요리점이 손대면 경고나 압력을 가할 수 있겠지. 유력자 단골을 만들어 후원을 받는 거야!

그런데 손님이 좀 많지 않아? 밖에 줄이 생겼어.

아니지, 이건 좀 계산 밖인데. 7일로 안정되려나…….

아, 아리나! 카츠동은 그게 아니야!

3일째.

손님이 멈출 줄 모르고 계속 늘어나…….

조리는 순조롭다. 요리사 두 명도 익숙해졌는지 점점 수완이 좋아졌다.

야마노 요리는 메뉴 선택에 고민을 많이 했다.

내가 어떤 사정으로 전이할 수 없어져도 지장이 없게 식재료는 여기서 지속적으로 싸게 손에 넣을 수 있는 것만. 즉, 향신료 치트는 없다. 사전에 준비만 하면 영업 중에 누구나 간단하고 빠르게 조리할 수 있는 것. 이러한 조건을 충족하는 오므라이스, 햄버그, 우동 등의 메뉴로 정했다.

아, 마요네즈 만드는 법은 알려주었다. 계란과 기름, 식초와 기타 등등을 약간 섞으면 되니까. 요리는 발달하게 둬도 괜찮겠지. 전자레인지를 보급하는 것도 아니고.

물론 내가 쓸 거는 가져왔어. 냉동식품엔 필수잖아.

* *

5일째.

개점 직후의 식당 〈낙원정〉에 남자 다섯 명이 들어왔다. 줄을 선 손님들을 무시하고 그냥 들어온 것이다.

"아, 손님, 줄을 서셔야……."

말하려던 슈테라 씨는 놀라서 입을 다물었다.

"장사가 잘되나 보군, 낙원정 주인 양반."

그곳에는 문제의 요리점 점주와 처음 보는 뚱뚱한 남자, 일전에 스카우트된 전 점원과 두 명의 위병이 서 있었다.

"무슨 일로 오셨소?"

슈테라 씨가 불러서 주방에서 나온 베른트 씨가 불쾌한 듯이 물었다.

"뭘, 오늘은 선량한 국민의 의무를 다하고자 왔소."

"대체 무슨 소리죠?"

"댁의 부정행위를 고발하여 정의를 집행하러 온 거다!"

요리점 점주는 의기양양한 얼굴로 베른트 씨를 손가락으로 가리켜 외쳤다.

아무래도 상황의 변화에 대응해 방침을 바꾼 모양이다. 직접 공격하러 온 모양이다.

"부정행위? 대체 무슨 소리죠?"

"시치미 떼지 마! 위병분들도 모시고 왔다고!"

"아니, 무슨 소리인지……. 먼저 설명이나 해 주시죠."

베른트 씨의 말에 점주는 벽에 걸린 메뉴 표를 가리켰다.

"저거야! 저거야말로 확실한 증거!"

"뭐라고요?"

"지금 세간에 소문이 파다한 『야마노 요리』로 위장해 손님을 속인 악덕행위! 자, 위병 여러분. 이 녀석을 바로 잡아들여 감옥에 끌고 가시죠!"

멍해진 베른트와 슈테라. 걱정스럽게 바라보는 아르바이트 직원 세 사람. 그리고 식사하던 손을 멈추고 조용히 지켜보는 손님들.

그제야 상황을 이해한 베른트 씨가 점주에게 물었다.

"저기, 저희 야마노 요리가 가짜라는 증거라도 있나요?"

"그렇게 오리발을 내밀 줄 알았습니다."

점주는 빙긋하고 웃었다.

"여기에 계신 분이야말로 그 야마노 요리의 창시자, 라이너 자작가의 요리장 마르셀 씨입니다!"

객석에서 "오오!" 소리가 나왔다. 귀족 같은 사람들은 마르셀을 뚫어져라 봤다.

"자, 마르셀 씨, 증언을!"

"아니 증언이고 나발이고 먼저 먹어봐야 일 겠지. 먼저 음식을 주시게."

마르셀 씨의 확고한 주장에, 위병이 보는 앞이기도 하여 점주는 어쩔 수 없이 승낙했다. 어차피 시간도 얼마 걸리지 않을 것이다.

"그럼 수프와 오므라이스, 라는 걸로. 그리고 햄버그를 부탁하지."

점주는 웃었다. 마르셀 씨가 모르는 듯한 메뉴. 이걸로 가짜 확정이다.

베른트 씨는 주방에 소리쳐 주문을 전한 다음에는 그저 기다릴 뿐. 손님들도 식사를 재개하면서 조용히 지켜본다.

그리고 잠시 뒤 테이블에 요리가 나왔다.

조용히 수프를 마시는 마르셀 씨. 그 얼굴에 주름이 생긴다.

햄버그를 먹는 마르셀. 불쾌한 표정.

오므라이스를 먹는 마르셀. 당장에라도 소리칠 것 같은…….

"이것을 만든 사람을 불러와!"

아, 소리쳤다.

"무슨 소란이에요, 시끄럽게……."

주방에서 나온 미츠하.

"이건 대체 어떻게 된 일입니까!"

소리치는 마르셀을 보고 점주는 히죽 웃는다.

"어째서 저에게 가르쳐 주시지 않은 요리를 이런 데서 가르쳐 주신 겁니까, 스승님!"

""""에에에~~엑!!""""

"왜긴, 그때는 파티용 요리였잖아. 이건 준비는 그렇다 쳐도 1인분씩 만드는 요리니까 그 자리에서 알려줄 수 없었어."

"아, 아니, 그렇지만 평소 주인님 식탁에 올릴 때는 이런 요리도……."

"아~ 그럼 주방에 가서 배우면서 도와줄래? 마르셀 씨도 이것저것 알려줘. 일단 마르셀 씨의 후배들이니까."

"알겠습니다!"

주방으로 달려가는 마르셀. 턱이 빠질 듯한 점주. 곤혹스러운 눈치인 위병.

"그래서, 무슨 용무였죠?"

미츠하의 목소리가 정적에 싸인 가게 안에 울렸다.

"미츠하의 요리를 먹을 수 있는 곳이 여기인가요!"

요리점 점주가 딱딱하게 굳고, 위병들도 어찌할 바를 모르던 때 갑자기 난폭하게 문이 열리면서 들어온 소녀.

"아, 미츠하!"

"베아트리스……."

그리고 베아트리스를 따라 가게에 들어오는 보제스 백작님과 이리스 님, 알렉스 님과 테오도르 님.

다들 줄을 서야지……. 하긴 무리인가. 다른 귀족 같은 사람들은 평민 차림을 했지만 백작님들은 원래 그대로 귀족 옷이니까. 이러면 다들 아무 말도 못하겠지.

아, 귀족 같은 사람이 고개를 돌렸어. 백작가 여러분과 아는 사이입니까, 그렇습니까.

"아~ 베른트 씨, 죄송해요. 아는 사람들이라 먼저 안내해도 되죠?"

부들부들 끄덕이는 베른트 씨.

"딸이 일하는 곳이 여기인가?"

다시 열린 문에서 들어온 사람은…….

"아, 임금님."

내 말을 듣고 베른트 씨가 쓰러졌다.

오른팔, 괜찮아요?

왜, 접객이 네 명이라고 했잖아. 슈테라 씨, 그리트 씨, 일제 그리고 나머지 한 명이.

응, 그 사비네가 며칠이고 놀러 오지 않고 배길 수 있겠어?

매일 왔지, 이 가게에. 바쁘니까 요리를 나르는 등 도우미를 해 주었어. 제법 즐거운 모양이야. 마음에 든 손님 자리에 앉아서 같이 이야기하거나 요리를 받아서 먹거나 정말이지, 하고 싶은 대로 했어. 손님도 기뻐했으니까 괜찮았지만.

하긴, 저런 귀여운 여자아이가 '아저씨~.' 하고 애교를 부리면 싫어할 남자가 있을 리 없지.

역시 얼굴이냐! 여자는 얼굴이냐고!!

하지만 사비네, 귀족 같은 사람과 이야기한 다음에 뭔가 메모하던데 그거 뭐니? 좀 무섭단다, 언니는.

그리고 역시 위병! 성의 위병과 달리 거리의 경비나 치안유지를 하는 위병들은 모두 평민에 지위도 낮고 숙련도도 떨어진다고 들었는데 임금님의 좌우로 후다닥 달려가 경호 위치에 섰네. 재상님과 같이 임금님 다음으로 들어온 댄디한 왕궁 위병 아저씨가 '옳지옳지.' 하고 끄덕였어. 이번 기회에 출세하기를 바랄게.

아, 맞다.

"저기, 위병 씨. 전에 베른트 씨가 습격당했는데 어쩐지 단순한 불한당이 아닐지도 몰라요. 조사해 주실래요?"

그렇게 말하고 시선을 위병에게서 바닥에 주저앉은 점주에게로 돌린다. 내 말에 임금님은 반대로 점주를 먼저 보고 위병 쪽으로 시선을 돌려 가볍게 끄덕였다.

"넵, 즉시 시행하겠습니다!"

긴장하고 대답하는 시내 위병.

하긴 거부할 수 없겠지~. 응, 출세 찬스가 더 많아졌어! 파이팅!!

점주는 전 점원과 함께 위병들에게 끌려갔다. 아마 집이 아니라 위병소로 갔을 것이다. 임금님의 호위는 가게 밖에 잘 대기하고 있었고, 댄디한 아저씨도 그렇게 지시했으니까.

전 점원은 요리사로서 절대로 해서는 안 될 짓을 저지른 듯하다.

'스승의 은혜, 동료 사이의 정, 후배를 향한 사랑'이라는 것이 있다. 여기서 가장 중요시되는 것이 '스승의 은혜'. 이것을 배신해서는 적어도 이제 왕궁에서는 제대로 된 요리점이나 귀족 저택에서 고용해 주지 않을 것이라고 한다. 요리사들의 네트워크, 대단해.

자, 이걸로 적어도 녀석들이 〈낙원정〉에 또 손댈 리는 없겠지. 귀족이 단골이고 임금님이 가끔 찾아오고 공주님이 서빙하는 가게…… 없어! 그런 가게 어디에도 없다고!! ……여기입니까, 그렇습니까.

그게, 이렇게 될 예정은 아니었어, 정말이야!

오버킬입니까, 그렇습니까…….

사형당하지 않으면 다행이네, 저 요리점 점주 씨.

어? 요리는 내가 만든 거만 된다고, 베아트리스? 알렉, 테오 콤비도 그렇습니까. 사비네는 임금님 일행과 함께 손님으로 주문한다고요, 그렇습니까. 제대로 돈 받을 거예요, 임금님에게도. 특별히 오므라이스와 햄버그를 써서 어린이 런치 정식을 만들어 줄까.

……실패했다. 그것을 본 모두가 어린이런치 정식을 주문하기 시작했다. 수익률이 별로고 만들기 번거롭단 말이야, 어린이 런치는! 그리고 애초에 메뉴에도 없잖아요!

"그래서 의뢰는 실패한 건가요?"

아리나의 말에 당황한다.

"어, 어째서……."

"골인은 어떻게 된 거에요, 골인은!"

"아……."

까먹었다.

"임금님, 중매 한번 서실 생각 없으세요?"

"그만두게에~~!"

필사적으로 막는 베른트 씨.

하긴 아버지는 딸을 시집보내고 싶지 않겠지.

네, 아니라고요? 사위로 대를 이을 거니 그건 괜찮다고요? 막는 이유가 그런 평화로운 이유가 아니라고요? 뭡니까, 대체…….

야마노 요리가 나오고, 귀족들이 몰래 다니고, 가끔 임금님이 구경하러 오거나 공주님이 서빙하는 게 고작인, 아주 평범한 식당 〈낙원정〉.

　오늘도 만석, 길게 늘어선 줄. 빨리 점원을 고용하는 게 좋아. 과로로 쓰러지겠어.

　별로 돈이 되지 않았다.

　하긴 그럴 수밖에. 경영난으로 의뢰했으니까 낼 돈이 별로 많지 않겠지. 그리트 씨와 일제에게 아르바이트 수고비……가아니라 의뢰료를 내고 경비를 빼니 금화 1개 정도만 남았어.

　뭐, 즐거웠으니까 괜찮아. 이 금화는 저금구멍에 넣자. 안경을 판 돈과는 가치가 다르니까. 응.

　사비네는 손님 상대를 하는 게 마음에 들었는지 가끔 무상으로 도와주러 간다. 손님에게서 팁과 요리를 잘 챙겨서 의외로 돈을 모았다. 사비네는 조르는 걸 잘하니까, 팁도 요리도.

　호위는 반드시 따라와. 가게 안에서 손님인 척하는 사람, 변장하고 가게 밖에서 산책이나 휴식하는 취하는 척하는 사람들이 교대로.

　용병 두 명은 계약기간이 끝나 원래 일로 복귀. 참, 두 사람이라면 점원으로도 잘나갈 것 같지만, 그러면 남겨진 남자들이 불쌍하다. 의뢰료 말고도 팁을 받는 부수입도 좋아서 제법 벌었다고 하는데.

　얼굴인가! 역시 얼굴인 건가!! 아, 나는 계속 주방에만 있어서 못 받은 건가요, 그렇습니까. 좀 안심했어요.

* *

"그래서 결국 아무것도 알아내지 못했나."

"네, 그렇습니다……."

여기는 왕궁 내 국왕의 집무실. 집무실에 앉은 국왕의 앞에 재상 자르가 서 있다.

"어느 날 갑자기 보제스 백작령에 나타나 혼자서 늑대 무리를 섬멸해 마을 소녀를 구조. 심한 상처를 입었지만 무사히 회복, 그 후에 보제스 백작가와 친해져 왕도에 이상한 가게를 차려 지금에 이르렀다, 인가."

"네. 더군다나 출처를 알 수 없는 상품, 뛰어난 지식, 라이너 자작가 여식의 데뷔탕트 볼을 지휘한 그 수완……. 어딘가 작은 나라의 귀족 처자로는 도저히 생각할 수 없습니다."

"천둥의 무녀, 인가……. 하지만 우리 나라에 해를 끼칠 의향은 없지. 유괴조직 궤멸의 계기가 됐고 사람들을 돕는 듯한 일도 하고. 딸도 구해주었고 말이야. 많이 친해진 모양이야, 사비네는……. 자네도 그 돋보기 안경이란 것에 도움을 받았지 않은가."

"네, 확실히……."

"뭐, 문제는 없겠지. 반대로 좀 더 이쪽으로 끌어들일 방향으로 생각하는 게 좋겠어. 왜냐면."

"네. 재미있는 소녀니까요."

"그래, 재미있지. 확실히."

집무실에 하하하 하고 유쾌한 웃음소리가 울린다.

"어? 임금님의 초대장?"

"응, 근위대 원정훈련에 갔던 오라버니와 사절로 이웃 나라에 갔던 큰언니가 돌아오니까, 두 사람에게 소개하고 싶다고 가족만 하는 식사 자리에 와달래."

사비네가 또 귀찮은 걸 가져왔다…….

애초에 어째서 왕자님이나 공주님에게 소개해야 하지? 물론 사비네와는 인연이 있어서 이렇게 됐지만 다른 사람은 관계없잖아. 그냥 남이잖아. 임금님도 친구 아빠에 지나지 않고 말이야. 그런 사람이 자꾸 간섭하면 기분이 나빠. 딸 친구에 접근하는 아빠라든지.

하지만 거절하면 더 귀찮은 일이 생기겠지. 아무렴 임금님이니…….

하는 수 없지.

"왔어~."

"왔구나~."

성문에 도착하자 사비네가 기다리고 있었다. 언제부터 여기서 기다린 건지. 그렇게 기대하는 건가, '친구가 집에 놀러 오는' 이벤트를.

하긴 근엄한 병사 아저씨가 안내하는 것보다 훨씬 낫지만. 내가 좋아하는 건 '댄디한 아저씨'이지 '땀내 나는 아저씨'가 아니야. 결코.

그래서 안내받은 곳은 비교적 간소한…… 어? 여기는 전에 왔던 그 방이야. 음, 왕궁에는 의외로 방이 적은가.

자리에는 임금님과 존재감 없는 왕비님. 아니 미인이셔, 조용해서 별로 말씀 안 하실 뿐.

아, 남편을 위해서 자중하신다고요, 그렇습니까.

그리고 스무 살이 넘었을 법한 반짝반짝 왕자님, 20대 중반의 공주님……잠깐 이런 세계에서 공주님이 이 나이가 되도록 부모 곁에 있어도 되는 거야? 설마 갈 데, 콜록콜록, 아무것도 아닙니다, 노려보지 마세요.

큭, 생각을 읽혔나? 네 녀석, 월간 뉴타입이냐!

그리고 17~18세로 보이는 공주님과 사비네, 루헨. 왕실 총출동입니까, 그렇습니까. 뭐라고 해야 하나, 정말. 사람을 평가하는 듯한 시선이야, 큰언니와 오라버니는. 아, 작은 공주님은 작은 언니라고 하나.

흐음, 악의나 적의는 없는 듯하니 괜찮겠지. 귀여운 막내 여동생이 나에게 찰싹 달라붙어서 분한가?

저기, 별로 원해서 그렇게 된 것이 아니라…….

디브이디가? 무슨 말을 하려는 거니, 사비네! 그만두지 못해!!

……겨우 끝났다.

뭐, 흥미로운 이야기도 많이 들어서 좋기는 했는데. 이 나라의 각지의 특산물이라든지 경제상황이라든지. 하지만 어째서 주변국 정세를 나에게 들려주는 겁니까, 임금님! 큰 공주님도 어째서 거기서 내 의견을 물어보는 거예요!

나는 평범한 상인이야. 이웃 나라가 수상쩍다고 해도 잘 몰라요.

그리고 왕자님은 어째서 칼 이야기를 하려고 들지. 테오도르 님과 동류인가?

* *

오늘은 가게를 쉰다. 아니 가끔은 쉰다고. 부정기적으로. 일본에서 할 일도 있으니까.

하지만 오늘은 일본으로 돌아가지 않고 이전에 스벤 씨 파티와 갔던 숲으로 갔다.

그게 있지, 용병단 대장 씨 쪽에서 바비큐를 한다고 오래.

응, 대장 씨뿐만 아니라 다른 대원들과도 꽤 친해졌거든. 교관을 돌아가며 했으니까. 게다가 다들 출신국이 다 다른데 내가 모두의 모국어로 이야기하니까 기뻐하더라고, 많이 귀여워해 줬어.

아, 생각해 보면 용병단 사람들은 스벤 씨 파티와 업종이 같네. 세계가 달라도 크게 다르지 않구나. 양쪽 다 좋은 사람들이고.

그래서 일단 선물이라도 준비할까 해서 말이야.

아니 사슴이나 멧돼지는 잡지 않아. 잡을 수 있지만 무거워서 옮길 수 없으니까. 그래서 토끼라도 가져가려고. 새는 난데없이 가져가도 깃털 뽑느라 힘들 테니까. 시간이 있으면 야채나 허브 등을 넣고 굽거나 삶을 수 있지만 말이야.

그런 이유로 잡았어, 토끼 네 마리. 크로스보우뿐만 아니라 슬링샷 연습도 겸해서. 한 손에 두 마리씩 들고. 으, 무거워…….

으아앗! 뿔이, 뿔이 다리에!

아, 말 안 했던가? 여기 토끼에는 뿔이 달렸어. 내 머리로는 '토끼'라고 이해되지만. 뿔토끼 같은 게 아니라.

자, 용병단 베이스가 있는, 언제나 인적이 뜸한 곳으로 전이.

드럼통을 잘라 만든 몇 개의 바비큐 화로 안에서 석탄이 붉게 타오르고 있다.

음, 슬슬 시작할까 생각하던 중에 아가씨의 모습이 보였다. 왔나. 뭐냐, 그 양손에 들고 있는 이상한 물체는…….

"왔어~."

"그, 그래……."

그리고 뭐냐 그 모습은.

어딘가의 호빗이냐 하는 생각이 들 만큼 이상한 복장. 허리 양쪽에 찬 93R과 리볼버, 나이프와 단검. 허리 뒷춤에는 슬링샷, 어깨에 멘 크로스보우. 살랑살랑한 흑발과 앳된 얼굴의 11~12세 귀여운 소녀.

……소설 속 엘프냐!!

아, 그러고 보니 처음에 일본의 통화로 지불했지, 아가씨. 일본인은 호텔이나 비즈니스 관계자에겐 '요정'으로 불린다고 하던가.

사람들 왈, 작고 예의바르고 항상 웃으며 이곳저곳 돌아다니고 그들이 있는 곳은 번영한다. 하지만 뭔가 안 좋은 일을 겪으면 불평 하나 없이 사라져 다시는 오지 않는다.

한 명이 사라졌나 싶더니 어느새 전부 없어진다. 그리고 그들이 모습을 감춘 곳은 대체로 바로 망한다. 이전에 일본을 잘 아는 누군가가 *자시키와라시라고 했는데 무슨 뜻인지는 모

---

* 자시키와라시(座敷童子) : 좌부동자. 일본의 동북 지방에 전해지는 정령 같은 존재. 집에 있으면 복을 가져오지만, 나가면 집이 홀랑 망한다고 한다.

른다.

흠, 본업이 한가한 지금은 꽤 좋은 고객이다. 돈도 잘 지불해주고 말썽을 일으키지 않으니까. 꽤 재미있는 녀석이기도 하고. 꼬맹이지만.

하지만 너, 그걸 대체 어떻게 하려는 거냐? 끝까지 토끼라고 우길 거냐. 저기 말이야, 토끼는 뿔이 없다고. 알고는 있니?

……먹었다. 그리고 맛있었어, 젠장!

젊은 대원이 우리 홈페이지에 사진을 올려버렸어. 아가씨 사진과 괴상한 생물의 사진을. '엘프 공주님, 괴상한 뿔토끼를 가지고 우리 바비큐 현장을 방문'이라는 제목으로. 프라이버시 보호법도 모르냐, 이놈들아.

그것을 보고 이상한 녀석들이 찾아왔다. 학자라고 하면서 뿔토끼를 내놓으라고 한다. 벌써 먹어치웠단 말이야. 음식물 쓰레기 버리는 곳을 묻더니 파내겠다고 가버렸다. 뭐냐, 대체. 명함을 두고 가버렸어.

그리고 엘프를 내놔, 사진을 찍게 해달라고 소란피우는 바보들. 아가씨는 안 줘! 빨리 돌아가!

이렇게 '나를 빼고' 평온한 나날이 이어지고 있다.

아, 그건 평온하다고 하지 않나요, 그렇습니까.

제13장 그렇다면 전쟁이다!

"전쟁이다."

사비네를 통해 나를 부른 임금님은 갑자기 그렇게 말했다.

뭘 갑자기…….

"그러니 사비네를 데리고 외국으로 피난해 주었음 하네."

아~ 그런 소리인가.

"하지만 거절한다!"

임금님과 재상님, 입을 떡 벌리고.

"모처럼 큰돈을 들여서 고생해서 만든 가게라고요. 버리는 건 정말 최후의 수단이에요!"

"아니 만약을 대비해 피난하라는 것이지 전쟁이 끝나면 다시 돌아올 수 있다."

"안 그럴 가능성이 있으니까 피난 가라는 거잖아요?"

내 말에 임금님은 입을 다물었다.

"어쨌든 제 가게는 제가 지킵니다. 여차하면 가게와 함께 자폭할 거예요!"

"자, 자폭? 어째서 그렇게……."

"그 가게는 제 집이자 제 성이에요. 거기에 무단으로 침입하면 다 같이 죽는 거예요!"

임금님, 큰 충격.

자폭이라고 해도 정말로 자살할 생각은 없어. 일단 가게를 통째로 지구의 무인지대로 전이하고, 이쪽의 어딘가 다른 나라에서 토지를 사서 다시 전이하든가.

할 수 있어, 가게를 통째로 전이하는 것 정도는. 간단해. 그것을 가게를 통째로 없애서 죽은 것처럼 보이게 할 뿐이야. 그래서 아슬아슬할 때까지 버텨도 돼. 정보 전달이 몹시 느리고 사진도 없으니까 먼 나라에서 다른 이름을 쓰면 들키지 않을 거야, 아마도.

그리고 몇 년 지나면 더 성장했다고 생각할 테니 외모와 나이가 맞지 않아서 안전권.

안타깝네요. 더는 성장하지 않아요. 이미 18세니까……젠장!

결국 거절하고 돌아왔어. 전쟁 따위에 얽히긴 싫어.

응, 하지만 여차할 때는 사비네를 어떻게든 하자. 순응력이 좋은 사비네라면 어디서든 잘 살 수 있겠지. 이 세계의 다른 나라라도, 지구라도.

가게에 돌아와서 이것저것 생각했다.

손님은 오지 않는다. 이미 전쟁 이야기가 퍼졌겠지. 비밀로 할 수는 없을 거고 의미도 없다. 왜냐면 많은 수의 상비병을 동원하거나 비상소집을 하거나 식량을 모으거나 여려 군수물자를 모으거나 해야 하니까, 숨길 수 없는 거다.

얼마 전에 사교 시즌은 끝나 귀족들은 대부분 영지로 돌아갔다. 베아트리스도 억지로 백작님 일행과 함께 돌아갔다. 영지 경영을 아들이나 부하에게 맡기고 있는 귀족이나 영지가 없는 관료귀족들은 왕도에 있지만 그래도 병력 소집에는 시간이 걸린다.

임금님의 이야기로는 수상쩍다고 생각했지만 설마 이렇게 빨리 이웃 나라가 움직일 줄은 몰랐다고 한다. 병력이나 재정을 봐도 앞으로 몇 년은 지금 상태가 계속될 거라고 전망한 듯하다. 서로 그렇게 궁핍하거나 절박한 것도 아니었다. 충분한 승산도 없이 대체 무슨 작정인지 의문스럽다고 한다.

하지만 그때 들려온 놀랄만한 정보. 이웃 나라는 무려 몬스터를 병력의 일부로 삼았다고 한다. 그리고 국경 근처에 영지를 가진 몇몇 귀족의 배신. 원래는 적을 막아 시간을 벌어 자국의 병사 소집을 도와야 할 국경 근처 영주들이 배신하는 바람에 적군은 별다른 저항에 부딪히지 않고 진군. 그 뒤로 사전 정보도 없이 갑작스럽게 침공당해 제대로 저항도 못하는 지방 영주군을 분쇄하면서 빠르게 왕도로 향하고 있다고 한다.

말도 인간도 차례차례 교체하며 급사를 파견해 각지에 명령서를 보내고 있지만 적의 진군 루트 근처의 영주군이 적군을 가로막는 것이 고작이다. 왕도를 지키기 위한 군이 제때 갖출 수 없다.

배신은 그렇다 치고 의사소통이 안 되는 몬스터가 어째서 이웃나라 군대와 함께 움직이고 있는지는 이해할 수 없다고 한다.

끄~응. 절망적이지 않을까? 완전 구석에 몰린 거지? 방구석 폐인이라면 또 모를까.

아, 보제스 백작령은 적군의 침공 루트와는 반대편. 나라의 가장 끄트머리인 바다에 접한 곳이라서 일단 안전하다고 할까, 왕도방위전에는 올 수 없다고 한다…….

군의 진군 속도는 승합마차보다 훨씬 느리지만, 그래도 적군은 왕도까지 거의 다 왔다고 한다. 하긴 감시초소에서 정보가 오는 것도 시간이 걸리니까 어쩔 수 없나. 으~음…….

좋아, 정했어. 왕궁으로 가자. 무슨 일이 있으면 지구 경유로 전이해서 바로 돌아올 수 있고. 어쨌든 정보가 중요해. 게다가 사비네 곁에 있어 주고 싶고. 풀장비로 가자.

방인(防刃) 조끼에 총 3정. 나이프와 단검, 예비탄창. 가게 방범 시스템을 절대방위 모드로 설정. 누가 건물에 들어오면 연기와 폭죽이 올라와 내가 왕궁 어디에 있든지 바로 알 수 있다.

좋아, 출발!

왕궁에 도착하니 어째선지 간단히 들여보내 주었다. 엥, 그래도 되나요?

아, 내 얼굴을 기억하고 임금님이 내가 오면 바로 통과시키라고 지시하셨다고요, 그렇습니까.

감사히 그냥 통과해 안으로.

아니 임금님 있는 곳으론 안 가. 아까 만나고 나서 별로 시간이 지나지 않았고 바쁠 테니까.

일단 사비네를 찾는다. 근데 보이지 않네, 다른 사람에게 물어봐야지.

왕궁에서 어슬렁거리며 공주가 있는 곳을 찾다니 정말 수상한 녀석이잖아. 응, 물어보기 힘들어.

얼쩡거리다 재상님에게 잡혔어.

역시 임금님은 바쁜 모양이야. 사비네가 있는 곳으로 안내를 부탁하려고 했는데 뭔가 회의에 참석하지 않겠냐면서 억지로 어딘가로 연행됐어. 그거 '참석하지 않겠냐.' 가 아니죠, '참석해라.' 잖아요! 그래서 내가 참석할 만한 회의가 뭔가요? 상업관계? 물자 구입 같은 건가.

군사회의라고요, 그렇습니까.

그리고 연행된 회의실. 귀족이나 군인 같은 사람들이 30명쯤 간이의자에 앉아 있고, 앞쪽에는 긴 테이블이 있어서 이쪽으로 보고 앉은 높으신 분들이 몇 명.

엑, 그렇게 앞으로 끌고 가요? 맨 뒷자리가 좋아요! 저기 봐요, 높은 사람이 쳐다보잖아요.

"재상님, 그 소녀는?"

봐요.

"이 아이가 그 미츠하 양입니다."

"아아, 그……."

아니, '그'가 뭐예요, '그'가! 대체 무슨 말을 들은 거예요!

"미츠하!"

갑자기 벌떡 일어나 달려오는 남자. 양팔을 확 벌려…… 안길 생각 없거든요!

퍼억!

응, 제대로 들어갔다. 대장 씨가 지도해 준 성과가.

배에 보디블로를 맞고 쓰러지는 남자……. 어라? 이 사람, 알렉시스 님이잖아.

"너, 너무해……."

참석자들이 웃는 가운데 눈물을 글썽이고 항의하는 알렉시스 님.

우리가 언제 사람들 앞에서 포옹하는 사이가 됐나요? 아니, 사람들 앞이 아니더라도.

듣자니 급사를 통해 소식을 들은 보제스 백작님은 바로 출병 준비에 들어갔고, 장남인 알렉시스 님을 정보 수집과 연락을 위한 요원으로서 영주대리의 직함을 주고 먼저 왕도에 파견했다고 한다.

오오, 책임이 막중하시네. 그래서 이런 회의에도 참석하는 건가. 그것도 상당한 앞자리에. 그야 백작가의 대표니까.

물론 그럴 필요도 있었겠지만 장남의 평판을 올리려는 의미도 있겠지.

이동은 파발마를 갈아타 고작 3일 걸렸고 도착했을 때는 진이 빠졌다고 한다. 백작님이 이끄는 본대가 도착하려면 앞으로 7일은 걸릴 예정.

하긴 중무장으로 걸어서 오니까, 그래도 빠른 편인가. 속된 말로 '강행군'이라는 거지. 상당히 무리해서 오는 거.

결국 꽤 앞에 앉게 되어 회의가 시작됐다. 아니 그래도 중앙 부근이 아니라 구석 쪽이야.

현재 상황 보고, 최신 정보의 교차 확인, 적의 동향 예측 등 의제가 착착 진행된다. 적은 내일 밤에는 왕도에 도착. 그 후 휴식을 취하고 모레 날이 밝는 대로 왕도공략을 개시할 것으로 예상된다.

적군은 약 2만. 그중 3000이 고블린, 오크, 오거, 기타 '몬스터들'.

아군은 약 2000. 시간을 끌려고 출격한 병력은 아마도 궤멸. 이미 병력으로 칠 수 없을 것이다.

역시 작전은 농성전. 각지에서 영주군이 도착할 때까지 왕도군과 위병대, 근위대, 용병들로 왕도를 방어한다. 총 사령관은 앞에 있는 높은 사람들 중 가운데, 아이브링거 후작.

초로에 가까운 나이지만 역전의 용사다. 아버지에게서 작위를 물려받을 때까지 최전선에서 커다란 양손검을 휘둘렀다는 무투파로, 모두에게 큰 신뢰를 받아 다른 지휘관은 고려할 수 없다고 한다.

그리고 구체적인 배치를 정하는 중에 상당히 지친 듯한 병사가 위병에게 안내를 받아 회의실에 들어왔다. 철제 갑옷을 입고 있고 왼쪽 허리에 쇼트 소드.

"전령입니다! 적군의 상황을 보고합니다!"

병사는 큰 소리로 그렇게 고하고 어깨에 걸친 큰 가죽가방을 열어 손을 넣는다.

내 몸이 멋대로 움직였다. 의자에서 일어나 아이브링거 후작의 앞에 튀어나간다. 먼저 몸이 움직이고, 사고가 나중에 따라온다.

[이상해비정상이야장거리전령이라면경장의가죽갑옷보고서라면몸에지니고방해되는짐은빼야높은사람앞에서긴장했다고해도눈에핏발이가방이너무크면무거울텐데단단한가죽시선이사냥감을보는눈총격이라면뒤의사람도맞을텐데아아바보내가죽겠어하지만후작이죽으면혼란막아야방인이아니라방탄조끼였으면통한의아아아]

사고가 따라잡기도 전에 핸드볼의 키퍼처럼 내 몸으로 모든 것을 막을 자세를 취한 나.

멋대로 움직인 몸이지만 후회는 없었다. 아마 천천히 생각해도 같은 결과일 테니까. 왜냐면 나는 미츠하. 야마노 미츠하니까!

전령이 가방에서 꺼낸 것은 소형 연노궁, 크로스보우를 닮은 형태로 5개의 화살을 한 번에 발사하는 특수한 형태의 그것을 조준하여 발사하기 전에 내 앞에 누군가가 나타났다.

쿵!

왼쪽 어깨가 뜨겁게 달아오르는 느낌과 충격에 나는 뒤로 쓰러졌다. 그런 내 위에 쓰러지는 남자의 몸. 그리고 남자의 오른쪽 어깨와 배에 박힌 작은 화살.

화살이 표적을 맞히지 못한 것을 안 암살자는 쇼트 소드를 뽑아 후작에게 일직선으로 달린다. 성안이기도 하고 좁은 회의실의 간이의자이기에 검을 두고 온 자도 많아 아무도 빠르게 반응하지 못했다.

내 몸이 자동적으로 움직이고, 오른손으로 93R을 뽑아 떨리는 왼손을 대서 앞으로 내밀었다. 왼쪽 어깨에서는 뜨겁게 타는 느낌이 강했지만 아드레날린이나 도파민이 뇌에 콸콸 흘러넘치는지 고통은 없었다. 그저 왼팔이 떨리는 게 멈추지 않는다.

바닥에 나자빠진 나. 쇼트 소드를 쳐들고 달리는 암살자. 각도적으로 총알은 빗나가도 천장에 맞을 거다. 괜찮아!

탕탕탕! 탕탕탕! 탕탕탕!

3점사의 총성이 3번 이어지고, 암살자의 몸이 뒤로 넘어갔다.

조용해지는 실내. 아무도 말하지 않고 움직이지 않는다.

"……미츠하, 너의, 기사로서, 하, 합격이니……."

"알렉시스 님!"

힘없이 말하는 알렉시스 님.

"……부족하네요. 완전 부족해요!"

""""뭐라고오오!!""""

모두의 입에서 나오는 경악의 목소리.

그리고 실내의 온 남자들이 딴지를 걸었다.

""""그걸로도 부족하단 말이야!!""""

응, 완전 부족하지.

"이거 봐요! 제 왼쪽 어깨에 한 대 박혔잖아요. 불합격이에
요."

"하하……."

힘없이 늘어지는 알렉시스 님.

"하지만, 뭐, 노력은 인정해요. 불합격이지만 실격은 아니
니까요. 다음에 도전해 보세요."

"다음, 인가……."

"네, 다음, 말이에요."

'''그렇게 넘기는 거냐!!'''

미츠하의 말에 모두가 놀란다.

하지만 베테랑들은 안다. 다음은 없다는 사실을.

오른쪽 어깨는 괜찮다. 하지만 복부의 상처. 지금은 괜찮아도 저 상처는 곪는다. 용기 있는 저 젊은이는 며칠 뒤에 괴로워하면서 죽어갈 것이라고. 실로 안타까운 일이다…….

젊은이는 고통 탓인지 눈을 감는다.

"아하."

갑자기 웃기 시작한 미츠하에게 모두가 놀란다.

"아하, 아하하하하하하!"

'공포와 슬픔에 미친 건가!'

"자중했단 말이야. 나는 자중하고 있었다고."

무슨 소리지?

"이 세계의 발전이 꼬이지 않게. 성실한 사람이 피해를 보지 않게. 조금은 심하게 저지른 적도 있지만, 일단 꽤 자중했단 말이야.

그 결과가 이건가……. 죽을 뻔하고, 친한 사람도 지키지 못하는, 이런 건가……."

무슨 말인지 이해할 수 없지만 후회하고 있는 건가?

"안 할래. 이제 그만할래! 이제 자중하는 것을 그만둘 거야~~! 내 진심을, 보여주겠어!! 아이브링거 후작님, 모레 새벽까지는 돌아오겠습니다. 내일 밤 이후 왕궁 안뜰에 물건을 두지 마시고 사람도 들이지 말아주세요."

"아, 그래. 그건 상관없네만……. 대체 뭘 할 생각이지?"

후작의 질문에 미츠하는 대답했다.

"준비하겠습니다, 무적의 군세를. 그리고 모레 새벽에 적군의 병사들은 알게 될 것입니다."

미츠하는 히죽하고 웃었다.

"공포와 절망이라는 말의 진정한 의미를. 그리고 지옥은 이 세상에도 존재한다는 것을."

다음 순간 미츠하는 사라졌다. 용기 있는 젊은이와 함께.

＊　＊

쿵!

용병단 울프팽의 홈베이스. 이 부근은 토지 이용료가 싸서 상당한 넓이가 있다.

그 끝에 건설된 2층 건물의 어떤 방, 오락실. 담배를 입에 물고 당구를 치던 나는 큐를 잡은 채로 눈을 크게 뜨고 굳었다.

갑자기 당구대 위 몇십 센티미터에서 나타나 그대로 당구대에 낙하한 다음 고통에 뒹굴거리는, 젊은 남자를 안은 최근 우수 고객 아가씨의 피에 젖은 모습을 보고.

"으앗, 으아아아아악! 공이! 공이 박혔어어!"

그러냐, 그 뭐냐, 어깨에 박힌 것보다 아팠니…….

"의사를. 내 방패가 되어 주었어요, 죽게 하지 마세요!"

몸을 비틀어 등과 엉덩이에 파고든 공에서 필사적으로 빠져나온 아가씨가 갑자기 진지한 얼굴로 그렇게 말했다.

젊은 녀석에게 눈짓으로 지시한다. 바로 의사를 찾는 녀석, 응급처치로 지혈하는 녀석, 나눠서 움직인다. 화살은 뽑으면 출혈이 생기니까 뽑지 않는다. 화살촉이 어떻게 되어 있는지도 모르니까.

그래 온몸으로 아가씨를 지켰다고 하면 어떻게든 해 주마. 다들 그렇게 생각할 거고.

그런데 한 발을 못 막은 건 한심하군. 아가씨를 다치게 하다니. 나중에 굴릴까.

큐를 놓고 테이블의 글라스에 손을 대자 다른 녀석들도 몰려왔다.

"대장 씨. 요전에 큰 일거리는 없다고 그랬었죠."

"그래."

아가씨는 겁 없는 미소로 말했다.

"용병단 울프팽 전원을 고용하려고 해요. 출격은 모레 새벽. 적은 약 2만, 몬스터도 있습니다. 지불은 최소 보장으로 금화 4만 개, 경우에 따라서는 추가 지불 가능. 받아 주시겠어요?"

쨍그랑.

누군가가 글라스를 떨어트렸다. 담력 없는 녀석 같으니.

마른 목을 축이려고 했더니 손에 아무것도 없었다.

뭐야, 떨어트린 게, 나였어.

"그런데 말이야, 아가씨."

"응, 왜요?"

"일단 병원에 가서 그 화살이나 뽑자고."

제14장 무녀님 출격

알렉시스 님에겐 여기는 내 모국이며 뛰어난 기술로 치료할 테니 의사의 손짓몸짓 지시에 말없이 따르도록 당부했다. 나는 며칠 내로 돌아올 것이며 치료가 일단락되면 함께 왕국으로 돌아가자고 전하자 안심하여 잠들었다.

나도 화살을 뽑고 상처를 꿰맸다. 이대로 흔적 없이 치료된다는 보장이 있다니 다행이다. 응, 정말 다행이야.

용병단은 긴급소집이 걸렸다. 휴가 중인 자도 포함해서.

기본적으로 참가는 본인의 자유다. 전체 59명 중 얼마나 참가해 줄지…….

용병단 내에서는 벌써 준비가 한창이다. 무기나 차량의 점검, 탄약의 추가 보충. 원래 충분했던 비축분이 있었지만 어차피 소비하면 나중에 보충할 필요가 있다면서 만약에 대비해 미리 많이 구입한다고 한다.

그사이 나는 여러 가지를 설명했다. 오크는 권총 한 발로는 무력화되지 않을 수 있다는 점을, 오거 이상에는 권총이나 권총탄을 쓰는 기관총, 아니면 돌격소총의 5.56mm 탄도 안 통할 수도 있다는 것을. 나도 실제로 그런 몬스터를 사격한 경험이 있는 것이 아니지만, 스벤 씨 파티에게 들은 이야기로 유추했다.

이미 용병단 사람들은 목적지가 이 세계가 아니라는 것이 다 들킨 상태다. 이때까지 내가 출현하는 방법이나 언동도 꽤 수상했지만 이번 등장으로 임팩트가 너무 컸다.

하지만 어딘지 '역시나' 같은 분위기가 형성되어 캐묻는 사람은 없었다.

의뢰인의 개인 정보에는 관여하지 않는다. 기밀 엄수. 이런 부분도 스벤 씨 파티와 많이 닮았다.

그리고 미츠하가 출현한 지 하루하고도 반이 지난 오전 5시.

용병단 울프팽의 홈베이스, 차량격납고 앞 공터.

정렬한 57명의 남자들과 그 앞의 단상에 선 소녀.

흰 드레스에 건벨트. 오른쪽 허리에는 93R. 왼팔을 묶고 있어 리볼버나 단검은 없다. 대신 많은 예비탄창. 왼팔은 손목부터는 움직이기에 탄창교환은 어떻게든 된다.

소녀가 오른손을 들고, 공터가 조용해지자 손을 내리면서 외쳤다.

"제군, 전쟁을 할 시간이다!

적은 2만, 우리는 58명! 주어진 것은 위험이 가득한 임무. 보수는 약간의 금화, 명예와 긍지, 그리고 고마워하는 사람들의 말."

미츠하의 연설이 이어진다.

"전쟁 따위, 모두가 자신의 정의를 수상한다. 노부가 뜩끝다. 전쟁에 정의는 있을 수 없다. 돈과 권력을 서로 빼앗고 빼앗기는 일. 그리고 희생되는 자는 언제나 서민이다.

하지만 이번에는 다르다! 우리의 임무는 조약을 어기고 일방적으로 쳐들어온 적병과 마물의 무리로부터 왕도의 백성을 지키는 방어전!"

미츠하는 한 번 쉬고 외친다.

"나는 이 자리에서 단언하겠다! 우리야말로, 절대적인 정의임을!"

오오오오!

함성을 지르는 용병들.

"나는 10분 정도 빠져 있겠다. 이번 임무를 포기하는 자는 그대로 돌아가다오. 남아 준 자는 다음에 전장으로 향한다. 제군의 용기를 기대하겠다."

그렇게 말하고 미츠하는 단상에서 내려와 건물로 들어갔다.

그리고 10분 후.

휴가로 멀리 여행을 떠나서 애초에 이 자리에 없는 두 명을 제외한 용병단 울프팽 57명 전원이 정렬해 있었다.

"탑승!"

"대단한데, 아가씨……."
　연설의 앞부분을 남극탐험대의 대원 모집 광고에서 베낀 줄 모르는 대장은 미츠하의 선동자 재능에 감탄했다.

　용병단 울프팽은 차량을 몇 대인가 보유하고 있다. 경장갑 기동차. 중기관총을 설치한 지프. 차양막이 달린 트럭. 그리고 〈신(神)〉.
　〈신〉이란 용병단 울프팽에서 절대적인 신앙의 대상이다.
　용병단이 아직 소수의 이름 없는 용병팀이었을 때. 그들은 어떤 전장에서 고용주인 정부군에게 퇴각하는 철수 방어를 떠맡았다. 불만을 말할 순 없다. 용병이란 원래 그런 거니까.
　용병을 감싸 자신을 희생하려는 정규군은 없다. 정규군 병사에게 자국을 위해 목숨을 바치는 자신들과 달리 정의도 신념도 없이 오로지 돈 때문에 싸우는 용병은 경멸의 대상이었다.
　내일은 적군에 고용돼 자신들을 공격할지도 모르는 박쥐. 아군일 때만 적대하지 않는다. 단지 그뿐이며 그 죽음에 아무 감흥도 없다. 숭고한 사명을 띤 자신들의 방패가 되어 죽으면 영광이겠지 하는 정도이다. 그리고 정규군은 방어는커녕 용병들을 미끼로 버리고 서둘러 전장에서 이탈했다.

수송차량도 없고 경장갑차까지 동원하여 추격하는 반정부군에게 쫓겨 끝이라고 생각하여 포기하려고 했을 때. 그곳에 〈신〉이 강림했다.

바위에 오른 채로 방지된 하프트랙. 그리고 그 짐칸에 탑재되어 있는 구식 20mm 기관포. 지푸라기라도 잡는 심정으로 확인하자 간단한 전기계통의 응급처치로 엔진이 걸렸고, 기관포 역시 사용이 가능했다.

하프트랙이 올라와 있는 바위에서 내려와 바위 뒤에 엄폐. 추적하는 반정부군을 매복했다.

쏟아지는 20mm 기관포. 신의 포효, 분노의 철퇴. 트럭의 차체는 물론 경장갑차의 장갑조차 두들겨 부수는 20mm 고폭탄.

그리고 용병들은 살아남아 많은 고생과 경비를 들여 그 신체(身體)를 가져왔다.

대공, 대지 등 상대를 가리지 않고 물어뜯는 우리의 송곳니.

그리고 그들은 〈울프팽〉을 자칭하게 됐다.

또한 지금의 대장이 TAC네임으로 불리지 않고 '젊은 녀석'이라고 불리던 때의 일이다.

〈신〉이 오랜만에 출격한다.

미츠하를 슬쩍 보고 대장은 생각했다.

게다가 이번에는 천사도 우리 편이라고.

대장은 승리를 확신했다.

그리고 다음 순간 광장에서는 사람의 모습이 사라지고 텅 빈 공간에 공기가 유입되어 휘잉 하는 바람 소리가 울린다.

그 병사는 명령을 받아 안뜰을 감시하고 있었다.

결코 눈을 떼지 마라. 그렇게 명령을 받아 교대로 감시한 지 벌써 얼마나 시간이 지났을까.

안뜰 따위를 감시해서 대체 무슨 의미가 있는지? 적은 왕도를 둘러싼 성곽 밖에 있지 않나? 이제 곧 새벽이다…….

잠기운에 살짝 의식을 희미해지려는 때 공기가 불어 닥쳐 휘잉 하는 바람이 분다.

병사가 눈을 크게 뜨자 거기에는 기괴한 거대한 짐승 무리. 그리고 그 짐승 한 마리에는 흰 드레스를 입은 소녀가 타고 있었다.

"늑대의 송곳니, 출격!"

소식을 듣고 총지휘관 아이브링거 후작과 참모진이 달려왔을 때 미츠하는 무릎 위를 경장갑기동차의 상부 해치에서 내민 상태였다. 이 자세는 약간 다리가 아프다.

"배치를 시작합니다. 그리고 날이 밝자마자 주력은 정문에서 출격, 적을 섬멸합니다. 여러분은 농성하여 각 문을 지켜주세요. 저희도 각 문을 지원을 보내겠습니다."

"뭐라고!"

놀라는 후작들을 두고 늑대들은 자기 위치에 갔다. 사전에 계획한 대로 왕도의 남쪽 정문 외 3개 문에는 6명씩 파견한다. 개인장비 외에 중기관총, 수류탄, 그리고 그 탄약도 옮기기 위해 차량으로 돈다.

그 후 모든 차량은 성과 성곽의 정면을 잇는 대로를 따라 남쪽에 있는 정문 앞으로. 도로를 달리는 차량 소리에 놀라 집에서 뛰어나온 주민들이 몰려온다.

"엔진 정지!"

무선용 후부 마이크를 통한 미츠하의 지시에 주위가 조용해진다.

그리고 스피커의 마이크를 손에 쥔 미츠하의 목소리가 거리에 울린다.

"제군! 나는 이 나라를 사랑한다!"

이쪽 언어를 모르는 울프팽 사람들은 미츠하가 무슨 말을 하는지 모른다. 행운이었다.

"제군, 나는 이 나라를 사랑한다! 이 거리를 사랑한다, 이 거리에 사는 사람들을 사랑한다. 그래서 이 손을 피로 물들인다. '울프팽, 출격!'"

마지막 말은 영어였기에 각 차량은 엔진을 재기동하여 천천히 전진하기 시작한다.

"문을 열어라~!"

이 상황에서 열지 않을 수 없다. 문지기들은 허둥대며 문을 연다.

차량 무리는 천천히 문을 통과해 밖으로 나간다. 아까처럼 그대로 무릎 위를 해치에서 내밀고 있는 미츠하의 흰 드레스가 바람에 날린다.

"오오, 오오! 천둥의 무녀께서 출진이시다⋯⋯."

"뭔지 알아? 라이덴 할아버지!"

노인의 중얼거림에 물어보는 젊은이.

"알다마다. 난 봤어. 뒷골목에서 셋째 공주님이 습격당할 때 천둥을 쳐서 공주님을 구하신 무녀님의 모습을! 정확히 천둥의 무녀라고 말씀하셨어! 벽 틈새로 나는 똑똑히 봤다고!"

무녀님⋯⋯.

천둥의 무녀님⋯⋯.

무녀님이 우리를 위해 싸우러 가신다⋯⋯.

술렁이는 가운데 점점 늘어나는 군중 사이에 퍼지는 말.

점점 그것은 외침이 되어간다.

"무녀님, 만세~!"

""""천둥의 무녀님, 만세~!""""

"여기선 잘 안 보여! 방벽 위에 올라가자!"

'뒤에서 뭔가 불길한 말이 들려오는 것 같은데⋯⋯.

아니야. 분명 기분 탓일 거야. 안 들려, 안 들려.'

마츠하는 귀를 막으려고 했지만 안타깝게도 왼팔이 움직이지 않았다.

울프팽 사람들은 역시나 말을 알아듣지 못해서 신경 쓰지 않았다. 다행이었다.

＊　＊

제국군 전선 사령부

슬슬 동이 튼다. 공격 개시를 명하기 위해 일어선 침공군 총사령관은 왕도 정문을 보고 이상하게 생각했다.

"정문이 열려, 있다고……."

이 상황에서는 농성전이 적절하다. 이 상황에서 방어 측에는 다른 선택지가 없다. 며칠 버티면 지원군이 도착할 테니까.

이쪽의 비밀병기를 모르기 때문에 지원군 도착까지 농성할 수 있다고 판단했을 것이다. 설마 공격을 감행할 바보 같은 행위를…….

만약 적 사령관의 암살이 성공했다면 몰라도 실패한 지금 그건 있을 수 없다.

총사령관이 의문스럽게 생각하는 사이에도 적은 문에서 나와서 진격, 그리고 어느 정도 진군한 상태로 정지했다.

그리고 문은 다시 닫혔다.

"뭐냐, 저것은?"

문에서 나온 것은 말이 없는 마차 같은 것이 몇 대.

인력으로 밀고 있는 건가? 시간을 끌려고 버리는 패인가, 교섭을 위한 사자인가?

상대의 전술에 넘어가 줄 의향은 없지만 일단 예법에 따라 구두 교섭을 하기로 할까…….

"어이, 구두 교섭이다. 빨리 준비해라."

"넵!"

총사령관의 지시에 담당 귀족이 바로 준비하여 말에 탔다.

"뭔가 오는데. [저격수, 저격 준비. 목표, 돌출한 적 기마병.]"

미츠하는 후부 마이크를 통한 무선 통신으로 방벽 위에 위치한 저격수에게 지시를 내린다.

기마병은 차량 앞 100미터 정도에 정지하여 그대로 큰 소리로 말을 하기 시작한다.

"나는 영예로운 알더 제국의 귀족, 톨스텐 폰 로츠 백작이다! 이번에 우리 제국의……."

[바로 사살.]

타앙…….

낙마하는 적 기마병.

"아닛……. 교섭의 사자를 죽이다니 명예도 긍지도 없는 건가, 야만인 놈들!!"

분노에 얼굴을 붉히는 총사령관.

그때 스피커에서 미츠하의 목소리가 울렸다. 2만의 제국군은 물론 왕도의 곳곳까지 울려 퍼지는 고음량이었다.

"명예도 긍지도 버린 제국 병사들에게 고한다!"

"대, 대체 무슨!!"

자신의 말에 화답한 듯하여 분노에 떠는 총사령관.

미츠하의 말이 이어진다.

"일방적으로 조약을 어기고, 배신자의 도움을 받아 우리 나라에 슬금슬금 숨어들어서, 몬스터와 손을 잡고, 일반 백성들을 죽이고 약탈하러 온 도적 따위가 명예나 긍지를 입에 담을 자격은 없다!

신은 진노하셨다. 얼마나 용감히 싸우건 얼마나 공적을 세우건 제국 병사들은 신의 곁으로 갈 수 없을 것이다. 너희는 전부 지옥에 떨어질 것이다!"

반론하고 싶지만 외치는 것도 아닌데 모든 병사에게 전달될 정도로 목소리가 큰 소녀에게 대항할 수 없다. 총사령관이 아무리 소리를 질러도 그 목소리는 주위 병사들에게만 전달된다. 이를 갈며 치를 떨지만 어떻게 할 수 없다.

그리고 미츠하의 목소리가 더 이어진다.

"어째서 내가 그렇게 단언할 수 있는지 알고 싶나? 그것은 바로 내가 그렇게 정했기 때문이다! 신의 분노를 보아라!"

[중기관총 1번, 10시부터 2시, 5초간 소사(掃射). 발사!]

무선 후부 마이크로 지시를 내리는 미츠하.

두두두두두두두두두두두!

병사들이 들어본 적도 없는 굉음이 울리더니 고작 몇 초 만에 수십 명의 병사가 찢기고, 날아가, 살점이 사방에 튀었다.

끄아아아아악!!

지옥이 있었다. 그렇다. 바로 이 세계에.

"대, 대, 대체 무슨 일이⋯⋯."

말을 잃은 총사령관. 현실을 이해하지 못하고 머리와 마음이 공회전한다.

[아가씨, 몬스터 쪽에 뭔가 종류별로 인간이 한 명씩 붙어 있는 것 같은데⋯⋯.]

[그거, 순차적으로 사살.]

[라저.]

타앙, 타앙, 타앙⋯⋯.

울리는 총성.

"공격이다! 몬스터를 돌격시켜라! 기세로 밀어붙여!! 뒤를 따라서 징집병을 돌격시켜라!"

제정신으로 돌아온 총사령관이 지시를 내리지만 아군의 움직임이 굼뜨다.

"무슨 일이냐, 서둘러! 또 저 공격이 오면 어쩔 거냐!"

"사, 사령관님, 몬스터 담당 사관이 저, 전부 죽었습니다!"

"뭐라고!"

그분의 노력으로 엄청난 훈련을 통해 겨우 각각의 몬스터에게 몸짓과 목소리로 간단한 의사 전달이 가능하게 됐는데. 대체할 수 없는 귀중한 인재들이…….

수많은 병사가 몬스터에게 죽고 그래도 포기하시 않고 노력한 말 그대로 피의 결실이 활약도 하지 못하고 궤멸했다고?

[전원 하차, 분대화기 전개!]

차량 탑재 병기의 담당자를 제외한 자들이 트럭이나 경장갑 기동차에서 내려서 전개, 경기관총좌를 설치한다. 기타 인원은 전부 돌격소총이나 휴대 로켓탄 등의 무기를 조준한다.

"힘으로라도 몬스터를 밀어서 내보내! 일단 기세가 붙으면 알아서 돌진하겠지! 징집병도 보내! 어차피 한번 쓰고 버릴 농민들이다!"

[경기관총, 몬스터를 가볍게 소사. 그 뒤 병사를. 돌격소총과 함께 직업군인으로 보이는 자를 집중적으로 공격. 농민 같은 사람이나 몬스터는 돌격해 오는 녀석만.]

[아니, 몬스터도 패스하라고?]

[응. 속았다고, 다시는 인간을 믿지 않겠다고 하는 식으로 인간불신에 빠진 몬스터를 제국 쪽으로 돌려보내. 가능하면 이쪽의 숲에 있는 몬스터도 같이 붙여서. 돌아가는 길에 적 병사를 많이 먹어치워 줄 거야. 억지로 징병된 농민도 다시는 제국

의 거병에 응하지 않게 최대한 공포를 심어서 제국에 분노와 증오를 느끼게 하겠어.]

[아가씨, 한마디 해도 될까?]

[응? 뭔데?]

[징그러워!!]

타다다다다!

투다다다다다다!

~~두두두두두두두두두두두두두!~~

총성이 울려 퍼진다. 명령을 내리는 듯한 자, 장비가 말끔한 자, 말을 타고 있는 자 등 상급자부터 없앤다. 특히 중간층, 지구의 군대로 치면 하사관에 해당되는 층을 없애면 군대는 움직이지 못한다.

강제로 징집되어 싸구려 창만 받아서 쥔 농민병은 전진하려고 하지 않을 것이다. 몬스터도 나가면 죽는다는 것을 알고 명령하는 자도 없어진 지금 돌아가고 싶다는 듯이 안절부절못하고 있다.

굳이 2만의 병사를 전멸시킬 필요는 없다. 패배시켜서 쫓아내면 된다.

지구의 전쟁에서도 대부분의 병사가 실제로 전사하는 전투는 매우 드물며 실제로는 절반 정도가 전사하면 '궤멸'로 판단되어 전투가 끝난다. 일반적으로는 그보다 더 빠른 단계인

3할 정도가 전사한 시점에서 전멸, 즉 패배했다고 판단하여 끝나는 것이다.

어쨌든 전투의 전문가인 직업군인을 노려서 철저히 밟는다.

'아, 직업군인으로 보이는 사람들 중에는 용병도 섞여 있을까. 미안해, 모처럼 일거리가 생겨 돈을 벌 찬스였는데. 농민에 비해 장비도 좋고 전투에 익숙한 움직임을 보이니까 우선 목표가 되겠지.

스벤 씨 파티도 고용됐을까. 그쪽은 전투 없이 의뢰료만 받아서 땡 잡았다, 하는 상황일까. 나중에 추격전에서 더 벌 수 있을지도.

응, 적 지휘관이 막고 있지만 적의 전선이 슬금슬금 뒤로 물러나기 시작…… 어? 뭔가 왔어!'

"왔나! 이걸로 반격이다!"

적군의 총사령관은 후방의 하늘을 바라보며 외쳤다.

하늘에 보이는 것은 와이번 무리. 그 숫자는 36마리.

병사나 용병이 죽어 나가는데도 와이번의 둥지에서 어떻게든 알을 훔쳐와 부화시켰다.

처음엔 부화에 실패하거나 새끼일 때 죽거나 했다. 다시 많은 희생을 거쳐 알을 모았다.

작았을 때 병사가 잡아먹혔다. 겨우 탔더니 상공에서 떨어 뜨려 버렸다.

그리고 몇백 명의 희생과 20여 년에 걸친 긴 세월을 거쳐 드디어 완성한 이 위업!

강건한 병사와 와이번이 마음을 나눠 일체화한, 세계 최초의 공중기병!

전투용 검과 장창, 공중에서 투척할 수 있는 단창 몇 개를 장비한 무적의 힘.

적진의 중앙에 단창의 비를 내리게 해 문 안쪽에 강하하여 창과 검, 그리고 와이번의 강력한 발톱과 부리로 적을 쓰러트려 문을 열고 아군을 들여보낸다.

'완벽해! 아아, 그 세계 최초의 쾌거를 내 눈으로 볼 수 있다니⋯⋯.'

[신님, 나설 차례입니다!]
[라저!]
두두두두두두두두두두두두두!

"⋯⋯⋯⋯⋯⋯어?"
몇 초.
겨우 몇 초에 20여 년에 걸친 피와 땀과 눈물과 방대한 예산의 결정이.

살점으로.

고기 조각으로⋯⋯⋯⋯.

터져 버렸다.

울었다.

아직 우리의 싸움은 이제부터다. 그건 알고 있다.

하지만 선배가. 사관 과정의 동기가. 아꼈던 후배가. 친했던 사촌 형제가. 목숨을 바쳐 주춧돌이 된 공중기병의 전부가. 겨우 몇 초 만에.

미안. 잠시 울게 해 줘⋯⋯.

쿵, 쿵, 쿵, 쿵⋯⋯.

지면을 울리고 후방에서 거대한 몸뚱이가 모습을 드러냈다.

"뭘 하고 있는 거냐, 하등생물이⋯⋯."

용. 더군다나 인류를 아득히 초월한 지성을 지니고, 마력의 브레스를 뿜는 용.

고룡.

그것이, 세 마리.

제국이 무모하게도 침략에 나선 이유였다.

* *

용의 계곡에서 태어나 328년.

용은 숫자가 적고 아이가 잘 태어나지 않아 나는 마을에서 오랫동안 아이 취급을 받았다. 그리고 드디어 태어난 여자아이가 올해 127살, 다음으로 태어난 남자아이가 76살이 됐다.

내 뒤로 200년이나 지나서 태어난 아이였고 남녀가 이어서 태어났기에 마을에서는 크게 기뻐했다. 나도 드디어 아이 취급에서 벗어날 수 있어 매우 기뻤다. 형처럼 따르는 것도 상당히 좋았다.

그 두 용 이후에는 또 한동안 아이가 태어나지 않아 마을에서는 암묵적으로 이 둘이 맺어지는 것이 당연하다고 생각됐다. 두 용도 그것을 의식하고 있다. 특히 여자아이, 류류는 그런 의식이 매우 강했다. 여자아이는 빨리 성숙해지니까.

나? 나는 좀 더 나이가 있는 비늘 색이 귀여운 소녀나 꼬리 라인이 절묘한 소녀라든지 많아서 괜찮다.

그런데 남자아이, 티에리가 최근 그 병에 걸려버렸다. 그렇다, 어린 용 특유의 그 병, '나는 강하고 똑똑한 고룡족이다. 세계에 군림하여 어리석은 자들을 이끌어 주마 병'이다. 철이 없기는 하지만 형이라고 잘 따라 주니까 내가 나서서 재미 좀 보게 해 줄까.

이전에 인간에게 장난을 치며 놀았을 때 산의 동굴에 혼자 사는 정신 나간 심술보 할아버지가 바로 '인간에 관여하지 마라.' '인간에게 손대지 마라.' 라고 시끄럽게 굴었지만 얼마

전에 죽었기에 문제는 없다.

그래서 인간의 나라 하나에 힘을 빌려줘 거만해진 그 나라가 바보짓을 하는 것을 즐기고 잘 풀려서 주변을 정복해버리면 뒤에서 조종해서 군림하는 놀이를 할 수 있다.

나도 어린 시절엔 그런 놀이가 하고 싶었지만 심술보 할아버지가 시끄러웠고 어린애는 나뿐이어서 그렇게 놀지 못했던 것이다.

아니다. 내가 병에 걸린 것은 아니다. 그저 좀 놀고 싶을 뿐이다.

어디, 한번 말이나 꺼내볼까.

류류도 한다고? 응, 대환영이다.

그럼 야심 있는 나라에 몬스터의 말을 좀 알려주고 몬스터를 사역할 수 있게 해 볼까. 그 뒤엔 잠시 가만히 관찰하는 거지.

그렇게 생각하고 있었는데 처음부터 어긋나다니 이게 무슨 일이냐.

여기서 이 나라의 왕도를 함락하지 못하면 놀이를 시작도 못하지 않나! 무능한 하등생물들이…….

이대로는 티에리나 류류도 즐기지 못하지 않나.

어쩔 수 없지, 처음이니 좀 도와주마. 일단 이 녀석들을 없애고 성문을 브레스로 파괴하면 되겠지.

* *

그런 이유로 뭔가 엄청난 것이 왔어~! 큰 녀석이 한 마리, 작은 녀석이 두 마리.

말이 통하는 것 같으니까 일단 퍼스트 콘택트를 해야지. 이종족 퍼스트 콘택트는 영화나 만화, SF소설에서 많이 봤어. 맡겨줘!

"드래곤님, 안녕하시옵니까?"

"무슨 헛소리냐. 안녕하지 못하다. 네놈들 때문이다. 빨리 죽기나 해라."

어허, 큰 쪽은 말이 필요 없으십니까, 그렇습니까. 하긴 저쪽 편을 들고 있으니.

교섭은 한순간에 결렬. 어쩔 수 없으니 일단 쏘기로 했다.

빵-빵-빵, 빵-빵-빵!

"뭐냐, 그건?"

아프지도 가렵지도 않습니까, 그렇습니까.

"내가 할 거야!"

아, 어린 쪽의 연습 상대입니까. 어쩐지 지난 추억이 떠올라 왼팔이 간지럽습니다만. 화가 나는데요. 하지만 상대가 어린 쪽이라면 대처하긴 쉽지.

"그럼, 이제부터는 젊은 분들끼리……."

아니, 내가 무슨 소리를 하는 거야. 맞선이야?

아, 커다란 드래곤이 뒤로 물러났다. 그 옆에는 다른 작은 녀석이. 어른용, 아이용이라고 부를까. 일단 지금은 눈앞의 작은 녀석이다.

″서기, 이아기글.″

"죽어."

아, 글렀다.

[돌격소총, 발사!]

타타타타타탕!

"아까 그건가. 아프지도 아무렇지도 않다!"

근데 약간 눈물이 고였는데요. 권총탄과는 위력이 전혀 다르답니다, 돌격소총은. 그리고 이거 5.56mm가 아니라 7.62mm거든. 아니면 큰 드래곤보다 피부가 민감한가?

[전 무장, 언제라도 발사할 수 있도록 준비하고 대기. 경기관총, 발사.]

응, 필살기는 너무 빨리 보여줘도 안 돼.

뭐, 앞일을 대비한 조사의 일환이지만. 드래곤에겐 어느 정도의 무장부터 통하는지에 대해서. 세상 물정 모르는 어린용이 괜히 여유를 보이며 뻐팅기고 있을 동안에 이것저것 확인하며 약점을 찾아야지.

투타타타타!

"아, 아파, 아아아앗!"

오오, 어린용은 이걸로도……아니, 아파할 뿐입니까. 설마 맷집이 없나? 용은 크게 공격당하지 않으니까? 어리니까?

아, 방금 그거 용어(龍語)야? 너무 아파서 저도 모르게 모국어가 나왔습니까. 아, 용어 이외에 무언가…… 앗, 다른 몬스터의 언어도 어느 정도 배웠나 봐, 아까 어른용에게서. 용이 인간어 이외의 복수의 언어를 알고 있었나 보네.

드래곤 상대니까 정중한 표현을 쓰고 있었는데 그것도 지쳤어. 이제 됐어, 원래대로 하자.

그래서 슬슬 마무리해야지. 이제 잘못해서 반격당하기 전에 한 번에 몰아치는 거야.

살짝 용병단 사람들에게 눈길을 돌리자 응, 이것도 저것도 제대로 조준하고 있네. 과연 대장 씨의 부하들이야.

[중기관총, 발사!]

두두두두두두!

"으갸아아아앗~!!"

비늘이 튀고 탄환이 박힌다. 흩날리는 피와 살점.

어른용과 다른 아이용은 너무 놀랐는지 눈을 크게 뜨고 움직이지 않는다. 응, 아무리 무기를 쓴다고 해도 설마 인간이 드래곤을 상처 입힐 줄은 꿈에도 몰랐을 거다. 그러니까 반응이 느리지…….

"네, 네이노옴~~!!"

아, 고통과 분노로 일그러진, 미친 듯한 표정. 입을 크게 열어 힘껏 숨을 들이키고…….

브레스가 온다!

[RPG, 입에!]

푸슈아아아악!

RFG—27, 일회용 대진차된 빌시기에시 빌시된 새 빌의 코켓탄이 차례차례 드래곤의 아가리를 향해 날아가 한 발이 크게 열린입안에 들어가고, 남은 두 발은 턱과 머리에 명중해 폭발했다.

그리고 땅을 울리며 쓰러지는 아이용.

"티에리이이이!!"

분노와 절망으로 미쳐 나에게 달려오는 다른 아이용.

[신님, 살려줘어어!]

두두두두두두두두두!

울리는 20mm 기관포 앞에 맥도 못 추고 쓰러지는 아이용.

굳은 채로 움직이지 않는 어른용.

그리고 쓰러진 아이용이 살점이 크게 파인 몸에서 대량의 피를 뿜어내며 질질, 다른 한 마리의 아이용을 향해 기어간다. 질질, 조금씩.

그리고 간신히 도착하여 앞발을 힘껏 내밀어 다른 아이용의 몸에 닿자 움직임이 멈췄다. 영원히.

"으아, 으아, 으아아아아아아아아아!!"

드디어 정신을 회복하여 반쯤 미쳐버린 어른용.

"아아, 아아, 류류, 티에리! 죽었어, 죽었어어!"

용어로 울부짖는다. 그 말을 알아듣는 것은 나뿐이다.

"아이가, 200년 만에 태어난 내 여동생과 남동생이, 요르 오빠라고 형이라고 했던! 내 탓이야, 내가 바보 같은 놀이 따위를, 으아아아아아~~!"

잠시 울부짖던 어른용이 고개를 돌리자 신의 20mm 기관포, 중기관총, 그리고 복수의 RPG-27 대전차 척탄 발사기가 전부 자신을 향한 것을 알아차렸다.

"크아아아아아아~~!!"

죽어!

죽는다구우!

고룡인 내가. 빈약하고 무력하다고, 하등생물이라고 생각했던 인간에게!

히이이이이익!!

고룡은 도망쳤다. 죽기 살기로 도망쳤다. 달리고 달려서 인간을 짓밟고 날리면서 상당히 달려서 이제 절대로 저 죽음을 부르는 것이 보이지 않는 곳까지 도망친 다음 드디어 하늘로 날아올라 일직선으로 용의 계곡으로 도망쳤다.

제국군은 심각한 타격을 받았다. 용이 정문 근처에서 달리

기 쉬운 장소, 즉 가도로 일직선으로 달렸기 때문에 전개해 있던 제국군의 거의 중심부를 짓밟고 닐러버렸던 것이다.

그곳에는 전선 사령부도 있었고 가도에는 보급부대가 식량이나 물, 말의 편자, 보충할 화살 등등 여러 군수물자를 수송 중이었다. 또한 다 옮겼던 물자 집적소도 그 직선상에 있었다. 어디에 두든 상관없다면 옮겨온 가도 근처에 두는 게 정석이다. 그래서 대량의 물자와 지휘계통을 한 번에 잃은 제국군은 큰 혼란에 빠졌다.

무리한 침공을 성공시키기 위한 히든카드인 공중기병, 고룡의 지원을 양쪽 다 잃고 나아가 몬스터의 통제권 잃어버린 지금, 제국군이 검토할 사항은 '얼마나 적은 피해로 퇴각하는가' 밖에 없었다.

또한 몬스터들은 약간이라도 의사소통을 가능했던 병사가 죽고 강함의 상징인 용, 그것도 고룡이 간단히 두 마리나 죽은 다음 한 마리가 너무나도 꼴사납게 도망치는 모습을 목격하여 심하게 동요했다. 게다가 미즈하가 다시 중기관총으로 소사를 명하고 게다가 용에게 배운 오크 언어나 오거 언어로 [너희 맛있겠다. 나 너 한입에 꿀꺽]이라는 말을 마이크로 흘리니 전력으로 도망쳤다. 제국군 사이를 뚫고.

나머지는, 이제 됐다. 사후 처리나 추격 등은 왕도군이나 달려올 영주군에게 맡기자. 용병들의 일도 남겨놔야지.

아, 다른 문에는 배신한 영주의 군대도 왔다고 해. 왕족이나 귀족이 도망치지 못하도록 막는 게 목적이라는데 일부 부대가 공을 노리고 분을 부수려고 했다던가. 그래서 둔기판총 소사와 수류탄에 가루가 됐다고 한다. 응, 다른 문을 맡긴 사람들도 할 일이 있어서 다행이네. 나중에 삐치면 감당이 안 되니까.

이제 왕도로 돌아가자.

그렇게 생각하고 대장 씨에게 말을 걸려고 하니 어째선지 다들 아이용의 파편을 트럭에 싣고 있었다. 아니, 상관은 없는데…….

지쳐서 아무 생각도 없이 시내에 돌아갔더니 일이 엄청나게 커졌다.

천둥의 무녀님? 아니, 그 농담은 이미 끝났다니까.

신의 사자? 아, 전부 들렸다고요, 그렇습니까.

그 연설에 반했다고요? 흔들다리 효과예요, 분명.

아들의 배필로? 어느 틈에 언제 끼어드신 거예요, 임금님! 반짝반짝한 쪽은 싫다고요.

어? 루헨을? 아, 그건 조금 좋을지도. 그 아이는 치유되거든…….

아, 막 쓰다듬지 마요, 왼쪽 어깨가! 아, 상처가 벌어져, 아아, 피가, 피가아!

울프팽 사람들도 대인기! 신의 병사 대우야. 갓난아이를 안은 여성이 "아이를 만져 주세요."라고 말하고 있어, 가서 만 져 줘. 아, 저기. 왜 엄마를 만지는 거야, 거기 젊은 양반!

'가슴을 만져달라.'는 여자아이는 없냐고? 없어, 그런 사람 은!

흐음, 울프팽 사람들을 너무 오래 있게 하면 문제가 생기니 까 서둘러 귀환하게 하자. 여러 사정도 있고 총이 도난당하면 안 되니까.

아, 이런 데서 전이할 수는 없으니까, 또 안뜰인가.

그리고 안뜰에서 다 같이 전이한 뒤, 여러 가지로 볼일이 있 어서 나는 바로 돌아왔다.

아, 알렉시스 님도 보고 왔어. 상당히 불안해했는데 왕국의 승리를 기뻐했어.

오늘은 이제 잘 거야. 가게는 내일도 휴점. 아니 아마 일할 상황이 아닐 것 같으니까.

* *

길고 긴 세월이 지났을 무렵, 용의 계곡에서 어린 용들이 놀 이 이야기를 하고 있다.

"있잖아, 인간들 있는 데 가서 놀지 않을래? 살짝 찔러도 바 로 죽어버리지만 게임 말로 가지고 놀면 꽤 재미있대."

한 마리 어린용이 그렇게 말하고 권하지만 다른 어린용이 난

색을 표한다.

"으~음, 그런데 말이야……. 왜, 산의 동굴에 혼자 사는 정신 나간 심술보 할아버지가 있잖아. 그 할아버지가 금방 '인간에 관여하지 마라.' '인간에게 손대지 마라.'라고 소리치니까. 뭔가 인간에게 호된 꼴이라도 당한 걸까……."

"아~ 그 할아버지 말이지. 그럼 그만둘까. 어쩐지 어른들은 그 할아버지와 엮이고 싶지 않은 모양이고 말이야."

"그러게. 그럼 내일 또 보자."

"그래, 내일 봐!"

제15장 포상

그리고 며칠 뒤.

제국군은 대량의 보급물자를 잃고 도망치듯 돌아갔다.

가는 도중 지속적으로 왕국 영주군의 추격을 받고 몬스터의 습격도 받아 무사히 제국령에 도착한 귀족이나 직업군인은 많지 않았다. 귀족은 사로잡으면 몸값을 받을 수 있고 뛰어난 병사는 나중을 위해 없애두는 것이 낫기 때문이다. 응, 농민 여러분은 돌아가서 생업에 종사하세요.

그리고 마침내 찾아온 왕궁에서의 호출. 아니 이번엔 이것이 없으면 곤란하다.

이번엔 제대로 알현실. 정식이네. 네, 포상 공지입니다.

알현실에 늘어선 사람들. 그게, 포상을 받을 사람도 있고 그냥 서 있는 높은 사람도 있으니까. 물론 총사령관 아이브링거 후작도 있다.

아, 정문 앞의 전투는 아니었지만 추격전이나 사전에 시간을 벌기 위한 싸움 등을 하면서 잘 싸운 침공로 근처의 영주군이나 목숨 걸고 정보를 수집해 승리에 크게 공헌한 사람이나 공로자는 많아. 그중에 한 명이라도 없었다면 승리는 없었을지도 몰라. 아니, 정말로.

만약 적의 침공이 하루라도 빨랐다면? 정확한 정보를 얻을 수 없었다면? 응, 결코 여유만만, 당연한 승리가 아니었어. 아무리 울프팽 사람들이 있었다고 해도.

아, 맨 처음은 저입니까.

"미츠하 야마노, 이번 활약과 공헌, 훌륭하였다. 상을 내리도록 하지. 무언가 원하는 것이 있다면 말해 보거라."

"네, 그렇다면 원하는 것이 세 가지 있습니다."

[세 가지라고?]

[욕심이 과하군!]

[이래서 평민은······.]

알현실 여기저기서 제대로 음량을 조절하지 않은 험한 말들이 나온다.

엄청 뭐라 하시네.

"좋다. 말해 보거라."

그럼 임금님의 말에 따라······.

"네, 먼저 첫 번째로 본래 저보다 상을 받기에 훨씬 마땅한 인물이 있습니다."

"뭐라? 그게 누군가?"

"네. 저와 총사령관인 아이브링거 후작을 관통했을 화살을 자기 몸으로 막은 용기 있는 충성스러운 귀족 젊은이입니다."

이번에는 "오오." 라든가 "아아." 라든가 하는 납득하는 소리를 내거나 안쓰러워하는 사람들밖에 없었다. 응, 다들 납득해 주시네.

"그자는 지금 어디에?"

"네, 어깨의 상처는 괜찮았지만 복부에 맞은 화살이 문제로 치료소에서 사경을 헤매고 있습니다."

"그렇구나……."

임금님도 안타까운 표정을 짓는다. 응, 이 세계에서 그건 죽음과 동의어지.

아, 이 자리에는 보제스 백작님도 있지. 죄송합니다…….

"네. 그자의 행위가 없었다면 그 자리에서 목숨을 잃은 제가 그 후에 공을 세우는 일도 없었을 것입니다. 즉 저의 공적은 모두 그자의 공적입니다. 부디 그자에게도 상을."

아까 비난하던 사람들의 나를 향한 감정이 호전됐다. 응, 타인을 위한 소원이니까. 그것도 죽어가는 영웅을 위한.

"알겠노라. 귀족 가문에 있는 자이기는 하나 부모의 작위를 이을 때까지는 작위가 없는 몸이지. 필히 그 공적을 찬사하여 작위가 있는 귀족으로서 보내고 싶도다.

그자에게 남작위를 내리마. 나중에 그 작위는 본가에 환원해 집을 잇지 못하는 자녀에게 잇게 하라. 그리하면 그자의 공적이 작위와 함께 영원히 전해질 것이다."

그런 임금님의 말에 어디선가 희미한 오열이 들려왔다. 백작님…….

그건 아마 엄청나게 명예로운 일이겠지.

"이에 불만이 있는 자는 있는가?"

임금님의 말에 아무도 불만을…….

"이의 있습니다!"

있었어, 어이! 대체……. 아니, 설마 아이브링거 후작? 하필
이면 구해진 본인이?

다들 너무나 예상 밖이라 놀라고 있다.

그리고 말을 이어나가는 아이브링거 후작.

"남작위를 수여하다니 절대 승복할 수 없습니다. 그러한 공
적을 세운 자가 남작이면 아무도 포상을 받을 수 없습니다."

어?

"최소 자작위 정도는 되어야 살아난 제가 그자의 얼굴을 볼
수 있을 것입니다!"

아아…….

"미안하군, 생각이 짧았네. 그럼 자작위로 불만 있는 자는
있는가?"

있을 리가 없다. 안 그러면 아무도 포상을 받을 수 없으니까.

호오, 아이블링거 후작, 말씀을 잘하시네요.

아, 보제스 백작에게 다가가서 무슨 말을 하고 있어. 뭐, "미
안하네…….미안하네…….'라니…… 아는 사이였어? 하긴,
당연한가, 유력귀족 동지니까.

그리고 아직, 나의 턴!

"진정으로 감사한 처우입니다. 이걸로 제 마음도 조금은 진정될 것 같습니다. 그럼 두 번째 소원입니다만……."

사실 이게 가장 중요한 거야. 오늘의 메인이벤트야.

"정문 앞에서 싸운 전사들에 대해서입니다."

알현실이 술렁인다.

"사실 왕국의 위기를 두고 보지 못하여 두 번 다시 관여하지 않으려고 생각한 제 조국에 원군을 청했습니다."

[조국이라고?]

[대체 어디에 있는 나라냐?]

[어떻게!]

[그 천둥의 지팡이는!]

응, 대소동.

"어쩔 수 없이 목숨을 깎는 비술, '건너기'를 사용하여 한순간에 조국으로 건너갔습니다.

하오나 정식으로 나라를 움직이려면 절차나 회의, 승인, 서류 등이 필요하기에 도저히 시간을 맞출 수 없고 또한 국교가 없는 나라에 사정도 파악하지 않고 군대를 보내는 것이 어려워…….

그렇기에 제 지인들이 개인적으로 참가해 주었습니다. 하지만 나라의 신기를 무단으로 반출한 점, 그리고 신기의 힘을 대량으로 소모한 점……. 아마 전원이 무거운 처분을 받을 것으로……."

[오오오, 어찌 그런 일이!]

[그럴 수가! 그 강하고 착한 용사들이!]

그래그래, 잘 빠라오고 있어.

"게다가 별자리가 모이는 것을 기다리지 않고 제대로 된 준비도 없이 억지로 대규모로 넘어와 발동에 협력해 준 신관 중 몇 명이 목숨을 잃었습니다.

[아아! 그런 일이!]

[신이시여…….]

좋아, 분위기 타기 시작했어!

"그런 연유로 제 모국에 감사의 서한과 금전을 건네 그들의 행동을 정당화하고 타국과의 우호에 도움이 됐음을 나타내 조금이라도 신기의 피해를 보상할 수 있다면 처벌이 경감되는데 도움이 될 것이라고 생각합니다…….

또한 세상을 떠난 신관에게는 임무 외의 개인적인 행위로 보상금도 나오지 않아 유족의 생활에 도움이 되고자……."

아, 다들 울기 시작했어.

"재무경, 국고에서 얼마나 낼 수 있나! 왕도가 불길에 휩싸여 나라가 멸망했을지도 모른다고 생각하면 아무것도 아니다. 어떻게든 충분한 금액을 만들어 내게!"

"넵, 맡겨 주십시오!"

좋아! 이걸로 울프팽에게 지불할 돈은 어떻게 되겠어.

설마 이렇게 하고 금화 3000개는 아니겠지. 내 이익금을 빼도 지불할 금액만 4만 개, 지구 돈으로는 10억 상당한 액수야! 내 저축 목표의 절반, 안정된 노후생활 계획 중 세계 한쪽 분량의 예산에 필적한다. 이곳의 금전 감각으로는 일본인의 40억쯤 하려나.

"금화 3000개!"

뿌우!

"본가는 금화 3000개를 제공하겠다!"

아, 보제스 백작님. 에엣, 정말로요!

"우리는 5000개다!"

아이브링거 후작님…….

"2500개!"

"미안하다, 이번에 피해가 심해 1000개가 한계다, 미안하다…….."

"3000개!"

"2000개!"

차례차례 귀족가에서 지원하겠다는 말이! 이건 예상 밖이야. 나라에서 나오는 게 후작가의 2~3배는 아닐 테니 4만 개 정도는 간단히 되겠어.

아, 만약 4만 개를 못 받으면 어쩔 생각이었냐고? 그러면 다른 나라에서 진주 같은 것을 팔고 도망치면 어떻게든 됐겠지. 이야기가 퍼지기 전에 여러 나라에서 많은 귀족가를 돌아다니면 가격이 붕괴하기 전에 비싼 값에 뿌릴 수 있으니까. 거기까지를 이번 '자중 없음'의 범위 내로 치면 되겠지.

"여러분 참으로 감사합니다. 이걸로 지인들의 처벌도 가벼워질 것입니다. 남겨진 신관들의 자녀들도 아버지의 뒤를 잇기 위해 공부할 수 있을 것입니다······."

여기서 살짝 눈물을 훔치는 시늉.

"이번에 큰 피해를 본 영지는 밭이 황폐해진 영지민이나 고아가 된 아이들에 대한 지원 등 많은 자금이 필요할 것입니다. 동생······왕에게 부탁해서 조국에서 어떻게든 지원을 할 수 있을지 타진해 보겠습니다."

[오오, 거기까지!]

[어쩜 욕심도 없고 자비로운가······.]

감동의 눈물을 흘리는 침공루트 부근의 영주들.

찬사가 이어지는 가운데 아마 일부 귀족들은 마음속으로 반문하고 있을 것이다.

[지금 확실히 '동생'이라고 말하려고 했지! '동생'이라고!!]

이렇게.

물론 말실수가 아니라 일부러 한 거다.

그야 이제까지의 이야기로 내가 평범한 귀족 소녀라고 생각하는 자는 거의 없겠지만.

자, 드디어 마지막이다.

"그리고 마지막 소원입니다만 저를 이 나라의 국민으로 인정해 주십시오."

""""뭐라고?""""

"저는 조국을 버리고 이 나라에 흘러들어와 일시적으로 눌러앉은 부평초. 하지만 지금은 이 도시의 주민으로, 이 나라의 국민이 되어 여기를 새로운 고향으로 삼고 싶습니다."

감격하는 귀족들.

결국 내 소원에는 자신의 이익에 관한 것은 하나도 없었다. 그리고 이 나라를 향한 애국심. 이번 활약으로 이미 충분히 드러나 그것을 의심하는 자는 아무도 없을 것이다.

"으~음……. 나로서는 미츠하는 이미 내 나라의 국민이라고 생각했었는데……."

임금님은 어떻게 할까 잠시 고민했지만 좋은 생각이 떠올랐는지 장난스럽게 씩 웃고 말했다.

"음, 그렇다면 미츠하 자신도, 다른 누구도 부정할 수 없을 만큼 확실하게 미츠하가 내 나라의 국민임을 보장해 주마."

좋아, 이걸로 정식으로 시민권을 얻었어! 관헌에 보호를 받는 대상이야! 가게가 번창하겠어. 뭔가 새로운 돈벌이를 생각해도 되겠는데.

살짝 웃는 나에게 임금님의 말이 이어졌다.

"그대에게 자작위를 수여하겠노라, 미츠하 폰 야마노."

네에에에에~~?

그 후의 일은 하나도 기억나지 않는다. 듣자니 모두에게 여러 가지 상을 내리겠다고 하고 그 희망사항을 확인하는 일이 계속됐지만, 나는 그것들을 멍하니 흘려듣고 있었다.

어쩌다가 이렇게 됐지!

* *

그리고 며칠이 더 지났다.

그사이 가게는 열었지만 물건을 사는 손님이 아닌 손님들이 엄청 몰려들어 고생했어.

'안 살 사람은 오지 마.' 라고 할 수는 없다. 이 가게의 상품은 비싸니까 몇 번이나 찾아와서 고민하고 결심해서 사는 손님이 많기 때문이다. 그런 손님은 소중히 해야지.

사비네는 내 활약이나 포상 수여의 이야기를 듣고 더더욱 나한테 찰싹 달라붙었다. 하지만 손님이 많이 오는 데다가 나에게 끈질기게 말을 거는 손님이 많아 약간 짜증이 난 기색. DVD를 감상할 상황이 아니거든.

평민 손님은 그다지 나에게 끈질기게 들이대지 않고 나라의 은인을 한번 보고 싶다, 혹은 감사 인사를 하고 싶다는 식이라서 별일 없지만 귀족이나 대상인들은 귀찮다…….

그리고 매출은 늘어났지만 손님 증가와는 전혀 비례하지 않는다. 으윽, 상품 라인업을 재고해야 하나…….

기분전환 삼아 여행을 떠났다. 오가는 것은 한순간이지만. 아, 지구를 경유하니까 두 순간인가. 정말이지, 가게 여는 날이 별로 없네, 잡화점 미츠하는.

목적지는 콜레트의 마을.

딱히 잊어버린 것은 아니다. 평소엔 간단히 오갈 수 있는 거리가 아니니까 자연스럽게 갈 수 있는 기간이 지날 때까지 가지 않았던 거야.

"콜레트, 오랜만이야~."

엄청 환영받았다.

응, 선물도 잔뜩 가져왔어. 아니, 선물 때문에 환영받은 건 아니라고 믿고 싶다.

왕도 이야기는 아직 전해지지 않은 모양이다. 영주님이 있는 곳이라면 몰라도 평민의 정보원인 행상인이나 승합마차가 오려면 아직 시간이 걸리니까 당연하다. 영주님도 아직 왕도에 있으니까. 이끌고 간 병사의 대다수는 지금쯤 개선 중일 것이다. 전투에 참가하지 않았더라도 '승전'임은 변함없으니까, 개선이라고 해도 되겠지. 듣기도 좋고.

콜레트나 부모님인 토비아스 씨, 엘리느 씨에게는 이전 일을 빼고 가게를 오픈한 일, 일로 귀족의 파티를 도운 일 등을 상당히 축소해서 이야기했다. 응, 작은 월세 가게, 파티에 물건을 댔다고 이해하도록 돌려 말했다.

일단 최대한 거짓말이 되지 않게 말을 골라서 했다. 마을 사람이 왕도에 올 기회가 절대로 없다고는 할 수 없으니까. 나는 신중하다고. 신장은 없지만. ……됐어, 시끄러워!

다들 내 대성공을 기뻐해 주었다. 아니, 엄청 축소된 내용으로도 이 정도라면 마을 사람늘에게는 큰 성공인가 보다. 농성하는 왕도에 홀몸으로 가서 단기간에 가게를 열고 생활할 수 있을 만큼의 이익을 냈다는 것이 진짜 슈퍼 출세 스토리인 듯하다. 시골 농촌에서는.

언젠가 나라의 병사가 나에 관해서 이것저것 물어보러 왔었다고 해서 걱정했었다고 한다. 아~ 하긴 공주님 근처에 신분을 알 수 없는 수상한 인물이 있으면 당연히 조사해야지.

가게를 빌리는 관계로 신변조사를 한 걸까, 하고 둘러댔다. 아니, 나라의 병사가 왜 그런데요, 라고는 물어보지 않는다. 응, 완전 시골에 사는 농민은 그런 것까지 생각하지 못하겠지. 아, 미안해요.

거리가 먼데 당일에 돌아가면 부자연스러워서 하룻밤 묵게 해달라고 요청하고 콜레트와 놀았다. 오늘은 집안일을 면제받았다고 한다.

다음 날 마을을 나왔다. 좀 더 천천히 있다 가라고 붙잡았지만 '사실 바다 근처의 마을에 상품 조사를 왔다. 그 길에 들린 것이다.' 라고 말하고, 콜레트에게 꼭 다시 오겠다고 약속한 다음 출발했다. 정말로 바다에 가자. 해산물을 확인하고 싶고 한번 갔다 오면 다음에 바로 갈 수 있어서 나중에 편해지니까.

베아트리스도 만나고 갈까 했지만 그만두었다.

백작님이 아직 왕도에 있고 나중에 또 만날 일이 있을 테니까 나중에 베아트리스에게 이야기를 들으면 모순을 눈치챌 거야, 반드시. 모처럼 '건너기는 목숨을 깎는 기술. 위급하지 않으면 사용하지 않는다.' 고 해서 나라나 귀족들에게 이상한 요구가 오지 않도록 한 것이 수포로 돌아간다.

그때 알현실에서 나는 '건너기' 의 소질이 뛰어나지만 그래도 감사장이나 사례금을 운반하는 것만으로도 상당한 생명력을 소모한다고 전하니 '열두 살치고는 성장이 느리다고 생각했는데 이제까지 쓴 비술의 부담 때문에⋯⋯.' 라고 다들 불쌍하다는 듯이 이야기했다. 열두 살이라는 설정조차 그거냐! 그리고 어디를 보고 말한 거야!

아, 울프팽의 귀환은 술식에 처음부터 포함된 자동귀환 효과라고 했다. 둘러대는 설정을 생각하는 것이 내 특기야.

바닷가 마을은 작았다. 콜레트의 마을과 큰 차이가 없는 모양이다. 백작님은 상당한 유력귀족 아니었어? 그런데도 영지의 중심도시 말고는 마을 하나하나가 이런 느낌인가.

뭐, 영주가 사는 도시라고 해도 작은 시가지니까. 이게 뭐가 '도시' 야 하는 소리를 하고 싶을 정도로.

하지만 콜레트의 마을은 흉작이라도 굶어 죽는 사람이나 팔려나가는 아이가 없는 만큼 풍요로운 마을인가. 주워온 아이를 기를 여유가 있다는 것은 생각해 보면 엄청 대단한 일이다. 과연 보제스 백작님!

아, 콜레트의 마을이라고 하니 마치 콜레트가 마을의 지배자 같네. 인명이나 지명을 기억하는 게 서툴단 말이야. 괜찮잖아, 알기 쉬운 호칭이라도. 결국 아직 적이었던 제국의 이름조차 기억하지 못했다.

아, 교섭하려고 했던 사람이 무슨 나라 명을 말했던 것도 같은데 아무래도 상관없다.

어쨌든 *바카본의 아빠는 '바카본의 아빠' 면 되잖아, 아무도 이름을 모르지만 아무도 곤란할 일이 없고, 알기 쉬워서 좋지 않느냐는 거야. 그 요리점 점주나 거만했던 상인도 이름을 몰라. 요리점 점주, 거드름쟁이 상인으로 충분하잖아. 구별이 필요하면 점주A, 점주B로 하고.

바닷가 마을. 응, 이참에 '어촌' 이면 되겠지. 어업 말고도 하는 일이 있는 것 같지만.

그리고 그 어촌 말인데. 수확한 어패류는 마을 내에서 소비하고 영지 내의 각 마을이나 영주가 있는 도시에 옮겨서 판매. 마을에서는 직접 팔지만 도시에서는 상점에 판다고 한다. 직판장을 만들도록 가르쳐…… 상점의 이익이 없어지니까 안 되나. 상인도 영지민이니까 어엿한 세금 수입원이다.

건어물과 소금 절임. 이것은 극히 소량이지만 왕도에도? 흠

---

* 바카본의 아빠 : 아카즈카 후지오의 만화 「천재 바카본」에서. 말 그대로 주인공 바카본의 아빠.

흠. 어선은…… 이거? 뭐지 이거. *끄덕끄덕.*

좋아, 오늘은 이 정도만 하고 돌아가자.

일본의 집으로 돌아가서 메일이나 우편물을 확인, 식재료나 일상용품을 사러 가자. 차가 있으니까 대량으로 살 수 있어 편리하네.

아, 가끔은 의미 없이 동네를 돌아다니며 주변 사람들 얼굴도 익힌다. 너무 안 보이면 걱정할지도 모르니까. 어린애 혼자서 살고 있으니까. 잠깐, 18세란 말이야, 나는! 일본에서는 15세로 보일 거고!……충분히 어린애입니까, 그렇습니까.

오늘은 왕궁으로 행했다. 문제의 작위를 받는 날이다.

나 말고도 승급하는 사람이 있다. 드물지만 이번에는 나라의 존망이 걸린 대사건이었고, 배신하거나 소환에 응하지 않고 저울질하던 귀족 가문이 몇 곳 작위를 없어지거나 강등됐기에 빈 작위가 생겼다고 한다. 하긴 평소에 쑥쑥 승급하면 상급귀족투성이가 될 테니까 큰일이겠지.

점장에게 주문한 새 드레스가 무사히 도착했다. '그 나라의 귀족의 식전에 초대받았다.'라고 말했더니 철야로 해 주었다. 자기도 데려가 달라고 절했지만 그건 무리였다. 나중에 기회가 되면.

전에 입었던 드레스? 피에 젖어버렸는데 왜요? 아, 왼쪽 어깨는 이미 다 나았어.

그리고 그 밖에도 식전을 위해 준비해 두었다. 자세한 사항은 광고 다음에.

오늘은 지난날 포징 공지 때보다 더 많은 시림들이 있있다. 물론 아이브링거 후작이나 보제스 백작도 있다. 나아가 사교 시즌도 아닌데 각지에서 상당수의 귀족이 왕도에 왔다고 한다.

이번에는 내가 가장 마지막이라고 한다. 주연이니까.

아, 식을 망치면 다음 사람에게 폐가 된다고요, 그렇습니까.

그래서 식전은 순조롭게 진행되어 드디어 내 차례가.

어째선지 나를 보고 다들 술렁인다. 어린애라서 그러냐!

아, 드레스가 예쁘다고요? 그렇습니까. 점장에게 전할게요.

아, 주문을 받아두면 좋아하려나, 점장. 지불은 금화지만.

"미츠하 폰 야마노. 자작위를 수여한다."

임금님이 말한 뒤에 사비네가 나에게 단검을 건네주었다.

아, 이것은 나이프 정도 되는 작은 것이다. 듣자니 '이걸로 적이나 몬스터를 쓰러트려 영지와 백성을 지켜라. 임금님의 기대를 어겼을 때는 이걸로 자결해라.' 라는 의미라고 한다. 끄~응, 살벌하네.

지금까지의 사람들은 재상님이 건넸지만 나에겐 반드시 자신이 하겠다고 사비네가 고집을 부렸다고 한다. 응, 감사히 받았어. 그대로 뒤로 물러나려고 하자 임금님이 막았다.

"야마노 자작. 이 자리에 없는 보제스 백작가의 아들, 알렉시스에 대한 작위수여를 대리로 수령해 주지 않겠는가."

살짝 백작님을 보자 끄덕여 주었다. 응, 이럴 때는 역시.

"거절합니다."

굳어지는 임금님, 조용해지는 식장. 보제스 백작, 멍하니.

나는 빙글 몸을 돌려 정면의 큰 문으로 걸어 나갔다.

[불경한지고!]

[잡아라!]

몇몇 소리치는 사람들은 있지만 구체적인 행동에 나서는 사람은 없다. 아직 임금님은 정신을 못 차리고 아무 지시도 못 내리고 있었다.

그리고 나는 드디어 큰 문 앞에 섰다. 병사들도 주저하면서 아무것도 하지 못한다.

나는 멋대로 내가 문을 열었다. 활짝 열리는 문.

거기에는 한 남자가 있었다.

임금님이 앉은 왕좌를 향해 천천히 걸어가는 소년과 청년 중간쯤 되는 남성. 그 오른팔은 흰 천에 감겨 목에 걸렸고, 복부에는 몇 겹이나 단단히 감은 붕대. 셔츠는 입지 않았고 왼팔만 넣어 등에 걸친 상의는 단추도 잠그지 않았다. 하지만 그것은 야만스럽기보다 씩씩한 인상을 주었다.

털이 긴 융단에 발소리는 나지 않는다. 하지만 모두의 귀에는 마치 뚜벅, 뚜벅 발소리가 들리는 듯하다.

보제스 백작의 얼굴에 눈물이 흐른다. 옆에 선 아이브링거 후작이 백작의 어깨를 만지면서 몇 번이나 끄덕인다.

정적이 휩싸이는 가운데 소년, 아니 그 씩씩한 청년은 임금님 앞에 멈춰 섰다.

그리고 내 목소리가 식장에 울린다.

"그런 건 본인에게 직접 주세요!"

와아아아아!!

알현장이 환성에 휩싸인다.

"이런 모습으로 송구스럽습니다."

"괜찮다. 그런 것은 아무래도 상관없도다……."

임금님은 기쁨에 찬 표정으로 작위 수여를 선언한다.

"알렉시스 폰 보제스. 자작위를 수여한다."

"겸허히 받도록 하겠습니다."

붕대 때문에 잘 안 움직이는지 어색하게 고개를 숙이는 알렉시스 님.

"보제스 백작가의 장남이었지. 아비의 작위를 이은 다음엔 그 자작위는 제2작위로서 장래 자신의 둘째 자식에게 수여하도록 하여라."

임금님의 말에 알렉시스 님은 고개를 젓는다.

"그럴 생각은 없습니다."

"뭐라?"

놀라는 임금님.

"아버님의 작위는 동생인 테오도르가 이을 것입니다. 저는 이 자작위를 받겠습니다.

그야 단순히 부모로부터 이어받은 작위가 아니니까요! 자신의 공적으로 국왕 폐하께 직접 받은 작위입니다! 영예로운 새 귀족가의 시조! 그 명예로운 작위를 그 누가 그만두겠습니까. 그리고……."

"그리고?"

"아버님이 은퇴할 적에는 저도 진즉에 백작위로 올라갈 것입니다."

그 말에 크게 웃는 임금님. 그리고 멋쩍게 웃는 보제스 백작님.

마침내 웃음을 멈춘 임금님의 손짓에 사비네가 단검을 건네주려고 하고 있다.

"사비네, 사비네는 나에게 건네주었잖아. 이번엔 언니도 좀 하게 해 주자!"

"아, 응, 그럴게!"

언니를 생각하는 사비네는 좋아하는 언니에게도 하게 해 주려고 임금님의 약간 뒤에 있는 왕비님이나 왕자들과 함께 앉아 있는 작은 언니, 둘째 공주님에게 손짓했다. 응, 물론 이름은 몰라.

그리고 '어? 나 말이야?' 라는 표정으로 약간 놀란 다음 자리에서 일어나려는 둘째 공주님.

17~18세의 아름다운 공주가 손수 건네준다. 지금까지 늠름했던 표정이 풀어져 빨개지는 알렉시스 님. 응, 좋아하네! 사비네는 매우 귀엽지만 역시 건전한 남자라면 비슷한 연령대의 여자애가 좋지.

그 순간 갑자기 둘째 공주님을 제치고 큰언니, 25~26세로 보이는 첫째 공주님이 일어났다. 그리고 어라라? 하는 표정의 둘째 공주를 슥 곁눈질하더니 잽싸게 단검을 받고는 새침한 얼굴로 약간 눈을 돌리면서 알렉시스 님에게 건넸다.

저~기, 어떻게 된 거야?

일단 약간 낙담한 얼굴 하지 마, 알렉시스 님.

죽고 싶어?

제16장 야마노 자작령

작위를 받았다.

그렇다는 것은 귀족이 됐다는 뜻이라서.

귀족이 됐다는 뜻은 관료귀족이 아니니까, 그야 영지라는 게 딸려와서.

응, 내가 영지를 경영해야 한다는 거야.

……어쩌다가 이렇게 됐지!

응, 일단 임금님이 상담해 주었어. 재상님과 영지관리 담당자와 함께.

아, 이 영지관리 담당자는 딱히 '영지관리, 경영의 프로'가 아니야. 왕국에 있는 모든 영지의 위치, 면적, 특징 등을 알고, 귀족에게 영지를 주거나 교체할 때 필요한 인간 데이터 같은 역할을 하는 사람이야.

나는 먼저 희망사항을 전달했다.

"바다에 접하고 있고 산이 있고 강이 흐르는 작은 영지가 좋습니다."

"작은 것이 좋은 건가?"

"네, 너무 커서 사람이 많으면 여러모로 불편해서요. 아담하고 다 같이 가족처럼 즐겁게 지내고 싶어요. 아, 문제가 발생할 것 같은 국경 근처는 무조건 거부합니다!"

임금님이 쓴웃음을 짓는다.

"그렇다면 북쪽이군요. 일단 바다에 접한 곳은 그쪽밖에 없습니다."

데이터베이스 씨가 바로 대답했다.

"이 지도를 봐 주세요. 바다에서 흘러드는 하천이 큰 것이 이것, 이것, 그리고 이것입니다. 그리고 여기 가는 선이 작은 하천입니다. 큰 강 근처는 넓은 평야지대가 많고 대체적으로 백작령입니다. 물론 빈 공산은 없습니다. 좁고 산이 바다와 가깝다면 작은 강이 있는 곳. 그리고 원래 빈 곳, 이번 일로 공백이 된 곳, 왕가 직할령 중에서 고른다면 선택지는 이곳, 이곳, 이곳. 아니면 영지를 교체하여 지금 있는 영주를 내쫓을 수밖에 없습니다."

오오. 내쫓았다간 원망받겠어. 좀 더 좋은 영지로 바꾸면 좋아할까. 하지만 선조로부터 이어받아 영지민과 같이 개발하고 지켜온 영지에 애착도 있겠지. 내쫓는 방안은 폐기.

"그럼 여기나 여기 정도면……."

"네, 특별히 문제는 없군요. 이번에 이긴 쪽에 붙으려고 저울질하며 폐하의 소집에도 응하지 않고 박탈된 남작가의 영지입니다. 이 부근은 왕도에서 조금 거리가 있어 남작령으로서는 좀 넓고 작은 자작령이라고 해도 뭐, 그렇게 이상하진 않군요. 작은 강, 그리 험하지 않은 산 등 조건도 맞습니다.

하지만 정말로 괜찮으시겠습니까? 자작령이라면 좀 더 왕노에 가깝고 수익이 많은 곳도 있습니다만……."

모처럼 데이터베이스 씨가 추천해 주었지만 물론 거절했다. 그런 건 바라지 않으니까.

왕도에서 먼 것이 귀찮은 귀족이나 상인이 찾아오지 않아 조용하고 좋다. 그리고 나에겐 거리란 무의미하니까.

그런 이유로 영지를 손에 넣었어!

잠깐? 북쪽에 바다를 접한 영지? 어디서 들어본 것 같은데…….

보제스 백작령 바로 옆이었어!

정말로 우연이야? 데이터베이스 씨, 백작님과 아는 사이 아니죠? 은근슬쩍 유도하신 거 아니죠?

아무렴 어때. 모르는 게 있으면 여러모로 가르침도 받거나 도움도 받을 수 있을 것 같고, 백작가 사람들은 다 좋은 사람들이고. 콜레트가 있는 곳에도 가기 편하니까. 가까우면 찾아갈 구실도 만들기 쉽고.

뭐? 알렉시스 님이 받은 영지가 내 바로 옆, 보제스 백작령의 반대쪽이라고? 나 중간에 낀 거야?

속였구나, 샤아!!

나, 완전히 당한 거지?

집에 갈 때 영지를 통과하게 해달라고요?

네네.

어? 네는 한 번만?

네네.

일단 영지로 가 볼까.

가게? 안 없어. 잠깐 휴점할 뿐이야. 영지가 일단락되면 다시 열 거야. 영지로 전이하거나 그러진 않아……. 응, 일단, 지금은.

샴푸? 알았어, 되도록 빨리 재개할게, 미안.

3일간 임금님이 소개해 준 사람에게 영지경영 특강을 받았다.

응, 엄청난 주입식 교육. 다행히 현대지식 덕분에 세금이나 예산관리, 인사관리 등의 소질은 있어서 수업은 비교적 순조롭게 진행됐다. 선생님이 오히려 놀랐을 정도야. 그리고 수업은 몰래 보이스레코더로 녹음해 두었으니까 언제든지 복습할 수 있다. 비바, 과학력!

그리고 내 자작령으로.

승합마차를 타고서.

뭐랄까, 마차도 없고 구할 곳도 없고 마부를 빼면 혼자서 며칠이나 가는 게 싫어서.

일단 보제스 백작령까지 전이한다는 방법도 있지만 한번 제대로 내 눈으로 왕도와의 거리를 확인하고 싶었어.

맨 처음 왕도에 왔을 때도 승합마차였지만 그때는 그런 눈으로 보지 않았으니까.

영지를 위해서 무엇을 할 수 있을까. 왕도를 오가는 문제점. 주위의 상황. 배울 것은 진짜 많다. 다른 승객과의 대화도 많은 도움이 된다. 이번에는 저번과 달리 잘 이야기할 수 있을 것이다.

출발할 때까지 많은 사람들이 자작가에서 고용해달라고 찾아왔다. 응, 신규 귀족에게 고용되면 자신이 최고참이 되어서 편하게 지낼 수 있고, 당주가 어린애라면 이것저것 속여서 횡령이나 권력남용도 마음껏 할 수 있으니까. 잘하면 환심을 사서 자신의 친척을 배우자로, 같은 생각이지?

아니면 모국의 뛰어난 기술이나 신기 등의 비밀을 캐기 위한 첩자일지도?

그런 위험을 무릅쓰지 않는다. 달콤한 향기를 맡고 다가온 자는 근처에 두지 않아.

이전에 귀족가에서 일했습니다, 영지 경영의 베테랑입니다, 경험 많은 프로입니다, 내가 있으면 이익증대, 영지민은 죽지 않을 만큼만 잘 쥐어짜야 합니다, 전부 저에게 맡겨 주시면 등등. 바보 아니야? 그렇게 유능하면 어째서 이런 데서 직업을 구하려고 필사적인 거야?

그런 이유로 모든 고용희망자를 거절하고 가게를 절대방어 모드로. 근처 사람들에게 인사하면서 수상한 자가 있으면 왕궁의 병사에게 연락하도록 부탁하고 추가적으로 스벤 씨 파티에 시내에 있을 때는 가끔 가게 주위를 둘러봐달라고 의뢰했다. 아, 신고당하지 않게 근처 사람들에게는 소개했어.

'천둥의 무녀님 집에 숨어들 녀석이 있겠냐' 라고? 어⋯⋯.

아, 왕궁의 병사들이 순찰하도록 임금님이 명하셨다고요, 그렇습니까.

출발하는 날, 승합마차 대기실에 가자 짐을 짊어진 사비네가 있었다.

어이어이어이어이어이어이어이!

서둘러 돌려보낸다. 숨어서 경호하던 사람들도 처음부터 마지막 순간에 데려갈 생각이어서 난리 치는 사비네를 억지로 데려갔다. 응, 너무 빨리 데려가려고 하면 도망치니까 아슬아슬한 순간까지 내버려 두는 거군요. 대단하십니다.

마차는 보제스 백작령 행이다. 신흥 자작가에 갈 정기마차가 있을 리 없다.

이번 내 차림은 매우 평범한 평민 소녀가 입는 원피스. 간소한 디자인이지만 펑퍼짐해서 약간 귀여운 스타일. 승객과 이야기하기 편하게 골랐다. 나에겐 학습력이 있다. 대화의 테크닉은 사비네가 낙원정에서 하던 것을 참고했다.

그리고 그런 펑퍼짐한 스커트 속에는 허벅지 오른쪽에 발터 PPS, 왼쪽엔 소형 나이프. 물론 왼쪽 옆구리에도 발터는 있지만 옷 속에 있어 갑자기 꺼내기 어렵고, 묵직해서 눈에 띄는 93R과 리볼버는 선벨트와 함께 가방 안에 있기 때문이나.

무기를 넣은 가방은 항상 비스듬히 걸치고 있다. 갈아입을 옷이 있는 가방은 마차의 짐칸에. 큰 짐은 마차의 지붕 위에 올려놓지만 승객이 적고 너무 무겁기도 크지도 않다는 점, 그리고 여자아이의 짐이라는 이유로 마차 안에 둘 수 있었다.

출발할 때 승객은 열두 명. 왕도에서 출발해서인지 아마 이게 최대 탑승인원일 것이다. 나머지는 타거나 내리거나 해서 조금씩 줄어들 것이다.

나는 빠르게 사람 좋아 보이는 상인 같은 젊은 남성에게 말을 걸었다. 내 설정은 신흥귀족의 영지에 일하러 가는 세상 물정 모르는 상인 소녀. 진짜로 나는 일하러 영지에 가는, 상점에서 일하는 소녀다. 거짓말은 전혀 없다. 이 세계의 일반상식도 잘 모르니까. 응.

어린애라고 해도 귀여운 소녀가 친근하게 말을 걸면 기분이 나쁘지 않다. 자신의 이야기를 기쁘게 들어주고 게다가 꽤 좋은 질문도 한다. 정말로 자신의 이야기에 흥미를 가지고 진지하게 들어준다는 증거다.

이해력이 있고 머리 회전도 나쁘지 않다. 가끔은 나도 잘 모르는 지식이나 정보도 이야기해 준다. 노력하면 좋은 상인이 될 것 같다. 그래, 아들도 좋지만 딸도 좋을지도. 돌아가면 아내와 상담해 볼까⋯⋯.

그렇게 생각하니 아직 젊은 상인의 입 꼬리가 올라가 이야기가 진행된다. 그런 즐거운 모습에 다른 승객들도 이야기에 참여하여 많은 정보가 교환됐다.

＊　＊

보제스 백작령까지 앞으로 이틀.

도적이 나타났다.

"거의 없다면서요?"

"아~ 요새 늘어났어. 제국의 패잔병이 각지에 흩어져서. 제국에 돌아가도 어차피 좋은 취급을 못 받으니까, 이 나라에 남은 징집된 농민이나 돌아가면 패전의 책임을 물어 처형될 하급 지휘관이나 돈을 받지 못해 궁핍해진 용병이 잔당 사냥이 심한 남쪽을 피해서 북쪽으로 도망갔다고 해."

"아~ 하긴 거의 없다는 건 가끔은 있다는 거니까요."

소란스러운 다른 승객과 달리 느긋하게 이야기하는 나와 용병 같은 중년 남성. 약간 댄디하다.

나는 댄디한 중년이 좋다. 아빠 같은 냄새가 나서.

……홀아비 냄새가 아니야. 풍기는 분위기 말하는 거야!

내가 차분한 이유는 언제라도 전이로 도망칠 수 있기 때문에. 남성이 차분한 이유는 '치외권 행사'가 있기 때문이다.

'치외권 행사'란 용병과 노석 사이의 암묵적인 눌이나.

호위하는 용병이라면 몰라도 우연히 만났을 뿐인 용병은 다른 이를 지킬 의무가 없다. 계약도 하지 않았는데 단순히 거기 있었다는 이유로 매번 목숨 걸고 도와주면 목숨이 열 개라도 남아나질 않는다. 또한 도적 측도 호위하는 것도 아닌 용병을 상대하는 것은 피해가 막심하다.

그래서 싸울 이유가 없는 용병과 돈도 별로 없는 강한 용병과 싸우고 싶지 않은 도적은 이해가 일치한다. 그 결과 만들어진 것이 '치외권 행사를 선언한 호위 임무를 받지 않은 용병은 도적과 싸우지 않는다. 그리고 도적도 용병에게 손대지 않는다'는 암묵적인 룰인 것이다.

'치외권 행사'를 선언한 용병이 있을 경우, 싸운다면 몰라도 승패가 결정난 후 불필요한 살해나 괴롭힘을 당할 일이 없어지기 때문에 승객이나 호위 용병들에게도 그렇게 나쁜 일이 아니다.

단, 그렇다고 해서 도적이 여성이나 아이를 데려가는 것을 주저하지는 않는다.

현재 승객은 나를 포함해 아홉 명. 그중 결혼한 여자가 한 명, 젊은 여자가 한 명, 소녀가 두 명이다.

참고로 마부는 대상에서 제외된다. 도적은 마부와 마차 본체에는 결코 손을 대지 않는다.

마부나 마차를 대량으로 잃으면 정기마차 운행이 중단되고 그렇게 되면 곤란해지는 나라나 영주가 대규모 도적 토벌을 실시한다. 게다가 마차가 지나지 않으면 도적도 생활을 못한다. 그래서 마부는 마차의 일부로, 사람이 아닌 없는 것으로 치부한다. 당연히 싸움에는 절대로 관여하지 않는다. 정의에 불타 한 명이 나서면 다른 모든 마부의 안전이 위험해지기 때문이다. 그래서 절대로 싸워서는 안 되는 것이다.

"저는 싸우겠습니다."

처자식을 데리고 온 농민 같은 남자가 그렇게 말했다. 여자 넷 중에 아내와 딸, 두 사람이 남자의 가족인 것이다. 처자식이 자신의 눈앞에서 끌려가는 것을 두고 볼 수 없었다. 비록 자신이 죽게 되더라도.

"저도 싸우겠습니다."

약간 나이 든 남성.

"아이도 독립했으니 말입니다. 가족을 지키려고 이런저런 나쁜 일도 했습니다. 슬슬 조금은 남을 도와도 천벌은 안 받겠죠. 가지고 있는 재산을 전부 빼앗기는 것도 부아가 치미니까요."

"감사합니다……."

농민 같은 남자…… 그냥 농부라고 하자, 그 사람이 고개를 숙인다.

"저도 돕겠습니다."

젊은 상인은 어째선지 나를 살짝 보더니 그렇게 말했다.

"……너는 싫어. 돈과 김민 주면 해를 안 끼치겠어? 치외권을 행사하는 용병도 있으니까. 섣불리 저항하면 항복하기 전에 죽거나 다칠 뿐이야. 멍청한 짓이라고!"

20대 남성은 그렇게 말하고 저항하기를 거부했다. 딱히 나쁜 일은 아니다. 사람이라면 누구나 자신이 가장 소중하니까. 농부도 자신의 처자식이 없었다면 싸우지 않았을 수도 있다.

마지막으로 용병 남자가 농부를 향해 말했다.

"이봐, 호위를 고용하지 않겠나? 지금이라면 은화 1개로 싸게 쳐 주지."

"""뭐라고!"""

남자답네.

나는 입꼬리를 올려 웃었다.

"저기! 치외권을 행사하는 게……."

"그건 어디까지나 '호위 의뢰를 받지 않은 용병'이란 조건이 붙지, 젊은이."

주저하는 젊은 남자에게 그렇게 말하는 용병 아저씨.

뭔가, 용병은 참 멋진 남자밖에 없잖아!

그럼 여기서 나도…….

"잡화점 미츠하. 연애 상담부터 영지 경영까지 뭐든지 맡겨 주세요. 참고로 도적 퇴치는 은화 1개입니다.”

놀라서 바라보는 용병 아저씨에게 나는 싱긋 웃었다.

응, 댄디한 아저씨를 돕는 것은 싫지 않아.

용병 아저씨의 무기는 쇼트 소드. 예비 무기인 단검은 나이든 남성에게 건넸다. 응, 어쩐지 그냥 평민이 아닌 것 같아. 이나이 든 아저씨는.

나는 어깨에 멘 가방에서 헌팅나이프를 꺼내 상인에게 건넸다. 놀란 눈으로 쳐다봤어. 나이프도(道)는 숙녀의 기본 소양이야. 나이프는 여성을 아름답게 보여준단 말이야!

이어서 건벨트를 꺼내 허리에 찬다. 93R과 리볼버에 예비탄창. 지금 93R에 장전되어 있는 탄창은 할로포인트 탄. 몬스터나 금속 갑옷을 입지 않은 인간용이다. 이대로 OK다.

리볼버에는 아머피어싱 탄이 장전되어 있다. 아머라고 해도갑옷이 아니라 케블라제 방탄조끼를 뜻하기 때문에 철로 된갑옷을 관통하기 위한 탄은 아니다. 그래도 도적이 입고 있을법한 갑옷이라면 관통할 수도 있지만.

애초에 쇠갑옷을 입은 도적은 거의 없다고 한다. 하긴 무거워서 힘들 테니까, 기동성 중시의 도적이 쓰기에는.

그리고 건벨트를 장비하여 완전 무장된 나는 모두에게 ‘그게 뭐냐?’ 라는 시선을 받았다.

농부는 마차에서 뗀 나무 막대기. 힘은 있지만 싸움은 초보인 사람에게 함부로 칼을 주는 것보다 그게 나을 것이다.

마차의 앞뒤를 막고 천천히 다가오는 도적은 전부 여덟 명. 용병 같은 사람이 셋이고 움찔움찔거리는 초심자가 다섯이다. 후자는 징집된 농민인가.

우리 측 인원 네 명도 마차 밖으로 나왔다. 상인 아저씨는 마차에 남았다. 최후의 방벽, 마차에 들이닥치는 적을 쓰러트리고 여자들이 인질이 되는 것을 막는 역할이다. 간이계단이 없는 마차에 양손을 써서 올라오려는 무방비한 상대라면 초보자라도 충분히 승산이 있다.

아, 맞다 맞다, 은화는 농부와 젊은 여자가 하나씩 주었어.

"얌전히 돈과 짐을 내놓으면 목숨은 살려주마. 옷도 벗어. 속옷은 봐주지."

도적 중 용병 같은 남자가 히죽거리며 말했다.

"아아, 물론 여자도 내놓아라. 여자는 벗지 않아도 된다. 아직은 말이야."

음흉한 웃음. 이런 게 용병이라니 인정할 수 없다. 내 옆에 선 약간 댄디한 용병 씨를 포함해 스벤 씨 파티, 그리고 울프 팽 사람들을 더럽힌 것 같아 기분이 나쁘다.

사실상 용병 아저씨와 나 vs 8명의 싸움. 하지만 상대방 다섯은 초보에 가깝다. 그리고 저쪽 용병도 이쪽 용병 아저씨도 실력은 알 수 없다. 뭔가 강해 보이는데, 우리 용병 아저씨는······.

하지만 정확히는 알 수 없다.

숫자는 압도적으로 불리. 그리고 가능하면 이쪽의 공격은 상대가 명확한 살의를 나타낸 다음에 하고 싶다. 스스로도 무르다는 것은 충분히 이해하지만, 그것이 가능하다는 것을 알고 있으니까.

"그쪽 용병은 치외권 행사인가? 저쪽으로 빠져 주겠나."

도적의 말에 용병 씨가 중저음으로 답한다.

"……나 말인가? 나는 고용된 호위다……."

'고용된 호위'. 그 말은 내 머릿속에 다른 말로 변환됐다.

경호원, 경호원, 경호원…….

"뭐라고!"

도적은 벌떡 물러나 검을 뽑았다. 용병 같은 세 명은 전부 검, 나머지는 검이 세 명, 창이 두 명이었다.

한 명이 검을 뽑은 시점에서 내 교전수칙에 의거한 위해공격 허가 기준을 완전히 클리어했다.

탕탕탕!

검을 뽑은 남자가 날아갔다.

"어……."

갑자기 날아가 지면에 처박힌 동료.

무슨 일이 일어났는지 이해하지 못하고 도적들은 한순간 움직임을 멈췄다.

그런 틈을 그냥 놔두면 결코 일류 용병이라고 할 수 없다.

그리고 남자는 일류 용병이었다.

쇼트 소드를 뽑으며 도적에게 접근하여 빠르게 긋는다. 그 대로 몸을 회전하여 다른 한 명도 베었다. 강하다!

한순간에 적의 주력 두 명이 무력화됐다. 남은 다섯은 혼란에 빠진 상태에서도 무기를 쥐고 있다.

창은 초심자의 행운이 무섭다. 그래서 나는 창을 든 자를 노렸다.

탕탕탕! 탕탕탕!

자동권총 베레타 93R의 3점사 총성이 울린다.

원래 농민이기는 하지만 어디까지나 '원래' 다. 결코 떨어져서는 안 되는 지경까지 타락한 지금은 도적이라는 이름의 살인자다. 이미 몇 명을 죽였을 수도 있고 살려두면 더 죽이게 될 것이다. 그것은 내 영지민일 수도 어쩌면 소중한 사람일 수도 있다. 여기서 그냥 보낼 수는 없다.

검을 든 나머지 셋은 용병 아저씨가 한순간에 쓰러트렸다.

그것은 너무나도 일방적인 승리였다.

덜컹덜컹 흔들리는 마차 안에서 나는 농부 일가에게 보제스 영지 이야기를 들었다. 농부는 은인에게 조금이라도 은혜를 갚으려고 자신이 아는 모든 지식을 알려주려고 노력했다. 상인 아저씨를 시작으로 다른 승객들도 여러 정보를 알려주었다. 대수확이다.

그때 나는 용병 아저씨, 나이 든 아저씨, 농부, 세 사람에게 내 이야기를 퍼뜨리지 말라고 부탁했다. 그리고 모두가 묵묵히 응해 주었다. 용병 아저씨는 비밀을 지니는 데 익숙한 눈치였고, 농부는 목숨을 걸고 가족을 지켜준 사람의 부탁을 거절하지 않았다.

다른 사람은 마차 안에 있어 아무것도 보지 못했다. 그저 총성을 들었을 뿐으로 무슨 소리인지 모를 것이다. 그래서 도적은 넷이서 협력하여 쓰러트렸다고 이야기했다.

참고로 쓰러트린 것은 용병 아저씨가 다섯, 나머지 세 명은 각각 한 명씩 쓰러트렸다고 했다. 용병 아저씨가 쓰러트린 숫자는 사실 그대로다.

마차에는 도적에게서 회수한 무기나 돈이 될 만한 것들을 실었다. 그것들은 일단 영주에게 전달하고 확인한 다음 신고한 자에게 돌려준다. 도적의 무기 수준이나 정체…… 타국에서 온 자객이 아닌가 하는 등……을 조사하기 위한 조치다. 이번에는 제국의 패잔병이 거의 확실할 것으로 생각되기에 아마그 자리에서 돌려받겠지.

보제스령의 중심도시에 가지 않는 나는 내 몫의 무기 소유권을 농부에게 양보했다. 농부는 한사코 거절하려고 했지만 내가 도시에 가지 않는다는 것과 이제부터 일하러 가는 소녀가그런 것을 들고 갈 수는 없다고 강하게 주장하여 납득시켰다.

농부는 자신의 몫인 검과 창을 팔지 않고 혼자 연습하여 앞으로도 스스로 가족을 지키겠다고 다짐했다. 그리고 아내와 딸은 도적에게서 자신들을 지켜준 남편, 아버지를 존경과 신뢰의 눈길로 바라보았다.

20대 남자는 어제까지 이야기 상대가 되어 주던 젊은 여기에게 완전히 무시당하고 오물을 보는 듯한 시선에 침울한 기색이었다. 자신을 버리고 도적에게 넘기려고 한 남자를 좋아할 여자는 어느 세계에도 없다.

그리고 들어선 갈림길에서 나는 마차에서 내렸다. 여기서부터 걸어서 자신의 영지, 야마노 자작령으로 향하는 것이다. 다른 승객들과 손을 흔들며 인사했다. 젊은 남자만은 웅크려서 손을 흔들지 않았다.

참고로 왜 내 정체가 마차 승객들에게 들키지 않았는가 하면.

사진도 TV도 인터넷도 없는 세계에서는 정보 전달도 매우 느리고 부정확하며, 정보의 내용은 점점 어긋난다. 전달 게임보다 심하게. 그래서 그때 왕도 정문에 있던 자들 빼고는 제국군과의 싸움에서 보인 내 모습과 행동이 완전히 다르게 전달됐던 것이다.

게다가 마차 승객의 대다수는 그때 왕도에 없었고 왕도에 있던 자도 스피커를 통해 갈라지고 일그러진 대음량 소리를 들었을 뿐이다. 모습을 본 자도 그 대부분은 멀리서 지켜봤을 뿐이다.

총성도 왕도 중심부까지 전해진 것은 유탄과 중기관총,

20mm 기관포 소리다. 그에 비해 권총의 발포음은 아주 작다. 게다가 신의 병사들이 가지고 있던 것은 기다란 천둥 지팡이. 내가 가진 것처럼 묵직한 덩어리가 아니었다.

어쩌면 원래 제국병이었던 도적들 중에서 누군가는 눈치챘을 수도 있지만 이미 누구에게도 떠들 수 없을 것이다.

* *

물길 10초, 땅길 8일, 그렇게 하여 야마노 영지에 도착했다.

아니, 도중에 작은 냇가를 건넜을 뿐인데요. 물길은.

드디어 나무 사이로 영지의 중심도시가 보였다.

……아, 다시는 도시라고 하지 않겠어!

작은 시가지도 아니다. 정말이지 마을! 그냥 마을! 부끄러워서 도시라고도 못 말하겠다.

어쩔 수 없지, 동네 이름으로 부르자.

어쨌든 여기서 한 번 지구의 집으로. 8일 만이라서 쌓였겠지, 우편물과 메일이……하지만 그 전에 먼저 목욕이다.

* *

걸어서 마을에 들어섰다. 여기서 조금만 가면 바로 바다가 나오기 때문에 여행자가 지날 일은 거의 없는 변두리 동네다.

그래서 여행자가 신기한지 다들 쳐다보았다.

아, 원피스 차림의 어린이가 딱히 짐도 없이 혼자서 나타나서 그렇습니까, 그렇습니까.

배가 고파서 식당, 이라고 할까 누가 뇌도 지빙 시내의 징식집 같은 가게에서 식사. 정보를 수집하기 위해서다. 그래서 집에서 먹고 오지 않았다.

적당히 정식을 주문. 그때 동네 이름을 물어보니 '읍내'라고 했다. 그렇습니까, 미츠하 식 명명식입니까. '촌'은 아니라고요, 그렇습니까.

바다가 가까워서 정식의 메인은 생선. 응, 딱 '생선 정식' 같은 느낌이야. 감상 끝.

작은 마을의 작은 정식집이고 식사 시간대가 아니라서 다른 손님은 없다. 일상대화를 하면서 전 영주의 평판을 물어봤지만 주인아주머니의 입은 무겁다.

하긴 가문을 잃은 불명예에 다음 영주가 어떤 인물인지도 모른다. 평판이 떨어진 시골의 가난한 영지에 좋은 영주가 올 가능성도 낮다. 친한 사람과의 농담이나 잡담이라면 몰라도 처음 보는 사람과 이야기하고 싶을 리가 없다. 그래서 그 이상 묻는 것은 그만두고 영주관의 장소를 묻고 가게를 나섰다.

영주관은 마을 외곽에 있는 저택이라고 한다. 마을은 작고 건물이 별로 없어 조금 걷자 바로 보였다. 응, 영주관이라고 부르지는 말자. 너무 부끄럽다.

영주의 저택 수준이 맞을까. 아무래도 영주의 집이나 영주 공동주택이라고 하면 슬프다.

짐을 짊어진 채로 현관으로. 그리고 의외로 멋진 문고리로 문을 두드린다.

"네~ 누구신가요~"

16~17세의 메이드가 등장했다.

응, 전 영주는 귀족 신분을 몰수당해 가문을 잃었지만, 딱히 사용인들에게 책임이 있는 것은 아니다. 다음 영주도 사용인은 필요하니까 가신이라면 몰라도 사용인을 전 영지에서 그대로 데려올 수는 없다. 전 영지의 사용인은 그 영지에 가족이 살고 그곳 영지이니까 두고 와야 한다.

하지만 모르는 곳에서 새롭게 모집해도 영주도 사용인도 일 처리 방법을 모른다. 그래서 스스로 원해서 물러나는 자 이외에는 그대로 영주 저택에 남아 다음 영주를 모시는 것이다.

물론 다음 영주를 보고 자신과 맞지 않고 마음에 들지 않으면 그때 그만두어도 된다. 반대로 영주가 마음에 들지 않는 사용인을 해고하는 일도 있다. 일반적으로 너무 '전 영주 때는 이러했다'고 하는 자를 내쫓을 가능성이 크다.

어쨌든 그런 이유로 사용인의 태반이 아직 남아 나를 맞이한 것이다. 아무리 그래도 전 영주의 가신이나 직계 귀족은 남아 있지 않지만.

어쨌든 이들은 내 사용인이다. 적어도 현시점에는.

"아, 미츠하입니다."

"네? 미츠하 씨?"

잘 모르는 듯한 메이드 양.

"여기 성주가 된 미츠히 폰 야미노입니다."

"에, 아, 네. 에, 에에~~~~엣!"

응, 보통은 영주가 혼자서 걸어와서 부임하지는 않지. 그런 사람이 정말로 열두 살 전후로 보이는 여자아이인지 어떤지는 제쳐놓더라도.

"사용인을 바로 전부 모아 주세요. 모두에게 부임 인사를 하겠습니다."

"네, 넵!"

메이드 양은 쌩 달려갔다.

"사용인 여러분, 제가 새로운 영주인 미츠하 폰 야마노 자작입니다. 영지의 넓이는 변함없지만 오늘부터 여기는 남작령이 아니라 자작령이 됐습니다."

사용인들은 놀란 눈치다. 그럴 수밖에. 남작가와 자작가는 말 그대로 가문의 격이 다르다. 자작가가 됐다면 봉급의 인상 등 대우 향상을 기대할 수 있고 '남작가의 사용인' 과 '자작가의 사용인' 은 같은 사용인이라도 역시 격이 다르다. 일자리를 바꿀 때나 결혼 상대를 찾을 때도 그 격의 위력은 테이블 나이프와 신품인 쇼트 소드만큼 다르다.

사용인들은 지난날 나라에서 새로운 영주님이 머지않아 온다는 소식은 들었지만 그게 어떤 인물인지는 듣지 못한 것이다. 작위, 새 영주의 성별, 연령, 외견 등도.

그것은 의도된 것이다. 사용인이 사전에 편견이나 고정관념을 가지지 않도록 새로운 영주의 정보는 사전에 알리지 않는다. 모든 것은 본인이 도착한 다음에 본인을 직접 보고 생각하면 되기 때문이다.

그래서 내 이야기를 들은 일부 사용인들은 들떠 있었다.

자작령 격상. 온화해 보이는 소녀 영주. 잘 빌붙어서 환심을 사면 단물을 빨 수 있다. 그리고 귀에 발린 소리를 해서 조종하면……

"그렇게 됐으니 잘 부탁합니다. 처음으로 영지 경영을 하기에 아무것도 모릅니다만 많이 알려주세요. 그리고 아까 말한 대로 나중에 여러분을 한 명씩 차례대로 면접하겠습니다.

그럼 일하러 돌아가 주세요."

나는 인사를 마쳤다. 상냥하고 정중한 말로.

상냥해 보이는 영주에 안심하고 기뻐하는 자. 얕보고 비웃는 자. 그리고 영지의 미래를 걱정해 표정을 흐리는 자. 아마여러 생각이 사용인 열여덟 사람의 마음속에 있을 것이다.

저녁 식사. 영주의 식사에 사용인이 동석할 리가 없고 나는 혼자서 식탁에 앉아 식사를 한다.

바닷가 마을이지만 나오는 건 고기 요리뿐. 전 영주 일가의 방침인 건가…….

나는 맛있다고 칭찬하면서 남김없이 다 먹었다. 보통은 약간 남기게끔 나오기 때문에 딱 봐도 과식한 셈이다.

목욕 후, 침실을 안쪽에서 잠그고 집으로 전이하여 사전에 준비한 작은 종이상자를 챙기고 다시 영주 저택의 침실로 돌아왔다. 그리고 문을 열고 침실을 나와 저택 이곳저곳을 돌아다니며 사용인들의 근무 상황을 보고 격려한 다음 침실로 돌아왔다. 그리고 어느새 내용물이 줄어든 상자에서 여러 방범용 장치를 꺼내 문이나 창가에 두었다.

삐이!

작은 전자음에 나는 눈을 떴다. 문 앞에 설치한 방범용 장치의 레이저 선을 누군가가 지나갔을 때의 경보음이다. 모포 안에서 발터를 쥐고 문을 보자 어제 나를 처음으로 맞이해 준 메이드 소녀가 있었다.

"좋은 아침입니다. 벌써 일어나셨나요."

"좋은 아침. 어젯밤은 잘 잤어. 아침 식사는?"

나는 총에서 손을 떼고 빙긋 웃었다.

아침 식사 후 다시 저택을 둘러보고 다녔다. 그다음에는 방으로 돌아오자마자 문을 잠그고 문손잡이에 천을 감싸 열쇠 구멍을 막고 주머니에서 몇 개의 전자장치를 꺼냈다.

아키하바라 전자상점가에서 구입한 초소형 보이스레코더. 소리를 감지하면 녹음이 시작되고 마지막으로 소리를 감지한 다음 일정 시간 후에 정지한다. 아까 다른 것과 교환하고 회수한, 어젯밤에 둔 것이다.

"자, 뭐가 들어 있을까……."

나는 빙긋 웃었다.

* *

미츠하는 온화하고 상냥한 영주였다. 얼굴에서 웃음을 잃지 않고, 사용인을 독려하고, 혼자서 영지 내의 어촌, 산촌, 농촌을 돌며 영지민에게 말을 걸었다. 몸이 약한지 낮에 잠을 자는 경우도 많았다.

그리고 일부 사용인들은 미츠하의 모습에 안심하고 경비를 속이거나 상인과의 뒷거래 등을 재개했다. 새 영주의 상태를 확인할 때까지 잠시 참았던 일을 당당히 재개한 것이다. 또한 부하나 후배에게 일을 떠넘기고 어디론가 놀러 나가는 자, 마을 소녀를 희롱하는 자, 저택의 물건을 몰래 빼돌리는 자, 등 등…….

위기감이 든 집사가 미츠하에게 진언해도 미츠하는 싱긋 미소만 지을 뿐이었다.

착실하고 성실한 집사는 애가 탔다. 이대로는 일부 괘씸한 놈들 때문에 영지가 무너진다. 어떻게든 해야 하는데……

그런 어느 날 미츠하는 볼 쑤중일서렸나.

"슬슬 시작해 볼까."

그리고 미츠하는 다시 사용인들을 소집했다.

"……이상 여섯 명은 오늘로 징계해고합니다."

사용인들을 소집한 미츠하의 갑작스러운 해고통보에 지명된 여섯 사람은 분노했다.

"그런 말도 안 되는! 어째서 내가!"

"아니 무슨 농담입니까! 아무리 자작님이라고 해도 이유도 없이 일방적으로 해고라니요!"

외치는 사용인들에게 미츠하는 차분한 표정으로 차갑게 6명을 바라보았다.

"말도 안 된다고요? 말도 안 되는 건 어느 쪽이죠?"

"옛……."

"말도 안 되는 건 어느 쪽이냐고 묻고 있어요!"

그 남자는 나약하고 온화하다고 생각했던 미츠하가 화를 내자 할 말을 잃었다.

"한스. 나는 계속 네 요리를 칭찬했었지?"

"아……네……."

요리장인 한스는 당황하며 대답했다.

"그래, 나는 매일 맛있다고 했어. 그랬더니 점점 맛이 떨어졌지. 보통 칭찬받으면 의욕이 나서 더 맛있어지지 않나?"

입을 다무는 요리장 한스.

"어째서일까? 이유를 알겠어?"

점차 한스의 얼굴색이 어두워진다.

"그건 말이지, 내가 어린애라서 어차피 요리 맛도 모를 것이라고 생각한 네가 소재의 질을 떨어트렸기 때문이야. 그리고 점점 싸구려가 되어 가는 소재. 하지만 어째선지 재료 대금의 청구는 그대로였어. 어째서일까? 신기하지? 한스……."

창백해져 말을 못하는 한스.

다음으로 미츠하는 그 옆의 남자에게 말을 걸었다.

"어이, 군터. 밀의 계산 이상하지 않아?"

"아……."

"저번에 납세한 밀이 마을에서 납입한 양과 저택에서 상인에게 판매한 숫자가 달라졌던데. 누군가가 고쳐 쓴 거야. 누굴까, 그런 짓을 하는 자가. 아무도 눈치채지 못했어? 담당자는 누구였지?"

"웃……."

"그리고 틸데, 엊그제 오후 잡무 메이드에게 자기 일을 떠넘기고 어디에 갔었지? 우리 저택의 향신료를 대량으로 가지고? 또 마을의 그 처자식 딸린 옷가게 주인을 만나러?"

털썩하고 주저앉는 잡무 메이드장.

"너희도 이유를 듣고 싶어?"

우화하고 상냥한, 차한 사람인 줄 알았던 미츠히기 대토로 어투도 바꾸어 격하게 추궁했다.

나머지 세 사람을 향해 쏟아진 미츠하의 말에 아무도 대꾸하지 못했다.

"내가 왜 자작인지 몰라? 딱히 작위를 가진 부모가 일찍 돌아가셔서 그렇게 된 게 아니야. 스스로 된 거라고. 내가 초대야. 초대, 야마노 자작이다. 얕보지 마라!"

노려보는 미츠하에게 숙연해지는 실내.

"징계해고다. 다음 일자리를 찾기는 힘들겠지. 자, 한 시간 내로 여기서 떠나라. 한 시간 후에 아직도 이 저택에 있으면 자작가에 불법침입한 죄로 체포해서 처벌하겠어. 가라!"

허둥지둥 방에서 튀어나가듯 도망치는 6명의 남녀. 미츠하는 아랑곳하지 않고 옆에 선 늙은 집사에게 말을 걸었다.

"미안해, 걱정을 끼쳤어, 안톤. 밤중에 서류 감사는 이제 하지 않을 거야. 밤에는 잘 테니까 이제는 낮에 침대에 안 누워."

그리고 주머니에서 꺼낸 몇 장의 서류를 넘긴다.

"뇌물을 쓰는 상인이야. 거래에서 빼. 그리고 다른 자를 괴롭히는 악질적인 주민과 피해를 본 자. 감시해서 대처해 줘."

"미, 미츠하 님……."

집사 안톤의 눈에 눈물이 고인다.

"그리고 잡무 메이드장은 오늘부터 케테야. 잘 부탁해."

미츠하는 하품을 참았다.

"미안, 안톤. 낮에는 자지 않겠다고 했는데 그건 거짓말이다! 잠깐 눈 좀 붙이겠어.

아, 내일부터는 슬슬 우리 자작령의 본격적인 개발을 시작할 거야. 바빠질 테니까. 그럼 다들, 오늘은 수고했어. 해산!"

그렇게 말하고 미츠하는 서둘러 자리를 떴다.

자리에 남겨져 멍하니 서 있는 열두 명의 사용인들.

새 영주의 갑작스러운 변화에 놀랐지만, 점차 가슴에 끓어오르는 이것은…….

황당함? 우스움? 흥분? 흥미? 두근두근?

아아, 그렇구나. 나는 지금 두근거리고 있어.

무언가 재미있는 일이 일어날 것 같은 기분.

무언가 즐거운 일이 시작될 것 같은 기분.

적어도 내일은 오늘보다 유쾌한 날이 될 것 같다.

얼레? 어째선지 로레나가 히죽거리고 있다.

"로레나, 너 왜 웃는 거야?"

"너도 웃고 있잖아!"

어? 아하하, 그런가…….

*　*

　자작령에서 일부러 얌전히 있을 동안 전이를 자주 했다. 방문을 잠그고 있을 때, 시찰을 위해 돌아다닐 때 등 기회는 충분히 있었다.

　그리고 오늘은 일본에서 잡일을 처리하는 날. 영지 시찰을 핑계로 혼자서 저택을 나와서 일본의 집으로 전이. 그리고 자작령 저택의 내 전용 공간을 근대화하기 위해서 다시 전기 관련 가게와 상담.

　그래도 두 번째라 빨리 끝났다. 상대측 담당자도 대체로 같은 사람이었고. 아, 먼저 메일과 우편물을 확인해야지.

　뭐, 미짱, 방학 때 돌아온다고? 그래그래.

　아, 부녀자 점장이 보낸 메일이다. 다음 미소녀 일거리는 언제냐고? 음, 아직.

　사비네의 드레스라도 부탁할까. 대금은 금화로. 어쩐지 엔보다 금화를 더 좋아할 것 같다.

　인터넷에서 메인 뉴스를 보니.

　뭐? '드디어 드래곤 발견되다' 라니…… 가짜 뉴스인가?

　아앗, 설마!!

　서둘러 용병단으로 날아갔다.

　울프팽에는 일이 있고 며칠 후 금화를 대가로 치렀다. 그 액수는 무려 6만 개. 국고든 귀족이든 예상보다 많이 받았다. 물론 내 몫도 중간에 챙겼다. 또 한 걸음, 야망에 가까워졌어. 저 금구멍에 대량 투입했다.

그래서 들떠 있는데 울프팽 사람들이 '드래곤 헌터'라고 불리고 싶어.' '드래곤을 공개하고 싶어.' 라고 애원하기에 나에 관한 정보는 반드시 비밀이라는 조건으로 OK해버렸다. 상황은 대충 둘러대기로 하고.

다들 내가 저쪽 세계의 공주님이고 마법으로 세계를 오갈 수 있어 이 세계에 와서 지식을 배웠다고 생각하는 모양이다.

전 세계 언어를 할 수 있으니까 번역마법 같은 것을 사용하는 게 틀림없다=그렇다면 마법을 쓸 수 있다=다시 말해 이세계인, 하고 생각한 모양이다. 게다가 외모와 달리 사실 수백 살이라던가…….

아깝네요! 외모와 같은 연령이 아니라는 것은 정답.

끽해야 다른 용병단에 보여주고 자랑하려나 싶었는데, 일이 엄청나게 커졌다…….

베이스로 가서 대장 씨를 만나 물어보니 현물은 이미 여기에 없고 대학 연구실에 가 있다고 한다. 이전에 토끼에 흥미를 보인 학자가 두고 간 명함의 연락처로 전화했더니 날아와서 현물을 보고 엄청 흥분해서 이곳저곳에 연락했다. 그래서 순식간에 학자 무리가 몰려왔다.

그래서 동료들끼리 사전에 입을 맞춘 대로 설명했다.

이세계의 공주님에게 부탁받아서 무기, 차량과 함께 이세계에 소환. 사람들을 지키고 마왕군과 싸워 승리했다. 그리고 무사히 귀환. 트럭에 실은 드래곤도 같이 전이했다는 것이다.

어째선지 본인들도 반쯤 그게 진실이라고 생각하는 구석이 있다. 거짓말을 한다는 인식이 거의 없었다.

나에 관해서는 세계를 자유롭게 오갈 수 있고 지금도 가끔 온다는 것만 숨기면 문제없다는 인식으로 딱 한 번 이세계에 갔다 왔다고 한 것이다. 만일에 대비해 이름도 바꾸어 '나노하 공주' 라니.

아니, 포격이라든가, 쪼그맣다든가, 대화도 하지 않고 일단 쏘고 본다든가 확실히 공통점은 있을지 모르지만……. 너희 중에 일본 애니메이션 오타쿠가 있는 게 분명해!

그래서 그런 흔해 빠진 소리를 누가 믿냐는 소리가 나와도 실제로 드래곤의 시체가 있으니 아무도 반론할 수 없다.

신작 영화의 사전 홍보라고 생각한 모 판타지 소설 전문 출판사가 배낀 거다, 판권 침해라고 하면서 소란을 피웠지만 역시 현물이 있기 때문에 '픽션이 아니라 현실 이야기' 소리를 듣고 반론불능.

설마, 영화로 만들어지진 않겠지?

그리고 화제성만이 아니라 비늘의 분석이나 DNA 해석 등 막대한 이익이 될 수도 있다는 것이다.

아, 휴가 중이라 참가하지 못했던 두 사람은 울면서 아쉬워했다고 한다.

너무나 불쌍해서 의뢰금은 참가자끼리 분배하지 않고 용병단의 수입으로서 일단 전부 용병단 창고에 넣어 나중에 단원에게 '임시 보너스'로 지급하겠다고 한다. 그래서 참가하지 못했던 두 사람도 참가자보다는 좀 적은 금액이기는 해도 돈을 받았다고 한다.

물론 전액을 분배한 것이 아니라, 수억 엔 정도가 금고에 남아 있다고 한다. 무기나 장비에는 돈이 들고 부상이나 병, 나이 때문에 은퇴하는 자에겐 은퇴 지원금도 주고 싶을 테니까.

하지만 돈을 지급받은 두 사람은 돈이 필요한 게 아니야, 드래곤 버스터의 이름이, 이세계가, 공주님이, 하면서 시끄러웠다고 한다.

나는 몰라…….

어느 날 손님이 왔다. 소식을 알린 집사의 말로는 남자가 세 사람이라고 한다.

아무래도 왕도 관련의 일을 알고 온 게 아니라 단순히 신흥 귀족을 만나러 온 것 같다.

취업 희망자일까 뇌물일까 공갈일까. 만날지 안 만날지 고민했지만 듣자니 명색이 과학자, 용병, 상인이라고 한다. 어째선지 제각각이다. 그리고 직함으로 봐서는 필두가신으로 삼아달라거나 재무관이 되어 주겠다거나 하는 사람은 아닌 듯하다. 모처럼 굳이 이런 시골까지 찾아왔으니 만나기는 해볼까. 응접실로 안내하자.

뭐, 알현실?

그런 거 없어. 왕궁도 아니고.

게다가 과학자라니……. 내 머릿속 번역기, 그게 확실하니?

응접실에는 자리에 앉은 나, 집사인 안톤 씨, 메이드장 셋. 그리고 좌우 벽에 늘어선 메이드와 남자 사용인 각각 세 사람. 손님의 신분이 불명확하기 때문에 수상한 행동을 취하면 바로 잡아들일 예정이라서 많이 배치했다.

물론 나는 만일을 대비해 건벨트를 장비했다. 옆구리에 있는 발터는 갑작스러운 사격에 적합하지 않기 때문이다.

테이블은 커서 나와 손님용 의자 사이에는 총을 꺼내 쏘기에 충분한 시간을 확보할 거리가 있었다.

"어서 오세요. 이쪽이 야마노 자작 각하입니다."

메이드의 안내를 받아 세 남자가 응접실로 들어왔다.

"갑작스럽게 방문해 대단히 실례했……."

인사하면서 응접실에 들어온 첫 번째 남자가 말을 멈추고 정지했다.

"어이, 무슨……일……."

그리고 두 번째 남자도.

세 번째 남자는 아무 말 없이 서 있다.

"“미츠하 양!”"

"어머, 용병 아저씨와 상인 아저씨잖아요."

슬슬 이름을 기억해 줄까.

"어째서 미츠하 양이⋯⋯."

"왜긴요, 제가 자작이니까요. 미츠하 폰 야마노 자작."

"자작영애가 아니라?"

"아니라."

말문이 막히는 세 사람.

"그렇다면 어째서 승합마차에?"

"달리 탈 것이 없어서요."

"어째서 혼자서?"

"가신도 부하도 없어서요."

"“"⋯⋯⋯⋯."”"

그리고 차와 다과가 나와 이야기는 갑자기 본론으로.

"그래서 셋이서 무슨 일로 왔죠?"

"아, 마차 때문에 우연히 같이 왔을 뿐이지 저희는 각각 다른 용건입니다. 동료는 아닙니다."

상인 아저씨의 말에 다른 두 명도 끄덕인다.

아~ 보통은 백작령 중심도시에서 휴식을 취한 다음 몸단장을 하고 여기에 오는 건가. 우리 마을에는 목욕시설이 있는 여관도 없으니까. 게다가 열흘에 한 번 오는 승합마차니까 새 영주 부임 이야기를 듣고 일하러 온다면 같은 마차를 타는 게 당연하겠지. 마차에서도 서로 아는 눈치는 아니었고.

"그럼 순서대로 부탁합니다."

"그럼 저부터…….″

내가 야마노 자작 본인이라는 말을 듣고 처음엔 놀랐지만 마차에서 며칠이나 편하게 대화했던 내가 상대방이니 어느 틈엔가 진정을 되찾은 상인 아저씨가 말을 꺼냈다.

"저는 상인인 페츠라고 합니다. 사실 이번에 새 영주님에게 상품 유통을 제안하러……."

마차에서는 계속 상인 아저씨라고 불러서 오늘 처음 이름을 들었다.

페츠 씨의 이야기에 의하면 전 영주는 영지 생산물의 외부 판매는 전부 자신이 주도하고, 또한 타 영지의 상인이 영내에서 멋대로 거래하는 것을 금지하여 영지에 현금이 풀리는 것을 막았다고 한다.

하지만 영주가 바뀐다는 이야기를 듣고 페츠 씨는 이 기회에 새 판로를 개척하기 위해 왔다고 한다. 야마노령만을 위해 상품을 운반하는 것은 어렵지만 다행히 여기는 보제스 백작령에 가까워 보제스 백작령을 왕복할 때 약간 더 멀리 돌아서 갈 뿐이다. 그 정도라면 새 판로를 개척할 메리트가 존재한다는 것이다. 아직 젊고 앞날이 창창한 페츠 씨는 야마노령과 함께 크게 성장하고 싶다고 한다.

그래그래, 성장할 거야, 우리 영지는.

좋아, 왕도와 연결하는 상인은 필요하다고 생각했던 참이야, 인격도 신뢰할 수 있는 페츠 씨에게 부탁하자.

뭐, 나도 왕도의 상인 아니냐고? 아니 필요한 것은 이 세계의 물건을 다루는 상인이니까. 내가 지구의 물건을 여기와 왕도에서 취급해서 어쩔 건데.

"알겠습니다, 페츠 씨. 잘 부탁합니다. 가능하면 돌아갈 때 우리 영지의 상품을 가지고 왕도에서 판매를 부탁하고자 합니다. 건어물이나 소금 절임만 있지 않아요. 좀 있으면 신상품을 개발할 예정입니다."

"오오, 바라던 바입니다!"

"그럼 지금은 막 부임한 참이라 여러모로 공부 중이니 며칠 뒤에 다시 올 수 있나요. 그때 자세한 내용을 상담하죠. 저도 그때까지 사용인들이나 주민들에게 이야기를 들어볼게요."

"알겠습니다. 그럼 잠시 동안 마을…… 읍내 여관에 머물겠습니다."

아, 역시 '읍내'라고 하는구나.

"다음 용병 아저씨, 부탁합니다."

"아아. 나는 빌렘, 알다시피 용병이다. 도시에서는 조금 살기 어려워서 시골에서 느긋하게 살려고 했는데 나는 싸우는 것밖에 할 줄 아는 게 없어. 어떻게 할까 고민하던 중 신흥귀족 이야기를 들어서 말이지.

보제스령을 뛰어넘는 진짜 시골, 적은 인구, 그리고 가신도 소유한 기사단이나 용병도 없는 무방비 상태. 실력 있는 자라면 가신이나 방위전력이 갖춰질 때까지 중간에 고용해 주지 않을까하고 생각했어. 뭐, 가신으로 삼아달라는 사치스러운 희망은 없으니 안심해도 돼."

으~음, 솔직하시네. 하지만 말하는 내용은 정확하다. 이 영지는 지금이라면 내가 없을 경우 소규모 도적단에 공격당하면 궤멸할 것 같으니까. 서둘러 방위력을 정비할 필요가 있다. 그리고 그를 위해서 기간요원이 필요하다.

응, 댄디한 중년은 의지가 되니까. 빌렘 씨는 남자답고.

"알겠습니다. 페츠 씨와 마찬가지로 며칠 뒤에."

"잘 부탁해, 자작님."

"마지막으로 으~음, 저를 도적에게 넘기려고 했던 사람, 부탁합니다."

"억……."

나를 도적에게 넘기려고 했던 사람이 놀란다.

그게 다른 호칭이 생각이 나지 않아서. 이름도 직업도 알 수 없어서 '20대 전후인 사람, 부탁합니다.' 라고 하면 이상하잖아.

아, 집사인 안톤 씨를 시작으로 사용인들의 얼굴색이 바뀐다. 죽일 듯한 시선으로 나를 도적에게 넘기려고 했던 사람을 노려보고 있어. 어쩐지 땀을 뻘뻘 흘리네, 나를 도적에게 넘기려고 했던 사람.

"……요르크, 입니다. 과학자 요르크."

아, 그런 이름인가요.

"그럼 요르크 씨, 설명을."

요르크 씨가 말을 꺼낸다.

"저희는 왕도에서 스승 플라티두스 밑에서 공부와 연구를 하고 있는 진리의 탐구자로서 과학자라고 합니다. 이번에 젊은 영주님이 탄생하셨다고 들어서, 그 유연한 정신으로 새로운 학문을 이해받고 저희 학파를 지원해 주길 바라는 바, 스승님의 명으로 찾아오게 됐습니다.

지희 플라티두스 파의 지혜를 일부나마 느끼실 수 있게끔 잠시 동안 저를 객원강사로 고용해 주셨으면……."

흐음.

"지혜의 일부라면, 예를 들어 어떤 거죠?"

내 질문에 요르크 씨는 잠시 생각하더니 자신만만하게 이야기하기 시작했다.

"이를테면, 만약 제가 '이 세계는 태양이 지면 주위를 도는 것이 아니라 대지가 태양을 돌고 있다'고 하면 어떻습니까?"

의기양양한 표정입니까.

"아하, 지동설 말입니까. 대지는 구체 모양이고 대지가 회전, 즉 자전하는 것으로 낮과 밤이 바뀐다고 말씀하고 싶으신 겁니까? 그런 건 당연하잖아요."

"헉!"

놀라는 요르크 씨.

"그 밖에는 또 어떤 것을?"

"그, 그럼……무지개가 어떻게 만들어지는지…….."

"공중에 뜬 작은 물방울에 들어간 빛은 색에 따라 굴절되는 각도가 달라 색깔별로 나뉜다던가? 그래서 비가 그친 후에 햇빛이 드는 곳에 만들어지는 거 아닌가요?"

"억…….."

식은땀이 멈추지 않는 요르크 씨.

"그게 끝인가요?"

"끅……. 그렇다면 달의 모양이 매일 달라지고, 줄어들었다가 다시 부활하는 수수께끼를…….."

"아~ 사실은 줄어드는 것이 아니라 달은 대지 주위를 돌고 있으끼나 태양에 비친 부분 중 대지에서 보이는 부분이 바뀌어서 차고 이지러지는 것을 반복하는 것처럼 보이는 거잖아요? 이제 그만하세요, 시간 낭비니까."

"그, 그런, 말도 안 되는…….."

머리를 붙잡고 주저앉는 요르크 씨. 마차 안에서도 왠지 그런 상태였지.

"애초에 여자나 다른 승객을 버리고 자신만 살려고 한 사람의 가르침 따윈 받고 싶지 않습니다. 뭔가 저도 더럽혀지는 것 같아서."

그렇게 말하고 나는 메이드를 불렀다.

"손님이 한 분 나가실 거야. 밖으로 안내해 줘."

"네가 깜짝 놀랄 정도로 박식한 건 알았어. 그건 자~알 알았는데……."

빌렘 씨가 차분한 표정으로 말했다.

"무자비하네, 징그러울 정도로!"

페츠 씨가 끄덕끄덕 긍정했다.

저기, 그렇게 칭찬하셔도 아무것도 안 줘요!

물론, 며칠 기다려달라고 한 이유는 대청소가 끝나는 것을 기다리기 위해서이다.

사용인들의 대청소가 끝나고 나는 단번에 행동에 돌입했다.

먼저 내가 쓰는 방의 절대출입금지령.

물론 보통 서류 작업을 하거나 사용인이나 나중에 고용할 부하들에게 지시를 내리거나 해야 하므로 집무실은 그대로 쓴다. 하지만 중요한 서류 작업이나 지구에서 가져온 컴퓨터로 하는 작업 등을 생각하면 보전환경이 필요하다.

그리고 신변의 안전도 고려해야 한다.

'해를 끼치는 자'를 여섯 명 내쫓았지만, 그것은 즉 '나에게 원한이 있는 사람을 여섯 명을 풀어놓은 것'이나 마찬가지다.

복수하고자 도적이나 첩자를 끌어들이거나 정보를 흘릴지도 모른다.

또한 남은 사용인도 지금은 아직 배신하지 않았을 뿐 앞으로 돈의 유혹에 넘어가거나 가족을 인질로 잡힐 수도 있다.

그래서 내 방에 컴퓨터나 기타 '이 세계의 사람에게 비밀로 해야 할 것'을 두고 방범설비로 단단히 방어한다. 밤에도 안심하고 잘 수 있게.

그렇게 하자면 필연적으로 나 말고는 아무도 들여보낼 수 없는 셈이다.

내 방 청소쯤은 스스로 할 수 있다. 메이드들이 상당히 매달렸지만 그렇게 말하고 떨쳐냈다.

그리고 다음으로 주거환경의 편리화.

하지만 목욕탕도 조리기구도 정수탱크도 펌프도 일본에서 가져올 필요가 없었다.

그래 전부 사용인들이 해 주니까.

뭐, 가져와도 되지 않냐고?

그렇게 하면 그것을 담당하는 사용인이 필요가 없어져서 해고되잖아. 그야말로 '아무 잘못 없이 성실하게 일하는 사람'이.

나 하나 편하자고 내 영지에 불필요한 실업자를 늘리고 싶지 않아.

그래서 결국 내 방의 방범설비, AV기기와 소형 냉장고, LED 라이트스탠드, 그리고 선풍기나 전기온풍기 등을 위한 발전 시스템을 설치하는 것 정도로 끝냈다. 에어컨은 단념.

그리고 인원 보충.

사용인의 3분의 1을 해고해 인원이 부족하다. 방위요원도 필요하고.

고용은 영지 내에서 할까. 다른 영지의 주민을 멋대로 데려올 수도 없고 왕도 등지의 자유민은 바로 올 수 없다. 집사와 상담해 보자.

새로 고용하는 것은 일단 신뢰할 수 있는 사람을 몇 명. 나중에 늘려 나갈 것이다. 앞으로 점점 판을 벌려 나갈 거니까. 왕도에도 전문지식이 있는 사람을 모집하자.

식사는 요리장을 내쫓았지만 젊은 요리사가 혼자 남아 있어 그걸로 충분하다.

전 영주 때는 요리장이 영주 일가의 요리를 담당. 젊은 요리사는 그 준비나 사용인들의 식사를 주로 담당했다고 한다.

혼자서도 충분해, 요리사. 사용인들은 한 번에 식사하지 않고 교대로 먹으니까 혼자서도 대처할 수 있을 거야. 나는 호화롭고 종류가 많고 태반을 남기는 식사는 필요 없으니까.

그렇게 생각하던 중 손님이 왔다.

맞아, 용병 아저씨와 상인 아저씨.

잊어버린 것은 아니야. 아마도.

"오래 기다리게 해서 죄송해요. 상인이나 용병에게 '시간은 금'인데……."

"아닙니다, 전혀 그렇지 않습니다. 앞으로의 일을 생각하면 며칠 정도는……."

"아아, 그 말이 맞아."

내 말에 그렇게 답해 주는 페츠 씨와 빌렘 씨.

그럼 일 이야기를 해 볼까…….

페츠 씨와는 거래 품목이나 세금을 상담.

세금은 영지에 따라 다르다. 교통의 요충지와 시골로는 조건이 다르니까 당연한가.

여기는 우리와 조건이 비슷하고 선정을 베풀고 있는 보제스 백작령을 참고하여 그것보다 조금 더 우대하는 게 좋겠지. 판매액의 2할이면 되나. 멀리 떨어진 곳일수록 운송비가 더 드니까 상품가격이 비싸질 테고, 아직 주민들의 구매력도 약하니까…….

교역 루트는 왕도에서 보제스 백작령, 거기서 야마노령을 돌아 다시 왕도로.

당연히 그 도중에 있는 시내나 마을에도 들르니까, 우리 영지에 왔을 때는 왕도에서 가져온 상품 중 괜찮은 것은 팔린 상태다. 팔다가 남은 것과 빈 공간을 채우기 위해 도중에 들린 마을에서 구입한 물건이 있는 정도.

돌아가는 길에도 같은 마을을 거치기 때문에 왕도에서 판매하는 상품을 가져가는 것은 돌아가는 길이다. 쓸데없는 거리를 운반할 필요가 없어지는 데다가 크게 상하지도 않고 도적이 습격해도 피해가 최소화되니까 당연하다.

'그게 더 돈이 된다'는 인식이 없으면 좋은 상품을 내 영지까지 가져오기 힘들다. 비싸더라도 살 만한 나라든가, 세금이 싸다든가.

세금은 너무 싸게 하면 영지의 수입이 적고 일단 타 영지와의 비교도 되기에 너무 싸게 할 수 없다. 으~음…….

"물품 반입, 판매세 2할. 팔다 남아서 가지고 돌아가기 뭐한 상품은 우리 영지에서 받아 위탁판매하는 건 어떨까요? 판매는 우리 가게에서 할 테니 점포도 인원도 필요 없고 경비부담도 없는 걸로.

그리고 우리 비밀공방에서 만든 공예품을 돌리겠습니다, 반드시 팔릴 상품을. 아니면 이쪽도 위탁판매해도 돼요. 페츠 씨가 수수료를 받는 형태로."

"어……."

내 제안에 놀라는 페츠 씨. 그야 이렇게 좋은 조건이면 놀랄 수밖에 없나…….

보제스령보다 싼 세금도 물론이지만 팔다가 남은 상품을 별도의 경비 없이 전부 현금화할 수 있다는 것은 상당히 매력적이다.

애초에 오가는 길에 팔지 못한 상품이니까 며칠 뒤에 같은 마을을 돌아도 팔릴 가능성은 낮다. 돌아가는 길에는 왕도에서 팔 물건을 잔뜩 싣고 싶을 터. 왕도에서 가져온 것을 다시 가져가도 의미가 없다.

상품을 전부 사 준다면 팔지 못할 것을 걱정해 상품을 적게 가져올 필요가 없다. 그렇다면 약간 비싼 물건도 보제스령이나 야마노령까지 전달할 충분한 양을 가지고 왕도를 출발할 수 있는 것이다. 게다가 수수료 없는 위탁판매. 공짜로 지점이 생긴 것이나 마찬가지다.

"부, 부디 부탁드립니다!"

페즈 씨는 즉각 승낙해 주었다.

응, 비밀공방이라는 것은 물론 뻥이고, 백엔샵에서 산 물건을 잡화점 미츠하의 상품과 겹치지 않게 넘길 예정이다. 이걸로 충분한 수익이 나면 야마노령에 올 가치가 증가, 방문 횟수도 늘어날지도 모른다.

다만 이것은 임시방편이다. 내가 없어도 문제없도록 서둘러 '진짜 이 영지에서만 만들 수 있는 매력적인 상품'을 개발해야지…… 아, 먼저 영주가 직영하는 가게를 만들어야 하나…….

그리고는 내 영지까지 가져와 주었으면 하는 물건, 즉 주문 상품에 관한 이야기나 일단 방문 빈도에 관한 상담 등. 이 부분은 집사인 안톤 씨나 다른 사용인들, 마을 사람들의 의견도 듣고 싶다. 그것들은 나중에 다시 조정하기로 하고 다음은 용병인 빌렘 씨다.

"어느 정도의 방위 병력이 필요할까요?"

너무나도 솔직한 내 질문에 쓴웃음 짓는 빌렘 씨.

"그건 쳐들어오는 적에 달렸으니까 뭐라 말할 수 없지. 그저 지리적으로 여기는 타국이 쳐들어올 만한 곳이 아니야. 그래서 대상은 소규모 몬스터 무리에서 내키고 도적단까지인 셈이지."

끄~응…… 야마노 자작령의 인구는 읍내가 260, 농촌 세 군데를 합해서 290, 산촌 두 군데를 합해서 79, 어촌 하나가 47, 다 합쳐서 676명. 자작령이라고 해도 상당히 적다. 그야 내가 원했지만 말이야. 원래는 남작령이고.

그것을 지키려면 어떻게 해야 할까…….

"어디서 데려와야 하나요? 아니면 주민 중 모집하는 게 좋을까요?"

"으~음, 왕도에서 고용하면 멀리 시골 영지까지 오니까 비싸게 먹히니까 말이지……. 가족이 있으면 싫어할 거고. 그리고 애초에 충성심이 문제가 되지."

아~ 막상 일이 닥치면 간단히 도망갈 수도 있다든가 수비 병력으로 고용한 자들이 그대로 도적이 될 수도 있다든가. 그러면 영주 일가를 죽이고 돈을 전부 훔친 다음 도망치면 잡기 어려울 것이고. 애초에 사진도 신문도 TV도 없으니까. 아마 제대로 된 조사도 힘들 거야.

좋아, 영지 내 양성인가! 고용 촉진으로도 이어지니까. 빌렘 씨에게 단련을 부탁하자.

하지만 신입이 제 몫을 할 때까지 대비가 필요한가…….

아! 생각났어!

"빌렘 씨, 야마노 자작령 영주군의 지휘관으로 고용합니다. 예정된 총병력은 상비군이 지휘관 이하 5명. 그리고는 주민 중 상시 36명을 소집하여 가업과 병역을 겸업하게 합니다. 이것을 상시 교대로 하여 병역에 적합한 남성 약 200명 전원을 어느 정도 싸울 수 있도록 훈련해 주세요.

그리고 그 후에 유망한 자를 몇 명 상비군으로 선발하겠습니다."

"어……?"

놀라는 빌렘 씨.

"빌렘 씨는 기본적인 무기 사용법은 물론이고, 그 전에 주로 체력적인 면이나 병사로서의 정신적인 면도 단련해 줬으면 해요."

"아, 그래……."

빌렘 씨, 어쩐지 약간 동요하고 있나?

응, 내 영지는 징병제로 간다.

주민도 적은데 많은 상비군을 유지할 수 없어. 그렇다고 해서 약간의 숫자로는 방어전은커녕 경비 로테이션도 짤 수 없다.

그래서 교대제로 '가업과 병역을 겸하는 기간'을 만들기로 했다. 대상자는 병역적령기의 남성으로 가족에게 환자 등이 없고 본인이 좀 빠져도 가업에 큰 영향이 없는 자. 기간이 지나면 다음 그룹으로 교대.

이렇게 하면 생업에 큰 지장은 없을 것이다. 집에서 출퇴근하니까 영주 측에서도 부담이 적다. 점심밥은 충분히 제공하겠지만.

징집한 36명의 일반병사를 9명씩 4개 분대로 나눈다.

각 분대는 3명씩 3개조로 나눠 행동하거나 2명씩 4개조로 나눠 마지막 한 명이 분대장으로 4개조를 지휘하거나 할 생각이다. 그리고 그것들의 위에 4명의 사관. 그리고 그 위가 빌렘 씨인 것이다.

여성도 희망자에겐 무기 사용법을 알려줄 생각이다. 적극적으로 전투에 나가는 것이 아니라도 이 세계에서는 여성도 자기 몸을 지킬 수단을 가지는 편이 좋을 것이니까.

아, '징병제'라고 하면 어쩐지 호전적이지만 그 평화의 상징 같다고 하는 영세중립국 스위스, 거기도 징병제야. 남성은 무기 훈련이 의무이고 각 가정에서는 총을 보관해 필요할 때는 수십만의 병사가 되어 소집되는 거야. 스위스도 참 상당한 군사국가네. 군사산업도 많고 무기를 팍팍 수출하고 있고.

때때로 이상한 사람이 '일본도 스위스처럼 중립적이고 평화로운 나라로!'라고 말하는데 스위스는 무장중립이지 확고한 무력으로 '나에게 손대지 마, 이놈들!'이란 나라니까. 일본도 스위스를 따라 하고 싶으면 먼저 징병제로 돌려서 각 가정에 총기 소지를 허가하고 군수산업을 육성해야 하겠지만……

일본은 지금이 훨씬 더 평화롭잖아.

아, 먼저 호적을 만들어야지…….

병역도 그렇지만 과세, 복리후생, 어느 것을 하려고 해도 먼저 호적관리부터 시작해야지. 가져온 노트북이 있으니까 700명 정도의 관리라면 크게 힘들지도 않고.

물론 만에 하나를 대비해 종이로도 출력할 거야.

그리고 슬슬 한 번쯤 왕도에 돌아가서 가게 일이나 그 일을 해결해야지……. 그리고 일본에 가서 서둘러 시작하고 싶은 일도 있고…….

아아, 바쁘다!

느긋하게 지낼 생각이었는데 어째서 이렇게 된 거지!

자업자득입니까, 그렇습니까…….

제17장 블로그

21시 30분. 오오츠키 종합병원 야간대기실.

"뭐야, 야간대기중인데 증상을 공부하는 거냐. 하지만 공부도 좋지만 언제 응급환자가 올지 모르니까 쉴 수 있을 때 쉬는 것도 우리 업무야."

대기 중인데도 증상 사진같은 프린트물과 의학서를 번갈아 보며 공부하고 있는 연수의를 보고 내과부장 니시무라 슈헤이는 웃으면서 그 연수의, 이시이 유우타의 어깨를 가볍게 두들긴다.

"아, 부장님……. 아뇨, 잠깐 지인이 돌보고 있는 아이가 아프다면서 사진을 보내와서요……."

이시이의 대답에 니시무라는 손바닥으로 아시이의 머리를 가볍게 쳤다.

"그런 농담 하지 마라. 병원에서 해서는 안 될 말이야."

"네?"

"그럴 리가 없잖아. 그게 무슨 병인지도 아직 모르는 거냐? 그런 상태로 방치되어 있는 환자가 일본에 있을 리 없잖아."

웃으면서도 니시무라의 그 지도에 이시이는 진지한 얼굴로 대답했다.

"부장님, 이거 무슨 병입니까!"

"가르쳐 주면 네 공부에 도움이 안 되잖아."

"부탁입니다, 가르쳐주세요! 왜냐면 이건⋯⋯."

이시이는 아직 작은 아이의 몸의 일부가 확대된 사진의 왼쪽 아래에 찍힌 만화잡지를 가리켰다.

"어제 발매한 잡지입니다."

"이리 와!"

니시무라는 얼굴색을 바꾸고 연수의 이시이의 팔을 잡아 부장실로 끌고 왔다.

"이게 무슨 일이야. 설명해 봐!"

니시무라의 험악한 태도. 이시이는 평소라면 위축됐겠지만 지금은 그럴 상황이 아니다.

"블로그입니다. 제가 곧장 구경하는 블로그에 실려 있었습니다. 누군가 이 증상에 대해 알려달라고. 증거로 막 발매된 잡지를 첨부해서."

"이걸로 그걸 열어봐! 병원 시스템과 물리적으로 완전히 분리된. 정보 수집과 업자나 연구자와의 메일 연락에 쓰는 컴퓨터야. 바이러스 대책도 되어 있다. 알았으면 빨리 써!"

이시이는 키워드 검색을 사용해 자주 가는 블로그를 검색하면서 니시무라에게 물어보았다.

"그래서 부장님, 그 질병은……."

니시무라는 화면을 바라보며 대답했다.

"……탄저병이다."

드디어 그 블로그가 표시됐다.

『모두 도와줘! 자작령 경영기』

'웃기는 타이틀이다. 뭐가 자작령이냐!'

니시무라는 끓어오르는 감정을 억눌렀다.

"어디냐."

이시이는 상담 코너에서 붉은색으로 점멸하는 『긴급 상담』을 클릭해서 그 페이지를 표시했다.

아이의 피부에 광범위하게 나타난 고름과 같은 발진과 검은 딱지.

설명문에는 '고열과 기침. 호흡이 곤란한 상태'라고 쓰여 있다. 갱신 시간은 2시간 전.

'젠장! 장난질이면 패 주겠다!'

니시무라의 분노가 커진다.

"연락은 되나."

"상대가 컴퓨터 앞에 있으면. 그리고 메일을 기다리고 있거나 착신 알람 소프트를 쓰고 있으면 바로 전해집니다. 답장은 이쪽 메일을 알려주지 않으면 오지 않습니다.

지금까지 블로그에 글을 남기기는 했지만 개인정보가 유출되지 않게 메일을 알려주지 않았습니다."

"해. 이 메일을 써서, 빨리! 내용은 내가 입력하지!"

답장은 바로 왔다.

[글은 전부 진실. 바로 갑니다, 장소를 알려주세요. 약을 준비해 주세요. 자작.]

"바로 온다고? 서로가 어디 현인지도 모르는데……."

중얼거리면서 니시무라는 주소와 병원명을 알려주었다.

바로 다시 답장이 왔다.

[장소는 파악했습니다. 5분 후에 응급환자 창구 앞으로. 약과 투여법 강의를 부탁합니다.]

"뭐……. 5분이라고! 아니 대체……."

'바보 취급하는 건가! 하지만 만에 하나…….'

"젠장, 젠장! 이시이, 페니실린과 테트라사이클린, 서둘러!!"

'반드시 거짓말이다. 헛소리에 보기 좋게 놀아나고 있는 거야. 알아. 하지만, 하지만, 아직 어린아이가…….'

"뭘 하고 있어, 빨리해!"

이시이는 달렸다. 병원 안을 전력으로.

그리고 7분 후. 니시무라와 이시이는 가쁜 숨을 내쉬며 창구 앞에 도착했다.

거기에는 소녀가 서 있었다.

"미츠하 폰 야마노 자작입니다."

소녀가 고작 몇 분 걸리지 않고 도착했다면 환자도 근처에 있을 거다. 기적인가, 우연인가!

하지만 니시무라가 바로 안내해달라고 해도 소녀는 고집스럽게 고개를 저었다.

"웃기지 마, 그럴 상황이 아니야! 죽어! 시간과의 싸움이야!

그리고 환자도 진찰하지 않고 초보에게 약을 줄 수는 없어! 주사는 아예 의사법 위반이야!"

"법률은 괜찮아요. 일본의 법이 미치지 않으니까요."

"뭐라고……."

소녀는 말을 듣지 않는다. 그리고 투여량과 심지어 주사법까지 알려달라고 한다. 완전히 초보다. 14~15세니까 그것도 당연하다.

몇 분 동안의 실랑이 끝에 눈물을 머금은 니시무라에게 드디어 미츠하라고 이름을 밝힌 소녀가 졌다.

"비밀은 지킬 수 있나요?"

"……알겠다."

"무엇을 걸고?"

"……나 자신을 걸고."

"알겠습니다. 함께 가시죠."

다음 순간 거기에는 아무도 없이, 바람이 조금 불었다.

"여기는……."

아까는 확실히 병원 응급환자 창구였다. 틀림없이.

쓰러져 정신을 잃은 사이 옮겨진 건가? 하지만 자신은 서 있다. 그리고 옆에는 이시이와 그 소녀.

"이쪽입니다."

생각은 나중에 해도 돼. 지금은 할 일을 한다.

손에 든 의료가방을 꼭 쥐었다.

말없이 소녀를 따라가자 어느 소박한 집으로 안내받았다. 안에 들어가자 허름한 나무 침대와 그 위에 누워 있는 어린 소녀. 그 옆에는 간호하다 지쳤는지 의자에 쓰러지듯 잠자고 있는 어머니 같은 여성이 있었다.

"이시이, 서둘러!"

살린다. 이번에는 반드시 살린다.

……그건 꿈이었을까.

지금도 그렇게 생각한다.

그리고 커서를 움직여 클릭했다.

[모두 도와줘! 자작령 경영기]

클릭.

깜빡이는 항목은 없다.

[의료 상담]

클릭.

[몸이 무겁고 금방 숨이 찬다. 상담자 정육점의 보리스 씨]

또 이 녀석인가. 대답을 쓴다.

「식사량을 줄여. 운동해. 뛰어. 대답자 매코이]

너무 뚱뚱하잖아, 이 녀석. 저음엔 냉인기 했는데 체중이 120킬로라니. 망할. 오크 고기를 먹어? 너 그거 동족상잔이잖아.

두 번 뒤로가기.

이미 수십 번이나 클릭한 항목.

클릭.

[감사 코너]

[순조롭게 회복되고 있습니다. 감사합니다.]

그리고 첨부된 어린 소녀의 사진.

슬슬 일하러 갈까.

아, 그전에 [해산물 상담]의 [캄브리아기 같은 거 잡았는데]에 댓글을 달아야지. 어젯밤 생각한 새로운 요리법, 아주 완벽해!

* *

나는 블로그를 만들었다.

[모두 도와줘! 자작령 경영기]

응, 영지 경영에 쓸 기회도 없는데 쓸데없이 지식만 축적하고 있는 오타쿠……콜록콜록. 풍부한 지식을 가진 전문가들의 도움을 받을 수 있는 블로그다.

18세인 내가 혼자, 아무리 약간의 현대지식이 있어도, 할 수 있는 것은 한정되어 있다.

물론 인터넷으로 검색하면 많은 것을 알 수 있다. 하지만 문자만으로, 진짜인지 알 수 없는 정보만으로 주민들의 생명과 재산에 관한 일을 판단하는 것은 리스크가 너무 크고, 진짜 경험자가 아니면 모르는 일도 많다.

게다가 검색하면 알 수 있다고 해도 애초에 아무것도 모르면 검색도 할 수 없다. 이름도 존재도 모르는 것을 어떻게 검색할 수 있을까.

그래서 생각한 것이 이 블로그라는 것이다.

이세계의 자작령 영주님이 되어 경영 상담.

분명 오타쿠……풍부한 지식을 지닌 사람들이 이것저것 아는 척…… 정확한 어드바이스를 해 줄 거야. 그리고 그것을 힌트로 스스로 확인하여 검증을 하고 경영을 진행한다.

응, 완벽한 엄마!

모두 어디까지나 [우스갯소리 장난질 블로그]라고 생각하고 설마 진짜인지는 꿈에도 모를 것이다. 그리고 '놀이'이기 때문에 진지하게 그리고 자유롭게 의견을 낼 수 있을 것이다.

놀이이기 때문에 진지. 오히려 진지하지 않은 놀이는 재미있지 않으니까.

……그래서 최근 특히 빈번하게 유익한 어드바이스를 해 주는 사람들을 영지로 초대할까 생각했다.

지식이 풍부하고 성실하고 온화한 단골 네 사람.

내 개인 정보는 일설 공개되지 않고 다른 사람에게 이야기해도 이세계에 갔다 왔다는 말도 안 되는 소리를 믿는 사람들도 없을 것이다. 그것의 출처가 우스개 블로그라면 더더욱.

모두 자신의 신용을 잃고 괴짜 취급을 당하는 위험을 감수할 사람들도 아니고, 애초에 비밀엄수를 부탁하면 지켜줄 사람들뿐이다. 만약 약속을 어겨도 사진이나 증거물을 가져가지 못하게 할 거고, 접속을 차단하면 된다.

어째서 일부러 이세계를 알려주느냐?

슬슬 진심으로 깊숙한 부분까지 협력해 줄 사람들이 필요해진 것이다. 농담 반 진담 반의 놀이를 넘어선 약간 진심이 필요한 협력을. 그에 따른 보수도 생각 중이다.

다음 3일 연휴 때 말해 볼까…….

* *

[안타깝습니다! 그것은 제 황동광 씨다! 그런 이유로 금광석이 아닙니다. 금광석이라면 1개, 은광석이라면 5개를 모아야 떡집의 캔을 받을 수 있어요!]

[광업 상담]의 [금광석 같은 것을 발견했다!]에 안타까운 소

식을 썼다. 응, 광석과 목재라면 맡겨!

하지만 이 이상한 블로그, [모두 도와줘! 자작령 경영기]를 발견하고 시간이 꽤 흘렀다.

처음엔 여성스러운 문장으로 [갑자기 자작이 되어서 영지를 경영해야 합니다. 여러분 도와주세요!]라고 시작하여 벼를 심고 싶다, 해산물로 돈을 벌고 싶다, 귀금속은 어디서 얻나 등 누가 봐도 중2병으로 가득한 가상 경영담이었지.

그런데 소재를 잘 궁리했는지 묘하게 리얼하다. 다들 즐기고, 전문가들이 조언하면 그 결과 보고가 또 전문가가 놀랄 정도로 리얼해서 그쪽 프로가 '아~ 그걸 착각했구나! 하긴 초보니까 그렇게 틀릴 수도 있지, 확실히!' 하며 놀랄 정도로 마치 진짜 시험한 듯한 보고. 첨부된 사진도 엄청나서 CG가공의 프로가 절찬할 정도다. 지금에 와서는 다들 자작령이 진짜 있다고 생각하고 글을 남기고 있다.

긴급이벤트도 있다. [병에 걸린 소녀를 구해줘!]라든가 [구해줘! 벼에 해충이!!]든가. 정말 다재다능한 사람이야, 자작님은.

그렇게 그 블로그의 단골로 자주 글을 쓰다 보니 초대를 받았다.

[항상 치트한 발전을 목표로 하는 자작령을 도와줘서 대단히 감사합니다. 이번에 2주 후인 3일 연휴에 작은 규모의 오프모임으로 특히 자주 어드바이스를 해 준 네 분을 우리 자작령

에 초대하고자 합니다. 영지를 눈으로 직접 보시고 이후의 어드바이스의 참고가 됐으면 합니다.

참고로 2박 3일을 예정하고 있습니다. 준비해 주실 것은 세면도구와 시간 궁핌이입을 슈옷뺌입니다. 그 밖에는 전부 제쪽에서 준비하겠습니다. 의복 준비가 있어서 평소 입으시는 옷의 사이즈를 가르쳐 주시면 감사하겠습니다.

집합 : 토요일 13:00 해산 : 월요일 13:00]

뭐야 이거~!

물론 가야지.

자작령은 그렇다 치고 전부 저쪽에서 부담하고 2박 3일의 여행을 시켜 준다는데. 온천여행인가. 은퇴한 갑부가 한계농촌에서 작은 밭을 일구고 있다든가. 그래서 자기 영지라고.

게다가 아이디밖에 모르는 단골 셋과 그 자작님을 만날 수 있다면 그걸로도 갈 가치는 있다.

나를 포함해 다섯 사람의 2박 3일 경비를 전부 부담한다니, 역시 상당히 유복한 사람인가.

하긴 그 CG가공을 봐도 돈 들이는 게 남다르니까. 그런 돈을 써서 즐기는 재미를 별것 아닌 일로 날려버리고 싶지 않을 테니까 약속을 어기고 잠수 타지는 않겠지.

나이가 지긋한 여자일까, 정년퇴임 후 돈과 시간이 남아도는 노인일까……. 대체 어떤 사람일까…….

　　　　　　　　　　* 　*

　토요일 오후 12시 55분. 어떤 백화점 옥상, 놀이터.

　그곳에 남녀 네 사람이 모였다.

　매코이 (중년남)　　　　[질병 상담] 상주

　산왕　 (26세/남)　　　[광업 상담], [임업 상담] 상주

　건어물 (27세/여)　　　[해산 상담] 상주

　엔도　 (23세/여)　　　[농업 상담] 상주

　말이 없어도 네 사람 전부 '아, 이 사람들이 참가자다.' 라고 생각해서 자연스럽게 모여 있었다.

　처음엔 이 중에 누군가가 자작님인가 생각했지만 아무래도 전부 초대받은 사람 같았다.

　그리고 59분 50초.

　"여러분 잘 오셨습니다. 미츠하 폰 야마노 자작입니다."

　""" "미소녀, 왔다~~!!" """

　이미 면식이 있는 매코이, 의사인 니시무라 슈헤이를 제외한 세 사람이 비명을 질렀다.

　"이 자리에 모은 이유는 여기에 항상 사람이 거의 없고, 대형 놀이기구로 시야가 차단되는 장소가 많기 때문이에요."

　그렇게 말하고 미츠하는 모두를 놀이기구 뒤편으로 안내했다. 매코이만은 앞으로 일어날 일을 예상했지만 다른 세 사람은 의미를 모르고 반신반의하면서 미츠하 뒤를 따른다. 그리

고 모두의 모습이 놀이기구 뒤로 완전히 사라졌을 때.

거기에는 아무도 없었고 그저 바람만이 조금 불었다.

"어서 오세요, 제 야마노 자작령에!"

"""에에에에에~~~!!"""

설마 진짜 자작령에 갈 줄 몰랐던 매코이를 제외한 세 사람은 엄청 소리를 질렀지만 점차 진정되어 미츠하에게 물었다.

"서, 설마 내가 어드바이스해서 계획된 그, 그 새로운 방식의 논이나 밭, 진짜로 여기에 있는 겁니까! 보고했던 대로의 상태로 CG 사진 그대로!"

"사진은 CG가 아니라 그냥 카메라로 찍은 거지만. 네, 산 쪽 평야지대에⋯⋯."

"배, 배! 소형 만능그물어선은!"

"시험 중이지만 어촌의 가설조선소에. 좀 막혔거든요⋯⋯."

"뭐가 문제인 거야! 배는 어디야! 어디 있어!!"

흥분해서 침을 튀기며 미츠하에게 달려드는 여자들. 그에 반해 남자들.

"하하⋯⋯. 내가 담당한 쪽은 광산이 있는 것도 아니고 목재 가공도 커다란 기계가 없으면 어렵고⋯⋯."

산왕, 아오키 토모야의 어깨를 탁탁 두들기는 매코이, 니시무라 슈헤이.

그때 발이 느린 어머니를 두고 달려온 어린 소녀가 매코이의 다리에 뛰어들어 달라붙는다.

"엣? 뭐가……."

놀라는 매코이에게 미츠하루 웃으며 말했다.

"마르그리트. 당신이 구한 생명이에요, 닥터 매코이."

드디어 따라잡은 어머니가 매코이에게 몇 번이나 고개를 숙인다.

"아아……."

매코이의 얼굴이 위를 향한다.

"아아아……."

그 얼굴에 눈물이 흐른다.

"아아아아아아!"

주저앉아 소녀를 안는다.

딸. 구하지 못했던 내 딸…….

매코이의 오열이 이어진다.

"엣? 아무것도 없는 거, 나쁜인가?"

좌절하는 산왕.

"산왕 씨, 지금 산에 가서서 광석 탐사와 목재조사를 부탁합니다."

"뭐?"

"목탄 공장과 *골풀무 제철이 가능할지 조사도."

---

* 골풀무 제철 : 노를 만들고 풀무로 공기를 주입. 온도를 올려 사철에서 철을 얻는 오래된 제철법의 총칭.

"에에엣!"

"*옥강(玉鋼)이라는 것도."

"에에에에엣!"

　멀리서 온 사람도 생각해서 오후에 집합해, 오후에 해산하는 계획이었기에 해가 지는 것이 빨랐다.

　논밭을 달리며 문제점을 조사하는 엔도. 조선(造船)이 정체되고 있는 신형 선박을 앞에 두고 미츠하의 통역으로 소리치고 있는 건어물. 체중 120킬로의 정육점 보리스에게 통역인 미츠하를 데리고 쳐들어가는 매코이. 건어물은 아직 해산물 가공의 확인과 어패류, 해조류 중 괜찮은 것을 감정해 주어야 한다. 그리고 산왕은 산으로.

　이제 완전히 어두워졌을 때 드디어 다섯 사람은 자작 저택으로 돌아왔다.

　목욕탕에 들어가 주어진 의복으로 갈아입자 오프 모임이 시작됐다.

　술을 마시려는 미츠하를 보고 모두가 말리려고 했지만 미츠하가 '여기서는 15세면 성인이에요.' 라고 주장하며 물러나지 않았기에 어쩔 수 없이 포기했다. 이 모습을 보니 어차피 평소에도 마시고 있을 것이라고 생각하여 포기한 것이다.

　영지를 직접 본 사람들은 불타올랐다. 오늘 조사 결과에 대

---

* 옥강 : 골풀무 제철법으로 직접 제련해 얻은 철 중에서 상급품을 가리키는 말.

해 격론을 주고받고, 웃고, 그러다 취기가 돌아 쓰러졌다. 마시면서 놀았기 때문이다.

　그중에 매코이는 뭔가 생각에 잠긴 표정으로 조용히 술잔을 기울이고 있었다.

　매코이가 생각 중임을 알았지만 미츠하는 이참에 직접 의사에게 묻고 싶은 것이 있어서 매코이에게 다가가 말을 걸었다.

　"닥터, 잠깐 괜찮나요?"

　"그래, 무슨 일이지?"

　매코이는 미츠하를 돌아보았다.

　"저기, 만약 '모든 상처가 느리지만 완전히 낫고 부위결손도 낫는다.'고 한다면 그건 단순히 상처가 낫는 것 이외에 어떤 의미가 있나요?"

　실은 미츠하가 최근 신경 쓰이는 일이 있기 때문이다.

　"으~음, 뭐든지 완전히 낫는다? 부위결손도? 그렇다면 뼈도 신경세포도 부활한다는 것인가. 산소에 의한 열화도 DNA복사의 열화도 테로메아의 길이 단축도 전부 뭐든지?

　그렇다면 노화하지 않는다는 거겠지? 목을 잘라도 몸이 자라는 건가? 하하……."

　그것을 듣고 털썩하고 미츠하가 쓰러졌다.

　"어린애가 술을 마시니까……."

　매코이는 한숨 어린 표정으로 쓰러진 미츠하를 바라본다.

　그리고 악몽을 꾸는 것처럼 중얼거리는 미츠하.

"으~음, 노후 자금, 8만 개로는 부족할지도……."

뭐, 쇼크인 게 그거야? 그것뿐이야?

그리고 '노후'라니, 그건 설마…….

나는 얼마 전부터 '자신이 전혀 성장하지 않는 것이 아닌가.' 하고 생각하기 시작했다.

아무리 나이가 열여덟 살이라서 키가 더 자라지 않을 것이라고 해도 아직 다소 커질 수도 있을 것이다. 또 다소 성장이 기대되는 부위도 있을 것이다. 가슴이라든가, 가슴이라든가, 가슴이라든가…….

그런데 전혀, 1밀리도 성장할 기색이 없다. 불길한 예감이 들어 매코이 씨에게 물어보니 저 대답이었다.

아니 그건 단순한 추측에 불과해. 아직이야! 아직 당황할 때가 아니야!

뭐, 사실은 이제 성장하지 않는 건가 하고 열일곱 살에 키가 멈췄을 때 각오했으니까 크게 신경 쓰이지 않는다. 반대로 계속 젊음이 유지된다면 그래도 상관없겠지 않나. 영원히 죽지 않는 것은 아니니까.

아마 목을 자르면 죽을 거고 심장을 관통해도 죽을 거고 용광로에 떨어져도 죽을 것이다.

심각하게 생각해도 소용없다. 사는 게 지겨워질 때까지 즐

겹게 살자.

　그리고 그러다 보면 '그것'도 만나러 올지 모르고.

　아침.

　다들 머리가 아파서 기분이 안 좋다고 한다. 나는 아무렇지도 않다.

　숙취도 완전회복의 대상인가? 병도 안 걸리나?

　2일째는 오후 늦게 왕도에 갈 예정이다. 그때까지 다들 각각 여기서 할 일을 처리해 두도록.

　일요일 오후 1시.

　지급한 '왕도에서 튀지 않는 옷'으로 갈아입고 '잡화점 미츠하'로 전이.

　아니야, 이미 영업 재개했어! 문 여는 날이 적지만.

　점심은 아직 먹지 않았다. 거기에 갈 거니까.

　그런 이유로 드디어 왔어, 〈낙원정〉에.

　내 모국에서 친구들이 온다는 것을 듣고 고향 사람들에게 자신들의 야마노 요리가 통하는지 시험해 보겠다는 아넬 씨, 아리나 양, 베른트 씨와 함께 마르셀 씨도 참가하여 아예 통째로 빌린 상태다.

　다들 '에~ 모처럼 이세계에 왔는데 평범한 지구 요리야?'

라고 불만스러웠지만. 자자, 하루 정도는 괜찮잖아요. 저녁은 이쪽 요리로 할 테니까.

그나저나 왜 여기 있니, 사비네. 보제스 가문 사람들. 임금님과 재상님, 그리고 첫째 공주님, 특히 마지막 사람!

어쩔 수 없이 일단 모두에게 소개했다.

"미츠하, 자작이잖아? 왠지 백작님 일가에서 가족 취급을 하거나 공주님과 말도 놓거나 한 것 같은데. 그리고 임금님이라니······."

"부탁이에요, 묻지 말아 주세요··········."

농업 담당 엔도 씨의 신기해하는 말에 나는 머리를 감쌌다.

요리는 모두에게 합격점을 받고 요리사 일동이 기쁨의 눈물을 흘렸다.

그리고 그 뒤로 왕도 구경. 이것은 단순한 관광이지만 만약 돈이 될 만한 소재를 발견하면 바로 알려달라고 말해두었다.

"저기, 어째서 도시 사람들이 미츠하에게 반짝이는 눈으로 손을 흔들거나 외치거나 하는 거야? 저거 뭐라고 말하고 있어?"

"부탁이에요, 묻지 말아 주세요··········."

솔직히 왕도에는 딱히 볼 만한 게 없다. 그나마 왕궁이지만 왕궁에 들여보낼 수 없고 그 외에는 지구의 명소를 사진이나 TV, 인터넷 등으로 익숙한 우리들에게 있어 유럽의 오래된 돌담, 오래된 벽돌집 거리뿐이다. 볼만한 것은 흐음, 방벽 정도일까나.

……라고 생각했는데 '괜찮다. 왕궁을 안내해 주마.' 라니요, 왕족님들~!

저녁은 다시 〈낙원정〉에서 이번엔 제대로 된 왕국요리.

그렇다고 해도 크게 신기한 건 없고…… 만화에서 보던 드래곤 스테이크라든가…… 아앗, 지금이라면 지구 사람들이 먹을 가능성이 높네. 냉동 보관하고 있을 테니, 아마.

그리고 다시 취기가 돌았을 때 이번엔 매코이 씨가 나에게 왔다. 아무래도 진지한 표정이다.

"자작님, 내가 이 세계에 계속 살 수는 없나?"

으~음, 무슨 생각을 하나 했더니…….

"네, 가능한지 불가능한지를 물으신다면 가능해요. 하지만 제가 언제 죽을지, 언제 전이 능력을 잃을지 몰라요. 만약 이 세계에 혼자 남겨진다면요? 의술로 사람들을 구하고 싶으셔도 의료설비도 약도 없는 상태에서 뭘 하실 수 있죠?

언어도 처음부터 배워야 하고 전문용어는 해당하는 말이 이쪽에 없으니까 안 통할 거예요. 닥터, 중세 사람들에게 언어만으로 CT 촬영을 설명하실 수 있으세요? 그 사람이 알고 있는 언어로만 사용해서."

매코이 씨는 또 생각에 빠지면서 멀어져 갔다.

으음, 좀 심했나. 내가 매코이 씨보다 먼저 죽을 확률은 낮고 아마 전이 능력이 없어질 일은 없을 것이다.

하지만 가능성은 없는 것은 아니고 인생 설계를 전부 내 존재와 전이 능력에 의지해서는 곤란하다. 나 자신조차도 전이 능력을 잃는 만에 하나를 위해 안전을 도모하고 있다. 그것이 '금화 8만 개를 모아 노후를 편안히 보내는 계획' 이니까.

취한 발걸음으로 다 같이 가게로 돌아와 연속 전이로 자작 저택으로 돌아왔다.

그야 여관에 머물 수는 없고 가게의 3층은 내 개인실이니까.

아, 왕도에 도착했을 때는 바로 가게에서 나왔지만 돌아갈 때는 가게의 물건들을 자세히 관찰당했다.

'너무 비싸~!' '세상에 이런 바가지가!' '광기의 가격표' '진열의 악마' 라고 엄청 잔소리를 들었다.

시, 시끄러워!!

다음 날 아침은 다들 늦게까지 잠을 잤다. 하긴 이제 돌아가는 일만 남았으니까.

왔을 때의 옷은 왕도에 가 있는 동안 세탁해 두었다. 그것으로 갈아입고 늦은 브런치, 아침 겸 점심을 먹는다. 그리고 다들 마지막까지 일에 박차를 가했다.

배가~.

논밭이~.

아쉽다! 이건 내 황철광님이다!

매코이, 꼬옥~!

월요일 오후 1시. 어떤 아파트 옥상, 놀이터.

여행은 끝났다.

사람들은 원래의 세계, 원래의 생활로 돌아왔다.

제18장 인재 확보

"……그런 이유로 우리 동네에서 일하지 않을래요?"

"""""뭐라고…….""""

왕도의 어느 식당.

굳어지는 네 용병.

"저, 저기 그 말은, 우리가 자작령 영주군이, 저기……."

"네, 창설 멤버로 사관 대우. 지휘관 직속 부하이며 병사 36명의 상관. 일단 첫 월급은 금화 5개로 생각 중인데요……."

"어, 어쩌지, 이거……."

"어, 어쩌긴. 어쩌지……."

"그, 금화 5개야! 리어카를 사기 전까지는 한달에 금화 2개 버는 게 고작이었던 우리가……."

"리어카를 산 다음에도 금화 4개가 고작. 게다가 그 이상 벌이가 좋아질 기미도 없어. 부상이나 병, 나이를 먹는 것까지 생각하면 안정적인 수입은 매력적."

오오, 일제의 긴 대사다!

"금화 5개면 넷이서 충분한 생활이……."

"네? 한 사람한테 금화 5개인데?"

""""뭐라고오오오오~~!!""""

얼레? 일본의 자위대 간부가 그 정도 월급 아니었나?

응, 한 방에 함락했어.

원래 시골 작은 마을 출신이라 시골에 사는 것도 전혀 문제
없대. 다들 돈을 모아서 장래 왕도에서 가게를 내자는 이야기
를 하였다. 응, 그건 충분히 가능한 꿈이야. 나중에 월급도 오
를 테니까.

"……그런 이유로 우리 동네에서 일하시 않을래'?"

""""뭐라고오오오~~!!""""

보제스 백작령, 콜레트의 마을, 콜레트의 집.

왜 이 아이의 재능은 작은 마을에서 버리기가 너무 아쉽잖
아, 진짜!

"저, 저기, 미츠하, 자, 자작님이, 됐다고……."

"네, 어쩌다 임금님이 '자작으로 삼아 주마' 라고 해서……."

어쩐지 부들부들 떨고 있어, 토비아스 씨와 에리느 씨.

"하, 하지만 콜레트는 아직 어린애예요. 그렇게 멀리 가면
두 번 다시 만날 수 없을 텐데……."

"아, 제 영지, 여기 옆에 있어요. 여기 영지의 도시에 가는 것
보다 가까워요. 1박 2일로 왕복할 수 있어요."

““뭐라고…….””

시골 소녀가 귀족가에서 일할 수 있다면 그야말로 울트라 슈퍼 출세 이야기다.

그날 밤은 콜레트의 울트라 슈퍼 출세와 내 천지개벽 여신의 광란급 출세를 축하해 마을에서 큰 잔치가 열렸다. 그것은 작은 마을의 마을 사람들과 옆 동네 영주가 연회를 벌이는, 무척 신기한 광경이었다.

참고로 사실 이 마을에도 왕도에서 일어난 소동이나 무녀님의 이야기는 전해졌지만, 단순히 '천둥의 무녀님'이라는 이름으로 진해졌다. 그 무녀님이 귀족으로, 자작님이 됐다는 사실을 물론이거니와 하물며 바로 옆 영지라는 사실은 아무도 몰랐다. 그리고 그것은 해당 자작령에서도 마찬가지였다.

"저기, 미츠하, 나는 어때? 메이드로 말이야."

"아하하……."

"하지만 콜레트가 귀족가의 메이드라니……. 정말 인생은 알다가도 모르겠어……."

"엣, 아뇨, 콜레트는 메이드로 고용하는 게 아닌데요? 장래의 가신 후보로 여러 가지 공부를 시키려고요……."

““““뭐라고오오오오오오오오오!!”””””

* *

왕도에서 인재를 모집했다.

다만 내 이름은 밝히지 않고 그냥 세 군 영지에서 모집하는 걸로.

실력 좋은 대장장이.

소형 어선을 만들 수 있는 기술자. 목수라도 상관없다.

의료 종사자.

아, 예전의 과학자 요르크 씨의 스승 플라티두스 씨가 있는 곳에도 가 보았어. 요르크 씨의 인성은 빼고 생각하더라도 그 스승의 과학에 대한 자세와 통찰력은 뛰어나지 않을까 하고, 신경이 쓰였거든.

과연 정보에 민감한지 이미 무녀가 나라는 사실을, 그리고 야마노 자작이라는 사실을 알고 있어서 스승이 직접 나와 대접해 주었다. 요르크 씨에게 이야기를 들었는지 엄청 경계당했다.

"그래서 공기 중에 포함된 수분량의 한계는 습도에 따라 크게 달라져요."

"흠흠……."

"고도가 올라가면 공기의 압력이 떨어지고, 온도도 떨어지니까요. 이렇게 말이에요……."

"아니, 그럼 이런 경우 이렇게 되는 거 아닌가?"

"아, 네, 그러네요. 그래서 이렇게……."

"으음 으음."

이야기가 잘 풀렸다.

제대로 된 관측기구도 없는데 관찰과 통찰만으로 그 경지에 도달할 수 있는 건가. 정말 놀랐어.

연구비로 쓰라고 금화 10개를 기부해버렸어…….

일단 연구 성과를 기초로 뭔가 실용품을 개발하게 되면 반드시 연락해달라고 말해 두었다.

내가 왕도에서 인재 모집을 한다는 정보가 알려졌는지 또 '필두가신이 되어 주마.' '재무관리를 해 주마.' 등의 사기꾼이나 착각한 사람들이 나타났다. 전자에게는 국왕 폐하의 소개장이 있냐고 말해 쫓아냈다. 후자에게는 수학 문제를 몇 개 내서 시험을 보게 했는데, 한 문제도 풀지 못해서 쫓아냈다. 에휴…….

다행히 이름을 밝히지 않고 실시한 기술자 모집은 그런 이상한 사람들이 나타나지 않고 몇 명의 면접까지 진행했다.

하지만 명백히 문제가 있는 자, 기량이 부족한 자, 면접관이 어린 소녀라고 무시하는 태도를 보인 자, 자작가의 직접 고용이라 나를 알고 있는지 묘하게 들떠 있는 자 등 좋은 인재를 찾지 못했다.

하긴 실력 좋고 인격도 좋은 인재라면 직업을 구하러 다니지 않겠지, 상식적으로.

영지에서 인재 발굴이나 해야겠다…….

아, 가게를 열어서 샴푸를 팔아야지…….

왕도와 일본에서 볼일을 처리하고 나서 자작령으로 돌아온 며칠 뒤.

"미츠하 님, 손님이 오셨습니다."

집사인 안톤 씨의 뭐라 말하기 힘든 미묘한 표정.

"누구죠?"

"네, 그게…… 전 영주님의 장남, 아우구스트 님입니다."

아아~…….

또 귀찮은 존재가 왔구나…….

일단 만나지 않을 순 없겠지.

"응접실로 안내해 주세요."

"처음 뵙겠습니다, 전 영주인 톰젠 남작가 장남, 아우구스트 폰 톰젤입니다."

"……뭐라고요?"

황당했다.

"그래서 그 장남이 무슨 용무죠?"

화사한 미소를 머금고 있던 아우구스트는 내 반응이 미묘했기에 조금 허둥대는 모습.

"아니요, 이번에 젊은 여성이 우리 영지를 계승했다고 들어서 이것저것 도와줄 일이 있지 않을까 싶어 찾아왔습니다. 가신도 없으셔서 고생하고 계시지 않을까 해서……."

아하, 이쪽에 붙어서 가신이 되거나 나와 결혼해서 귀족, 그것도 자작이 되고 싶다는 건가?

"저기, 별로 필요 없는데요? 사용인들은 모두 잘 일해 주고 있으니까요."

"네? 아, 사용인도 쓸모없는 자도 있으니까요. 도움이 되는 자, 예를 들면 군터를 잘 활용해서 사용인들을 부리는 법이라든가……."

"뭐라고요? 그런 자를 신용해서 쓰셨다고요? 그러니까 안 되는 거예요, 전 영주가는. 너무 뻔하게 횡령을 하고 있어서 벌써 쫓아냈습니다. 다른 비슷한 다섯 명과 함께."

"아니……."

말문이 막히는 아우구스트.

"그리고 애초에 톰젠 가는 작위 박탈, 평민이 됐을 텐데요. 그런데 어째서 아직도 남작가를 자칭하고 가명 앞에 '폰'을 붙이신 거죠? 그건 작위 사칭, 중대한 범죄입니다만?"

"아, 아니, 그것은 그, 전 영주가의 장남인 제 지위를 알기 쉽게 하고자……."

"닥쳐! 빌렘, 이 작위 사칭 대역죄인을 잡아! 작위를 내려주신 국왕 폐하는 물론 모든 귀족을 더럽힌 중죄인이야!"

아우구스트는 비명을 지르며 저항했지만 전 귀족의 도련님이 숙련된 용병을 당해낼 리 없고 간단히 붙잡혀 묶였다.

"놔라! 내가 누군지 아느냐! 안톤, 뭐라고 해 봐!!"

소리치는 아우구스트에게 집사 안톤은 차갑게 대답했다.

"당신은 아우구스트라는 단순한 평민이고 저는 미츠하 폰 야마노 자작각하의 충실한 종입니다만, 그게 문제라도?"

어? 하는 표정으로 주위를 둘러보는 아우구스트.

그 눈에 비치는 것은 전혀 아무 표정도 없이, 아니 약간의 혐오와 모멸 찬 표정을 지은 자신의 옛 사용인들이었다.

털썩 주저앉은 아우구스트는 사용인들에게 끌려 나갔다.

"끄~응, 아직 병사가 없는데, 어쩐다……

맞다, 안톤 씨, 보제스 백작님에게 사람을 보내. 작위 사칭 중죄인을 잡았는데 왕도에 보낼 병사가 없어서 부탁한다고."

"넵, 알겠습니다. 다만……"

"뭐죠?"

"백작가에서 그런 부탁을 아무 대가도 없이 간단히 받아 주실지……"

아아, 아직 정보가 안 들어왔구나.

"괜찮아. 백작님하고는 좀 인연이 있어서. 괜찮으니까 사람을 보내."

"네, 주제넘은 말을 하여 죄송합니다."

이틀 뒤 사람이 돌아왔고, 다음 날에는 호송을 맡은 병사가 도착했다.

'또 이상한 자가 올지도 모른다. 미츠하를 호위할 자를 파견할까.' 라는 백작님의 전언은 감사히 거절하기로 하였다.

"미츠하 님, 손님이 왔습니다."

안톤 씨, 어쩐지 죽을 듯한 표정.

뭔가 불길한 예감이…….

"누구죠?"

"네, 톰젠 남작가 차남, 부르크할트 폰 톰젠이라 자칭하고 있습니다……. 전 영주의 차남입니다."

……머리가 아프다.

"빌렘 씨, 빨리 가서 잡아오세요."

빌렘 씨도 쓴웃음을 짓는다.

"흐음, 호송이 한 번에 끝나는 건 다행일지도."

문득 생각난 것을 물어보았다.

"저기 안톤 씨. 전 영주는 자식이 몇 명이죠?"

"네, 아들이 셋, 딸이 두 명입니다.

좀 봐줘요, 정말…….

스벤 씨 파티가 도착했다.

리어카는 팔고 오나 싶었는데, 적지만 가져온 개인 물건을 싣고서 리어카를 끌고 도보로 이동하다니…….

하기 완전무장한 백작령 영주군이 왕도까지 왕복한 것에 비하면 별것 아닌가…….

바로 빌렘 씨와 만나게 하고 처음 소집된 36명의 명단을 넘겨주었다. 그리고 알아서 하라고 했다.

솔직히 마을 사람을 약간 훈련한 것 정도로 도적을 이기리라 생각하지 않는다.

물론 수십 명의 도적에게 200명의 주민으로 덤비면 이길 수는 있겠지만 그러면 이쪽도 상당한 피해가 생겨서 영지가 망할 수 있다.

알고 있다. 그것을 피하기 위해 총이 필요하다는 것을.

하지만 총은 내가 없어지면 탄약도 정비도 할 수 없어 못 쓰게 된다. 그래선 안 된다.

일단 만에 하나에 대비해 몇몇 사람들에겐 기관총 사격법과 탄창 교환만은 알려주자. 물론 총은 위기의 순간에 넘겨줄 것이고 평소에는 주지 않는다. 비상용 무기탄약은 울프팽의 베이스의 방을 하나 빌려 이것저것 놓아두었다. 그것을 전송하는 것이다.

만약 시간적으로 여유가 있으면 그들을 다시 고용할지도 모른다. 일단 대장 씨에게 그럴 경우를 위해 이야기해둘까…….

아, 크로스보우는 어쩌지. 간단한 구조를 여기서 시험제작해 보는 것은 괜찮나?

으으, 실력 좋은 대장장이가 필요해. 농기구나 배의 장비, 공구도 이 마을에서 만들고 싶다. 자력 발전에 직결할 것 같은데…….

제철은? 일단 일본에서 강철을 가져올까. 그리 많은 양도 아니고. 장차 제철도 하고 싶지만 자연을 파괴하는 건 싫은데. 고품질로 소량만 생산할까.

옥강? 골풀무 제철? 목재가 대량으로 필요하던가?

티탄……. 아니 아니, 가공이 어려워, 여기서는.

콜레트 도착!

그야 물론 마중을 나갔지만.

언제 또 늑대나 도적이 나올지 모르는데 호위도 없이 콜레트를 혼자서 이동하게 할 리가 없잖아. 나와 빌렘 씨가 가서 데려왔어.

스벤 씨 파티는 마을 사람들을 병사 1기생으로 특훈 중.

"우와아, 미츠하, 정말 자작님이었어!"

어이 잠깐, 믿지 않았던 거니, 콜레트!

어쨌든 이걸로 호위 겸 훈련교관, 수습병사, 치유요원이 모였다.

나머지는 치트 발전을 목표로 영지개혁이다.

삼포식 농업? 윤작 농업? 노포크 농법?

삼포식 농업은 과도기적인 것인가. 단번에 노포크 농법으로 갈까?

아니지, 이건 전문가의 의견을 듣자.

농업 상담은 엔도 씨였나…….

파내서 돈이 되는 광물자원을 발견하지 못하는 것은 안타깝다…….

그리고 해산물인가? 좀 더 제대로 된 어선이 있다면…….

어쨌든 정보와 지식이다. 좀 더 정보가 필요하다.

책과 인터넷에 시간을 투자하자.

아, 그 전에 일단 사용인을 보충해야지…….

인재확보에 대해 고민 중.

뇌물과 위조가 횡행하는 이 세계, 기본적으로 서류의 신뢰성이나 모르는 사람의 소개장은 도움이 되지 않기에 신뢰할 수 있는 사람의 직접 소개와 면접에 의한 본인의 확인만이 확실하다. 물론 면접도 그 순간만 사기를 치면 판별하기 어렵지만…….

백작님이 가신을 빌려줄까, 라고 말씀해 주셨지만 거절했다.

알렉시스 님 쪽도 도와주시고 있을 것이고 이것저것 '지금까지와는 다른 방식'을 할지도 모르니까. 아무리 백작님이라고 해도 너무 정보가 술술 빠져나가는 것도 좀 생각해 볼 일이다.

으~음, 재무 관련 담당자, 농업 및 어업 담당자, 상업 담당자라. 그리고 복리후생, 마지막으로 메이드 둘.

메이드는 집사인 안톤 씨나 사용인 모두에게 괜찮은 사람이 없나 물어보자. 물론 괜찮은 사람을 찾을 수도 있으니 일반 모집도 할 거지만.

재무나 각 산업에 관해서는 징계해고된 6명 중 3명과 남은 한 명이 담당하고 있었지만 그들은 세금 징수나 환금, 부정행위 적발이 중심이어서 '산업을 육성하기 위한 시책' 등과는 무관했다. 그런 부분을 맡길 수 있는 인재가 필요한데. 기술자로 그런 방면에도 쓸 수 있는 인재가 있으면 좋으련만 왕도에서 한 일반 모집은 성공적이지 못했고…….

그냥 솜씨가 좋은 평범한 기술자가 아니라 유연한 사고를 할 수 있고 넓은 시야를 가지고…… 하긴 그런 인재가 놀고 있을 리 없지.

다소 괴짜라도 상관없는데, 괴짜라서 평범한 곳에는 버티지 못하고 재능과 능력은 있는 그런 사람이면 되는데. 어디에 그런 사람을 알 만한 사람이 없으려나……. 아, 거기라면 혹시 있지 않을까!

그래 재능 있는 괴짜 소굴, 플라티두스 씨의 연구소!

거기 자체는 약간 방향성이 다른 연구소지만 재능과 능력이 있는 괴짜 정도는 알고 있을 거야! 그런 사람들은 대체로 서로 아는 사이거든. 그 뭐냐, '유유상종'이라는 거?

빨리 상담하러 가자.

그게 잇지. 왠지 말이 잘 통해서 거기 할아버지와 제법 친해졌어.

……그리고 있었다.

한 명은 스승의 지도를 따르지 않고 제멋대로 이상한 실험을 해서 파문당해 돈이 없어 일당을 받아 일하면서 조금씩 연구를 하고 있는 금속가공장인. 플라티두스 씨가 때때로 연구에 필요한 도구 제작을 발주해 준다고 한다.

그 사람이 만든 제품을 보고 여러 에피소드를 들은 바로는 전형적인 '고집 센 기술바보'라는 느낌이었다. 실력은 좋고 발상도 꽤 나쁘지 않다. 플라티두스 씨에게 만나고 싶다고 전해달라고 했다.

다른 한 명은 플라티두스 씨의 여자 제자. 플라티두스 파의 메인인 과학과는 조금 벗어나 사회학적인 방면에 관심이 있는 듯 다른 사람과는 어울리지 못하고 붕 떴다고 한다. 수학은 잘한다고 하는데, 참모를 맡기면 좋을지도…….

플라티두스 씨가 말하길 나쁜 아이는 아니지만 자기들 연구소와는 좀 맞지 않는다고 한다. 그런 이유로 내 영지에서 활약할 수 있다면 좋겠다고 추천하셨다. 본인에게는 아직 말하지 않았다고 한다.

그쪽도 나중에 면접을 진행하겠다고 말하고 왔다.

그리고 면접 당일.

금속가공 장인 랜디 씨, 23세.

대체로 플라티두스 씨에게 들은 그대로였다. 인격적으로 문제는 없고 단순히 기술바보라서 다른 사람과 잘 어울리지 못하는 것뿐이다. 실력은 상당히 좋다. 이건 합격이네. 운영적인 일은 맡길 수 없지만 기술자로서 문제없다. 오히려 새로운 것에도 거부감 없이 매진해 줄 것 같아 상당히 좋다. 지구의 물건을 참고한 부품을 만들게 하기에 적임자다.

그리고 플라티두스 씨의 제자 미리암 씨, 19세.

흥미롭다. 머리 회전이 빠르고, 통찰력도 확실하다. 사회 분야에 흥미가 있다면 영지의 정책 업무에도 종사하게 하자.

전문 분야는 달라도 모처럼 수학에 강하니까 재무 쪽 일도 맡길 수 있을지도. 이것도 물론 합격이다.

둘 다 부디 채용하고 싶다고 전하자 본인들은 물론 플라티두스 씨도 매우 기뻐하였다. 본인들은 각각 앞날이 막막하던 차에 아무리 시골 영지라고 해도 자작가에서 직접 러브콜이 온 것이다. 그것도 자신들의 전문 분야를 기대한 스카우트. 기쁘지 않을 리가 없다.

두 사람은 최대한 빨리 영지로 오겠다고 하여 바로 주변 정리를 시작하였다. 부모님에게 사정을 설명하는 등, 이런저런 일이 있겠지.

그리고 플라티두스 씨로부터 요르크 씨도 어떤가 하는 말을 들었지만 거절했다.

왜 그러냐고 이상하다는 듯 물어보기에 이야기를 자세히 들어보니 요르크 씨는 아무래도 내가 요르크 씨의 설명을 제대로 이해하지 못하고 쫓아냈다는 식으로 보고한 듯하다. 그래서 요르크 씨에게 잘 배우면 어떤가 싶다고…….

화가 났다.

그래서 제대로 전부 설명했다. 마차에서 있었던 일부터 몇 개 설명한 학설이 전부 너무 초보적이라서 그 정도는 알고 있다고 했더니 그 이상의 설명을 하지 못했다는 것도.

애초에 자신이 유리하게 허위보고를 하는 연구자는 전혀 신용할 수 없다. 그런 인간에게 줄 돈은 없다. 아무리 돈이 남아돌아도.

그리고 그런 자는 자신의 안전을 위해서라면 또 얼마든지 거짓말을 하거나 나나 동료를 팔아넘길 것이다, 도적 때처럼.

게다가 플라티두스 씨와 이야기해 보니 딱히 요르크 씨에게 '객원강사' 지시는 하지 않았던 것이 판명됐다. 아무래도 플라티두스 씨는 그냥 단순히 후견이나 기부를 부탁하도록 지시했을 뿐인데 상대가 소녀인 것을 알고 멋대로 빌붙으려고 한 듯하다.

스승의 지시를 왜곡하여 날조하고 귀족에게 거짓말을 하는 자는 더더욱 필요 없다. 플라티두스 씨에게는 전에 기부한 돈은 요르크 씨의 연구에는 일절 사용되지 않도록 강하게 당부해 두었다. 아무래도 플라티두스 씨도 내 말에 동의했는지 떨떠름한 표정으로 끄덕였다.

인재 모집도 어떻게든 될 것 같아서 전이로 영지에 돌아왔다.

너무 자주 사용하면 들킬 수 있다는 생각도 했지만 전이를 써서 왕도를 오가지 않으면 너무 불편하니까…….

그리고 승합마차로 편도 7일이나 걸리는 거리니까 애초에 내가 언제 어떤 행동을 했는지 파악할 수 있는 사람은 없겠지. 왕도에서도 영지에서도 아아 왔구나, 라든가 아아 돌아갔구나, 라고 생각할 것이다. 뭐, 그냥 신경을 끄자.

몇 번 정도는 들켜도 '귀찮아서 건너기를 써버렸어요.' 라고 하면 될까. 백작님이나 이리스 님에게 들키면 '미츠하의 생명력이!' 하고 설교가 시작될 것 같지만…….

귀찮은 설정을 만들어버렸을지도. 아니지, 하지만 그렇게라도 하지 않으면 본국과의 교류를 입에 담는 귀족이나 상인이 나타나 큰일 나니까 어쩔 수 없지.

그래서 영지에 돌아와 보니 현 종업원의 연줄에 의한 추천과 일반 모집에서 메이드 희망자가 엄청나게 많이 목록으로 정리되어 있었다.

아무래도 대우나 내 인성을 들은 듯, 그야 자작가의 메이드이고 게다가 영주가 소녀라면 학대나 손대는 일도 없을 테니 의망사가 많은 건 어쩔 수 없다.

큰 영지에서 영지민이 수만 명이라면 영주 저택에서 일할 수 있는 것을 행운이라고 하겠지만 영지민이 수백 명이니 그렇게 낮은 확률도 아니다.

아, 여기가 남작령 규모의 영지라서 그런가. 자작가의 메이드는 보통 더 되기 어렵나, 주민도 몇천 명은 있을 테니. 그야 괜찮은 확률로 자작가의 메이드가 될 가능성이 있다면 뛰어드는 것도 무리는 아니지……

콜레트의 마을에서도 고용을 원하는 낌새를 보이는 사람이 많았고.

아니, 그렇게 간단히 다른 영지의 주민을 빼낼 수는 없어. 콜레트는 생명의 은인이자 친구라고 백작님에게 잘 부탁해서 허가를 받았던 것이다.

재능이 있다는 것은 비밀. 어느 영주라도 재능 있는 주민이 유출되는 것은 거부할 테니까

후후후, 백작님, 몇 년 후에 콜레트를 보낸 것을 후회하시죠!

그런 이유로 많은 지원자 중 서류와 면접으로 선발.

징계해고된 메이드는 그 잡무 메이드장과 전 영주부인 전속 메이드로 총 2명. 후자는 자신은 영주부인 전속 메이드란 이

상한 엘리트 의식이 있어 제멋대로 굴었기에 해고했다. '제멋대로' 에는 물론 비품이나 소모품의 횡령도 포함되어 있었고 무슨 착각을 했는지 나를 향해 거만하게도 '충고' 하는 태도를 보인 것이다.

나중에 다른 메이드에게 들어보니 아무래도 영주 부부가 많이 아껴서 아이들의 교육이나 질타 등도 맡겼다고 한다.

하지만 그것은 영주가 바뀌면 상관없는 것이고 애초에 나는 영주의 딸이 아니라 영주 본인이라고! 뭐가 아쉬워서 영주가 메이드에게 질타를 받아야 하는 거냐!

하지만 징계해고를 통보했을 때 깜짝 놀란 표정과 이어서 황망해하는 표정은 웃겼어.

새로 고용하는 것은 둘 다 보통 메이드면 되겠지.

그 이전에 메이드의 구분을 철폐할까. 전속 메이드이니 잡무 메이드이니, 메이드끼리 계급화하면 어떡해? 특별히 엄청 전문적인 특수 업무인 것도 아니니까 모두가 뭐든지 할 수 있도록 구별은 없애는 게 좋겠어.

가족도 없고 나 혼자이니까 나는 전속 메이드가 필요 없어. 애초에 계속 붙어서 시중을 들면 불편해.

지금까지 상위였던 전속 메이드들은 싫어하겠지만 영주의 가족이나 손님을 맞이하는 메이드는 높고 그 외의 메이드는 격이 낮다고 하는 것은 아무 의미가 없다.

아마도 외모가 좋은 메이드가 전속 메이드가 되어 영주의 측

근으로 접근할 목적도 있었겠지.

여기가 원래 자작가 이상이었다면 남작가의 셋째 딸이나 대상인의 딸이 수행 삼아 있거나 할지도 모르지만 시골 약소남작가에는 평민밖에 없다. 애초에 영지 내에 '대상인'도 없고.

흐음, 그런 이유로 채용은 '보통 메이드' 전형으로. 인원은 2~3명 정도. 물론 좋은 인재가 있으면 유연하게 대응하는 걸로.

그래서 드디어 왔습니다, 메이드의 면접날.

종업원의 추천이 있어도 봐주거나 하지 않는다. 그저 추천자에게 서류 확인을 부탁해서 거짓이 없는지 체크했다는 점, 이상한 사람을 추천하면 자신의 입장이 난처해질 수 있다는 인식을 가지고 있을 테니까 그렇게 이상한 사람은 거의 없겠지 정도로 생각한다.

그리고 의외로 종업원의 추천은 많지 않았다.

하긴 아는 사람에게 좋은 직장을 소개해 주고 싶은 생각도 있겠지만 만약 그 사람이 사고라도 치면 자신에게도 해가 될 가능성이 있다. 그리고 그런 디메리트가 있는데도 메리트는 없다. 굳이 말하자면 그 지인이 감사하는 정도다.

게다가 어쩌다 보면 그 지인이 자신보다 서열이 높아질 수도 있는 것이다. 그건 좀 싫겠지.

그래서 추천한다고 하면 자신의 여동생 정도일까…….

그리고 지원자는 총 47명.

자작령의 총인구 676명 중 남자가 322명, 여자가 354명.

여자가 많은 건 남자가 사냥이나 사고로 죽을 일이 많아서 그런가? 옛날에 전쟁에 끌려갔나?

아니면 여자가 더 강인하다거나, 어쩌다가 더 많을 뿐이지 그냥 오차 범위?

어쨌든 영지 내의 여자 인구 354명 중 10대에서 30대까지 결혼하지 않은 여성의 대다수가 지원한 거 아니야, 이거?

17~18세가 넘은 태반이 결혼했다고 해도 그 밖에는 자기 직업이 있거나 가업을 도와주거나 할 텐데. 그걸 그만두고 온 건가…….

아니지, 그만큼 매력적인 건가, 자작 근무가. 끄~응…….

이래서는 종업원에게 추천을 부탁한 의미가 거의 없어.

어쨌든 선발 개시.

"여기서 많이 배워서 스스로를 갈고닦을 기회로……."

저기, 얼핏 들으면 향상심이 있어서 좋아 보이는데 딱히 종업원을 가르치고 자신을 갈고닦으라고 급료를 주는 게 아니야. 공부도 콜레트처럼 장래를 위한 투자라면 몰라도 메이드 일을 하는데 고용주가 장래에 투자할 필요는 없잖아……. 여기서 스킬을 연마해서 다른 취직하려는 거니?

어필할 내용은 자신이 얻을 것이 아니라 자신이 고용주에게 줄 수 있는 것이어야지. 자신을 고용하면 이런 메리트가 있습니다, 라고…….

여기는 직업훈련소나 신부학교가 아니란 말이야

"그럼 이걸로 끝입니다. 다음 분……."

"기다려 주세요! 잠시만 더 제 이야기를 들어주세요!"

저기, 자기어필은 면접관과의 질의시간에 하는 거야. 질문의 대답 중에서 잘 표현하렴.

시간이 끝난 다음에 자신이 하고 싶은 말을 일방적으로 이야기하는 것은 반칙. 룰 위반이야. 꼼수라고. 이야기가 끝나서 결론이 나온 다음에 '자신의 이야기를 다시 들어 달라.' 라고 말을 반복하는 사람은 필요 없어. 말하고 싶은 것은 이야기가 끝나기 전에 말해, 그런 이유로.

"제 의욕과 마음을 부디 알리고자……."

아니 잠깐, 의욕도 없이 면접에 오는 사람은 없잖아! 다들 고용해 주길 바라고 왔으니까! 자신만 특별하다니 뭔가를 착각한 거 아니니?

"이전에 왕도의 상인 가문에서 저를 중용해 주셨고……."

"에, 그런데 어째서 그만두신 건가요? 중용해 준 곳을 그만둘 만한 사정이 있다면 여기서 일하는 것도 어렵지 않나요?"

"어? 아니, 저기……."

"백작가에서도 요청을 받은 적이 있습니다, 저는!"

"아~ 그럼 자작가인 여기보다는 거기서 고용해달라고 하는 게 좋겠네요."

"아, 아뇨, 거기는 거절해서……."

"엣, 백작가도 성에 안 찬다면 자작가인 여기서는 도저히 만족할 만한 조건이 아닐 텐데요. 그럼 백작가에서 요청이 오기를 기원하겠습니다.

다음 사람!"

어째선지 의도하지도 않게 영지 내 여자들의 데이터베이스가 완성될 듯하다, '허언증 있음'이나 '신용할 수 없는 인물' 같은…….

메모도 하고 있고 만약을 위해 녹음도 하니까, 이 면접은.

"……26번, 노엘입니다."

콜레트와 비슷한 나이인가……. 아, 연령제한이 있으니까 열 살 이상인가.

여덟 살인 콜레트와 같거나 약간 작게 보이는데. 은발의 조용한 소녀.

"여기에 지원한 이유는 무엇입니까."

내 질문에 소녀, 노엘이 대답했다.

"……팔려갈 것 같아서요."

오오, 무겁다…….

면접을 마치고 모두 돌려보냈다. 결과는 나중에 통지.

말한 내용이 진짜인지 아닌지 확인해 봐야 하니까.

그나저나 마치 누군가가 메이드 면접학원이라도 개설한 게 아닐까 할 정도로 여러 테크닉이 연출됐어. '마지막으로 제 말을 들어주세요 법'이나 '제 의욕을 봐 주세요 법' '예전에 OO를 했었습니다 법' '봉사활동을 했습니다 법' '벌써 지금 일을 그만두었습니다 법' '향상심이 있습니다 어필' 등등…….

그 기법을 보여준 사람이 오늘은 당신이 여섯 번째입니다, 라고 알려줄 걸 그랬나.

자잘한 테크닉은 다른 사람도 당연히 따라 할 거고 몇십 명을 상대하는 면접관이 한 번도 보지 않았을 리 없다.

단발적인 테크닉이나 허세, 베낀 말이 아니라 어투가 어눌해도 되니까, 나로서는 자신의 말로 성실하게 대답해 주면 되는데…….

표면적인 입발린 소리를 들어도 채용의 참고가 되지 않는다. 그렇다면 진심으로 채용에 참고가 될 만한 말을 해 준 사람을 채용하는 거지. 하긴 그게 너무 마이너스가 된다면 또 모르지만.

그리고 최종적으로 네 사람을 채용했다.

노엘 10세, 니네트 12세, 포레트 17세, 라셀 27세.

10대가 많은 것은 당연하다. 17세 이상은 기혼자가 많고 응모자의 태반이 10대였으니까.

사실은 당초 예정보다 더 많이 다섯 명을 채용할 생각이었다. 좋은 인재를 확보하고 싶어서.

하지만 그중 한 명은 채용 전 조사결과 신고 내용에 허위사실이 드러나 긴급히 채용을 중단했다. 허위내용 자체는 사실 솔직히 이야기했으면 허용 범위 안이었지만 고용주를 속이려한 점으로 실격.

노엘에 관해서는 동정심이 없었던 것은 아니지만 물론 그것만은 아니다. 제대로 충분한 능력이 있다는 것을 확인하고 채용을 결정했다. 동정만 했다면 영주로서 노엘의 사정에 개입하면 되니까.

노엘은 영리하고 머리회전이 빠르고 이해력, 기억력이 뛰어나다. 분명 좋은 메이드가 될 것이고 주위에 비슷한 또래가 없는 콜레트의 좋은 친구가 되어 줄 것이라는 생각도 했다.

아, 노엘의 '팔린다' 발언 말인데, 영지 내에 인신매매가 있나 서둘러 조사해 보니 노예로 팔리는 것이 아니라 약간 떨어진 백작령의 상점으로 일하러 간다는 것이다. 20년 치 급료를 미리 부모에게 넘기고.

저기, 그거 인신매매랑 다를 바 없어.

노엘이 '팔려간다'고 말한 것두 당연하구. 머리가 좋은 아이니까.

야마노 자작령에서는 비록 어린아이라도 자신의 몸은 자신의 것이며 그 노동력을 팔 수 있는 것은 자신뿐이다. 아무리 부모라고 해도 아이를 팔 순 없다. 그래서 노동 계약을 맺었다면 그 대금은 부모가 아닌 노엘의 것이다. 그것을 빼앗는다면 강도죄로 체포.

그렇게 정중히 설명했더니 어째선지 노엘의 노동 이야기는 사라진 모양이다. 하긴 상점에서 일하는 돈보다 자작가에서 버는 게 더 많을 테니까.

다만 노엘이 그것을 부모에게 줄지 어떨지는 다른 문제다. 자신을 팔려고 했던 부모에게 노엘이 자신이 번 돈을 줄 까? 내 사용인들에게는 이자가 붙는 예금제도가 있어.

물론 노엘에게서 억지로 돈을 빼앗으려고 하면 야마노 자작가 경비병이 나설 것이다.

금발의 니네트는 열두 살다운 외모. 그렇다는 것은 일본에서라면 열다섯 살 전후, 여기서는 11~12세로 보이는 나와 비슷하거나 약간 연상으로 보일 것이다. 키도, 가, 가슴도. 끄으응…….

니네트는 사용인 중에서 유일하게 어촌 출신이라 앞으로 준비 중인 어촌개혁에도 협력하게 하자. 역시 실제 사는 사람의 의견은 중요하니까.

그리고 콜레트, 노엘과 셋이서 사이좋게 지내주겠지…….

열일곱 살 포레트는 산촌 출신이다. 산촌이라고 해도 마을 사람들이 전부 사냥꾼이나 임업에 종사하는 것은 아니라 아버지가 사냥꾼, 어머니와 포레트, 그리고 그 밑의 아이들은 밭농사를 했었다고 한다.

하지만 포레트가 적령기가 되어도 주민이 적은 마을에서는 포레트가 마음에 드는 사람이 없어 마을을 나와서 일과 결혼 상대를 찾으려고 하던 중 자작가가 사용인을 모집. 물론 바로 달려들었다고 한다.

응, 이게 요새 젊은 여자지. 산촌을 개발할 때는 의견을 묻자.

마지막 라셸 씨, 27세. 영주마을 주민으로 미망인.

남편을 병으로 잃고 네 살 먹은 딸을 데리고 곤란하던 차 이 모집을 알았다고 한다. 딸은 죽은 남편의 부모에게 맡기고 일하겠다고 한다.

이 사람을 채용하려고 생각한 것은 그 경위 때문에. 마을의 어느 정도 중견 규모의 상점의 셋째 딸로 어릴 때부터 가게를 도왔고 결혼할 때까지 가게의 경리나 사무, 매입 교섭을 도왔다고 한다. 이건 쓸만하다!

하지만 어린 딸과 떨어트리는 것은 너무 안 됐기에 아이도 함께 저택에서 사는 것을 제안했더니 라셀 씨는 말을 잃었다. 그리고 엄청 울었다.

동정? 편애? 괜찮아, 나는 내가 하고 싶은 대로 할 거니까.

그래서 라셀 씨에게 딸을 메이드의 아이로, 즉 비종업원으로 대우할까 조금이라도 일을 하면서 수습 메이드로 대우할까 물어본 결과 잠시 생각하더니 '수습 메이드로 부탁합니다.' 라고 대답했다.

응, 그편이 근무 중에도 같이 있을 수 있고 장래도 안정되니까. 성인이 되어 다른 곳에 가더라도 네 살부터 자작가에서 자란 15세 베테랑 메이드니까 왕도의 백작가 정도라도 채용될 거야, 아마. 그것도 '그 야마노 자작가 출신' 이 될 거니까…….

소개장도 써 줄게, 물론. 결혼할 때도 도움이 많이 될 거야.

이걸로 원래 있던 사용인은 열두 명, 콜레트나 영주군 관련, 그리고 플라티두스 씨 쪽이나 라셀 씨의 딸도 포함해서 새로 고용한 사람이 열세 명으로 나를 포함해 총 26명이 됐다. 그리고 인터넷 블로그 쪽 어드바이저 여러분.

좋아, 이 편성으로 야마노 자작령은 치트 발전을 목표로 한다!

……뭔가, 안정된 노후를 목표로 했던 것에서 상당히 노선이 바뀐 기분이지만 어차피 여기서 노후를 보낼 것이라면 '은퇴한 자작령 전 영주로서 안정된 노후를 보낸다' 라는 걸로 상관없겠지.

그러려면 영지를 순조롭게 발전시켜 유복하고 안정된 영지가 되어야겠지.

아, 생각보다 영주 저택의 인원이 늘어났으니까 역시 요리사를 한 명 더 추가할까.

생각해 보니 요리사 혼자라면 쉴 수 없잖아! 병이 나도 쉬지 못하고……. 완전 블랙기업이야!

메이드들도 신부수업의 일환으로 로테이션을 만들어 요리를 돕게 하자. 그렇게 하면 요리사도 교대로 쉴 수 있으니까.

야마노 요리를 만들 수 있는 메이드라면 데려가려는 곳도 많겠지?

아니, 진짜 빼돌리면 곤란하지만.

제19장 자작령 운영

왕도에서 플라티두스 씨의 제자였던 미리암 씨와 금속가공 장인 랜디 씨가 도착했다.

이걸로 드디어 야마노 자작령 진영이 드디어 다 모였다.

자, 내정 치트의 시간이다!

……아, 죄송합니다. 조금씩 개량하는 정도입니다, 네.

먼저 사용인들의 구분을 없앴다.

전속 메이드와 잡무 메이드의 구별을 없애고 전속 메이드장을 보통 메이드장으로, 잡무 메이드장인 케테를 부메이드장으로 삼았다. 그 외에는 다들 보통 메이드. 라셸 씨의 딸 리아만은 수습 메이드. 아직 네 살이니까, 응…….

징계해고한 군터와 기타 사용인 지위에서 징세 등을 담당했지만 그런 담당은 이후 사용인이 아니라 공무원이라고 부르자. 영지 운영진도.

징세 등을 담당했던 세 사람 중 두 명을 징계해고했기에 이전부터 했던 사람이 혼자 남아 있다. 물론 그 한 명도 크게 신뢰할 수 있는 것은 아니지만 눈에 띄는 부정 행위는 별로 없었고 전부 없어지면 업무에 지장이 생기니까 봐주었다. 하지만 앞으로 무슨 일을 저지르면 바로 해고. 서둘러 업무 내용을 파악해서 효율화, 언제 해고해도 문제없도록 하자.

방위 병력 쪽은 영주군이라고 호칭한다.

그야 규모치고는 살벌하게 들리는데 말이지. 세상은 허세도 중요해.

지휘관, 빌렘 소령. 사관 스벤, 제프, 그리트, 일제 각 소위. 부하 병사 36명. 그중 네 명은 하사. 단 부하 병사는 30일 단위로 교체된다. 위급할 때는 필요에 따라 당번 이외의 사람도 병사로서 소집된다.

병역 대상자는 전부 216명. 36인 소대 6개 편성이다. 1년에 두 번, 30일의 군무와 가업의 겸업기가 있다. 이거라면 괜찮겠지. 30일 동안 완전히 구속하는 것이 아니니까. 겸업기라고 해도 경비나 훈련 로테이션에 들어가 있는 분대 외에는 집에 돌아갈 수 있으니까.

미리암 씨는 운영요원으로 재무부장과 보건복지부장을 겸임하여 내 참모진. 민심 파악과 여론 통제에서 지혜를 빌리자. 지구의 사회학이나 심리학책도 보여줄까. 쓰고 번역하는 것은 귀찮으니까 한 번 읽어 주는 것으로. 머리도 좋아 보이니까 그거면 되겠지. 어디까지나 약간 참고할 뿐이니까.

콜레트는 연수생으로 미리암 씨의 보좌.

랜디 씨는 영주 직속 기술자로 직영공방을 맡긴다. 일단 운영진의 일원에 포함. 기술자로서 그리고 괴짜로서 기발한 아이디어를 제공할 가능성이 있으니까.

그리고 메이드나 요리사 등의 사용인이나 영주군의 병사들 중에서 잠재성이 보이는 사람은 임시로 영지 운영에 참가하게끔 한다. 경우에 따라서 운영요원으로 발탁한다.

원래부터 있던 사용인은 전 영주가 어떤 기준으로 채용했는지 모르지만 그냥 보통 사람들이겠지. 전부 마을에서 채용했다고 하니.

하지만 내가 초빙하거나 선발한 자는 높은 잠재력을 가지고 있을 터…… 아마도.

그리고 역시나 메이드의 일원화는 우위였던 전속 메이드들에게 불평이 나왔다.

하지만 영주인 나를 거역하지 못하고 얌전히 받아들였다. 자신들의 직속 상사였던 전속 메이드장이 그대로 메이드장이 되는 것도 얌전히 받아들인 이유 중 하나겠지.

그리고 사용인들의 재편성을 끝낸 나는 영지 내의 의사를 통일하고자 영지 내의 주요 인물을 모아 영민회의를 개최했다.

영주 저택 회의실.

그곳에는 야마노 영지의 주요인물이 총집합했다.

먼저 당연하지만 영주인 미츠하. 그리고 집사 안톤, 운영요원 전원, 영주군의 사관 다섯, 이렇게 자작가 팀.

그리고 읍장과 농촌 셋, 산촌 둘, 어촌 하나, 이렇게 각 촌장. 그리고 마을에서 유일한 상점의 주인으로 이루어진 영지민 팀.

영지민 팀은 긴장하고 있었다.

물론 영주 앞이라서 그런 것도 있지만, 얼마 전까지 미츠하가 여기에 와서 처음으로 했던 '상냥하고 착한 영주님 캠페인' 덕분에 제법 편한 관계가 된 것이다. 그런데 이 긴장감.

그렇다, 미츠하에 관한 정보가 드디어 자작령에도 전해진 것이다.

영지민도 이상하게는 생각했다.

젊은 소녀가 신흥귀족의 시조라는 것이 애초에 이상하다. 아이의 신분으로 대체 어떤 공적을 올렸단 말인가.

그리고 종종 찾아오는 마찬가지로 신흥 자작인 이웃의 영지의 젊은 영주.

같은 젊은 신흥 자작이니까 상담이나 친교를 쌓는 것은 이해할 수 있다. 하지만 며칠마다 자작 본인이 오는 것은 어떻게 된 것인가. 게다가 듣자니 반대쪽 영지의 영주인 보제스 백작가의 장남이라고 한다.

그리고 더욱이 그 보제스 백작가 일동의 방문.

신흥 자작이 이웃인 백작가에 인사하러 가는 것은 이해할 수 있다. 당연한 행위다. 하지만 어째서 백작가 쪽에서 그것도

아내나 아이들을 데리고 가족 단위로 인사하러 오지? 이 자작령을 흡수하려고 하는 건가?

하지만 그러기에는 백작님 부부나 아드님, 따님의 태도가 이상하다. 마치 딸을 대하는 듯 그리고 여동생을 대하는 듯한 태도. 그리고 차남인 백작가 도련님과 장남인 이웃 영지의 영주님이 우리 영주님을 대하는 태도와 시선.

영지민들도 점차 사태를 알게 됐다.

그리고 그 무렵에 차차 전해지는 왕도에서 벌어진 사건의 상세한 정보.

보제스 백작령에 물건을 사러 간 영지민이 승합마차에서 온 사람과 마부들에게 들은 소문. 일부러 왕도에서 온 임관 희망자와 대상인, 귀족들의 사자들이 시도 때도 없이 떠벌리고 다니는 꼬리에 꼬리를 무는 전설적인 이야기. 그것에 의해 미츠하가 바로 '천둥의 무녀'라는 것은 눈 깜짝할 사이에 퍼졌다. 그리고 자작위를 받았음에도 이 영지를 선택했다는 사실도.

전영주가 반역과 동급의 행위를 해서 망한 나라의 변두리, 끄트머리의 가난한 시골 영지.

농업, 임업, 수산업 전부가 별 볼 일 없고 그 태반이 영지 내에서 자급자족. 필요한 것은 보제스 백작령을 경유해 비싸게 사들인다.

도저히 장래가 유망한 제대로 된 귀족에게 하사될 만한 영지가 아니었다. 대부분이 괴롭힘이나 고작해야 뭔가 사정이 있어서 어쩔 수 없이 영지를 줄 수밖에 없는 경우일 것이다.

적자는 아니지만 도저히 영주 일가가 왕도에서 저택을 유지하여 사교계에서 활동할 만한 수입은 확보할 수 없을 것이다.

영시민들은 모두 이번에도 멀쩡한 영주가 오지 않을 것이라고 생각했다. 하긴 지금도 그런 셈이니까 크게 다른 건 아니지만.

말로만 듣던 이웃 영지의 보제스 백작님처럼 훌륭한 영주님이 와 준다는 것은 그야말로 황당무계한 이야기였다.

그런데 자작위를 받았으면서 이 영지를 희망해 준 영주님.

젊고 재능이 넘치는 강한 힘을 지닌 외국의 왕족 전하.

그리고 소문에 의하면 보제스 백작령에서 평범한 마을 소녀를 구하려고 혼자서 늑대 무리와 싸우다 크게 다쳤다고…….

지금껏 영지의 일을 정할 때 영지민의 의견을 묻거나, 설명을 들은 적도 없다. 그저 명령받을 뿐.

그런데 영지민을 불렀다, 이 영지의 미래를 정한다는 이 회의에.

어쩌면 모두의 삶이 더 나아질지도 모른다.

영지민 전체의 희망.

이 영주님이 쫓겨나게 해서는 안 된다. 결코 용납해서는 안 된다. 아니다, 용납하지 않는다!

모두가 주먹 쥔 손에 힘이 들어간다.

……그래서 회의에 모인 영지민들은 긴장하고 있다. 그것도 정말 엄청나게.

그것은 어쩔 수 없는 일이었다.

"여러분, 모여 주셔서 대단히 감사합니다."

미츠하는 정중한 어조로 인사했다.

미츠하의 어조는 의외로 빈번히 바뀐다.

상급자에게 정중한 말투도 쓸 수 있지만 학생시절엔 친구들끼리 여고생다운 말투를 썼었고 생각할 때 머릿속에서는 약간 좀 그런 말투로. 그리고 화가 났을 때의 질문조, 들떴을 때나 명대사를 인용한다고 할까 버그 걸렸을 때의 연기하는 듯한 멋스러운 어조…….

물론 상대나 상황에 따라 말투를 바꾸는 것은 당연하다. 직장 상사에게 반말을 하는 바보도 없을 것이다.

개중에는 상사나 선배에게 '내가 나이가 많으니까'라는 이유로 존댓말을 쓰지 않는 멍청한 경력직 신입사원도 있다고 하지만, 나이에 따라 서열이 발생하는 것은 '다른 조건이 완전히 동등할 때' 뿐이다. 직장에서의 상하관계보다 나이가 우선시된다고 생각하는 바보는 그 멍청함이 바로 드러나서 도태될 테니까 좋은 점도 있지만…….

뭐, 그런 느낌으로 미츠하는 어조나 말투를 자주 바꾼다.

귀족이며 영주니까 사실은 여기서 '높은 사람 말투'를 써야 할지도 모르지만 이 회의에서는 그냥 결정사항을 밀어붙이는 것이 아니라 자유롭게 발언하고 충분한 납득을 얻기 위해 일부러 정중하게 말한 것이다.

사용인 모두는 미츠하가 그때 정한 말투에 따라 일상 모드, 분노 모드, 비즈니스 모드로 알기 쉬워서 편리하다고 익숙해 졌다.

"오늘은 앞으로의 야마노 자작령의 발전을 위해 여러분에 게 이해해 주셨으면 하는 일, 여러분이 요망하는 일 등을 조정 하고자 모였습니다. 이 회의 중에는 딱딱한 예의를 차리지 말 고, 신분이나 지위를 고려해서 사양하거나 하시지 마시고, 진 심으로 의견을 말해 주세요. 안 그랬다가 일이 결정되고 나중 에 후회해도 모른답니다!"

마츠하의 말에 영지민들이 미묘한 얼굴로 끄덕인다.

예의를 차리지 말라는 말은 본래 연회 등에서 쓰는 말이지만 사소한 것은 신경 쓰지 않는다.

"먼저 이미 발동했으니까 아시겠지만, 영지의 방위 체계에 관해서 무언가 문제나 의견은 있습니까?"

미츠하의 말에 농촌의 촌장이 손을 들었다.

"옛날처럼 갑자기 젊은 사람을 데려가 계속 돌려보내지 않 는 것보다는 훨씬 낫습니다. 점심도 배부르게 먹을 수 있다고 하고……"

그래서 말입니다. 차남 이하의 젊은이 몇 명이 계속 병사로 일할 수 없을까 말했습니다만……."

"아~ 그것은 징집이 한 바퀴 돈 다음에 희망자 중 재능이 있는 사람을 몇 명 고용할 생각입니다. 다만 이 규모의 영지에서 많은 상비군을 보유할 수는 없으므로 대다수는 지금처럼 돌아가면서 징집되는 병사일 테지만요. 그래서 희망하는 젊은이에게는 열심히 하라고 전해 주십시오."

끄덕이며 납득하는 촌장.

다른 마을에서도 군무에 관해서는 대체로 의견이 비슷하다고 한다.

"그럼 다음으로 농업 개혁을 설명하겠습니다."

술렁이는 3개 농촌 촌장들.

촌장이라고 해도 20~30가구가 모인 마을의 대표에 지나지 않아 동네 주민회장 정도의 의미다. 산촌이나 어촌은 열 몇 가구밖에 되지 않는다.

그리고 시작되는 연작 장해, 양분 부족 등의 설명. 놀라면서도 바로 집중해 듣는 농촌 촌장들.

단순히 어린 계집의 말이라면 몰라도, 영주님이자 이국의 현자인 천둥의 무녀님이 말하는 지혜다. 허투루 듣는 자는 없다.

윤작 농업은 먼저 일부 영지에서 여러모로 실험하는 것부터.

갑자기 새로운 방법을 전면적으로 실행하진 않는다. 무슨 일이 생기면 영지가 전멸하니까.

물론 미츠하가 돈을 써서 일본에서 식량을 사 오면 모르지
만…….

일단 간단히 바로 할 수 있고 실패하지 않을 것부터. 즉 부엽
토의 할 유, 재른 약간 뿌리는 정도, 그리고는 닭똥을 짚에 섞
어 몇 개월 동안 발효해 본다. 인분을 쓴 퇴비 등은 몇 년 동안
기다려 숙성해야 하고 위생 면에서 실패할 우려가 있으니 패
스한다.

그리고 아주 조금. 일본에서 가져온 비료도 시험하기로 했
다. 만약을 대비하는 겸, 확실히 수확이 늘어나는 실험 결과
가 하나라도 있어야 사기가 올라갈 것이라고 생각했기 때문
이다.

결국 3개 농촌에 나눠서 처음 1년은 조금씩 농지 구획을 정
해 여러 방법을 시험하기로 합의했다. 물론 윤작 농업도 개시
한다. 이것은 비료와 달리 크게 실패할 수도 없는 것이라 적당
한 면적에서 4종 작물을 같이 재배하기로 결정. 그것과 함께
가축의 수를 늘린다. 윤작 농업은 가축 사육도 한 세트인 농
법이다.

그리고 미츠하의 요청으로 약간이지만 벼농사에도 도전하
기로 했다. 이것은 작물의 완성도에 상관없이 미츠하가 전부
매입하기로 했기에 기꺼이 승낙해 주었다. 말하자면 계약재
배인 것이다.

그리고 다음은 임업이다.

임업.

미츠하는 난처했다. 달리 방법이 없는 것이다.

목재는 어디에나 있으니까 일부러 다른 곳에 가져가서 팔 수도 없다. 가까운 데서 베면 되기 때문이다.

목공제품도 똑같다. 이 마을에서 만들 수 있는 물건은 어디에나 있다.

일단 나무를 벤 다음 장래를 위해 나무를 심기로 했는데, 그건 당장의 수입 증가로 이어지는 것은 아니다. 농업 쪽에 제안한 것처럼 획기적인 방법이 있다고 생각했던 산촌의 촌장들은 허탈한 모습이었다.

낙심한 산촌 촌장들을 보고 미츠하는 조금 초조해졌다.

'또 뭔가 없나……. 아, 표고버섯 재배는?'

듣자니 아무도 표고버섯을 몰랐다. 실물이 없으면 애초에 종균을 심을 수 없다.

짐승 고기는 생으로는 며칠 버티지 못하고 오래 먹을 수 있게 가공하기에도 애초에 대량의 훈제 고기나 육포를 만들 정도로 짐승을 잡으면 바로 짐승의 숫자가 격감해 나중에 곤란해진다.

일단 목탄과 골풀무 공정의 가능성을 검토하기로 약속하고 넘어갔다.

그리고 금속 광물을 발견하기 위해 비슷한 것을 보면 바로 알리도록 엄명하고 PC 프린터로 출력한 광석 견본 사진을 마을 사람 수만큼 나눠주었다.

참고로 '골풀무 공정'과 '골풀무 제철'이 혼동되지만, 사실 다른 것이다. '골풀무'는 바람을 넣는 기구를 가리키며, 이를 사용한 초기 제철법, 즉 세계 각지에서 행해진 원시적인 제철법의 대부분이 '골풀무 제철'이라고 불리는 것이다.

그에 반해 '골풀무 공정'이란 '골풀무 제철' 중 하나이다. 일본에서 행해진 특수한 제철법이며 사철에서 만들어지는 질 좋은 '옥강(타마하가네)'를 만드는 방법이다. 옥강은 일본도의 칼날로 쓰이는 고급 강철이며 골풀무 공정으로 만들어지는 철 중 3분의 1 이하로 얻을 수 있다. 남은 3분의 2 이상의 부분은 칼날 이외의 부분이나 일상품 등 그 외의 용도로 쓰는 저급 강철이다.

이 옥강으로 브랜드 파워가 있는 제품을 만들 수 있으면.

미츠하는 가치 있는 금속 광물 발견과 제철에 희망을 걸었다.

그리고 해산물.

어촌의 대표인 촌장은 희망을 걸고 있었다.

지금까지 어촌은 주민이 적고 어패류는 오래 보관할 수 없었다. 그래서 영지 밖으로 팔거나 비축할 수 없고 수익성이 나쁘기 때문에 영주에게 좋은 취급을 못 받았다.

하지만 새 영주인 미츠하는 부임하자마자 빈번히 정말 농촌이나 산촌에 가는 것보다 훨씬 높은 빈도로 어촌을 방문해 여러 질문을 하고 어부의 아내들이 만든 생선요리를 기쁘게 먹었다.

그리고 배나 낚시도구에 많은 관심을 보여주었다.

그리고 지금까지 읍내 주민 중에서만 채용되던 자작 저택의 메이드로 처음으로 어촌에서 니네트가 채용됐다.

촌장이 기대하는 것은 무리도 아니었다.

그리고…….

"먼저 제염 강화와 해조류를 건조한 것을 상품으로 대량생산합니다. 그것과 어획량을 늘려서 오래가는 건어물, 자연 건어물, 소금 건어물, 찜통 건어물, 화로 건어물, 훈제, 포 등을 만들 겁니다."

"오오!"

임업과는 다르게 말이 많아진 미츠하에게 어촌의 촌장은 눈이 빛난다.

그에 반해 축 처진 산촌의 촌장 두 명.

"그리고 건어물 대량 생산을 위해 아까 말한 대로 어획량을 늘릴 필요가 있습니다. 그래서 그물을 개량하고 어선을 새로 만들 생각입니다."

"오오오오!"

예상 이상의 미츠하의 제안에 매우 기뻐하는 촌장.

미츠하에게 어업은 효과가 바로 나타나는 괜찮은 산업이다.

투망, 걸그물, 끌그물. 해안가의 수질이 오염되지 않은 이곳에서는 회유성 어류를 노리는 끌그물도 나름대로 안정된 어획량을 얻을 수 있을 것이다. 또 본격적인 어업이 거의 발달되지 않은 지금이라면 다소 멀리 나가면 그물로 대량 어획이 기대된다. 게다가 물고기도 크게 경계하지 않아 낚시를 통한 어획도 기대된다.

미츠하는 처음에 그물과 낚시도구를 일본에서 가져와도 상관없다고 생각했다. 안 그러면 준비하는 데 시간이 너무 걸린다. 가져온 그물의 효과를 보면 자연히 그 그물을 만드는 법을 조사해서 같은 것을 만들려고 할 것이다. 낚시도구도 마찬가지다.

배는⋯⋯.

중고 소형보트라면 20만~30만 엔 정도에 살 수 있다. 하지만 재질이 플라스틱이면 곤란한가. 배는 역시 현지에서 제조하기로 한다.

배는 끌그물에도 필요하지만 그물과 닻의 중량, 작업 동안의 균형 유지, 작업에 필요한 인원수의 승선 등을 고려하면 지금 있는 배로는 힘들 것 같았다.

제염은 어촌의 인구가 적고 너무 넓은 공간을 차지할 수 없다는 점 등에서, *유하식 염전이 적당하겠지. 무엇보다 이리하마식이나 아게하마식의 염전에 비해 노동력이 압도적으로

---

* 일본 염전의 종류 : 유하식(대나무에 간수를 흘려 소금물을 농축하는 방식). 이리하마식(간만의 차이를 이용해 소금물을 모는 방식) . 아게하마식(점토 바닥에 모래를 뿌려 소금 결정이 형성되게 하고, 이것을 모아 다시 소금물을 만드는 방식)

적어도 된다.

시설을 제조할 때는 농촌 사람들도 동원한다. 최종적인 완성을 위해서는 대량의 목재도 필요하기에 산촌의 협력도 필요하다.

연료로 대량의 목재가 필요하다고 말하자 산촌 촌장들도 조금은 얼굴을 폈다.

그리고 읍내에서 부른 상점 주인.

이 영지는 바다에서 길이 막히므로 이곳을 지나가는 여행자는 없다. 그리고 근처에 용무가 있는 사람은 제대로 된 시내가 있는 보제스 영지로 간다.

또한 이 마을에서 팔고 있는 외산 상품은 대부분이 보제스 백작령을 경유해 운송되는 것으로, 당연히 보제스 백작령보다 비싸진다. 그렇기에 이 영지에서 물건을 사는 것은 영지 내 사람뿐이다.

"가게 접지 않으실래요?"

"""에에에에엣!"""

미츠하의 말에 영지민 모두가 놀라서 소리쳤다.

영지 내 유일한 상점이 없어지면 주민 676명, 170가구가 일용품을 구하는 것이 어려워진다.

영지 밖의 물건도 그렇지만 영지 내 물건이라도 가게를 거치지 않고 일일이 원하는 것을 생산자에게 가서 사야 한다. 매일 몇 종류의 물건을. 모든 가구가 농촌, 산촌, 어촌을 빙글빙글 돌아다닌다? 불가능하다.

모두가 그렇게 생각하고 있을 때.

"아니요. 가게가 안전히 없어지는 것이 아니에요. 좀 규모를 키워서 좀 더 많은 상품을 두려고 합니다. 앞으로 우리 영지에 정기적으로 와 줄 상인 페즈 씨가 가져올 상품이나 제 조국에서 운반해 올 진귀한 물건들, 그리고 앞으로 우리 영지에서 만들 신제품 같은 걸요. 그것들을 전부 개인이 경영하는 가게에 맡길 수는 없어서 영주 직영으로 가게를 만들려고 합니다."

"……만약 폐업을 거절한다면?"

"그러셔도 상관없습니다. 그저 새로 영주 직영점이 개점할 뿐이니까요. 아마 지금보다 더 좋은 가격으로 거래하고 더 싸게 판매할 가게가."

"그럼 우리 가게가 망하잖습니까……."

미츠하의 대답에 안색이 나빠지는 상점 주인.

"그래서 폐업을 추천드립니다. 당연히 실업자로 만들지는 않을 거예요. 새로운 가게에는 각 마을을 돌아다니며 상품을 입고할 사람이 필요하고 보제스령이나 다른 영지와의 직거래도 생각 중입니다. 상거래에 능한 사람이 필요하니까요."

상점 주인은 생각 끝에 고개를 끄덕였다.

처음부터 다른 선택지가 없었다.

미츠하는 한동안 여기의 가게에서도 일본의 제품을 팔 생각이다. 그것도 왕도의 가게보다 훨씬 싸게. 그렇게 함으로써 보제스령만이 아니라 근처 영지에서도 손님이 와서 경제에 활기가 돌기를 노리는 것이다.

물론 다른 영지에서 오는 손님이 늘어나면 여관이나 정식집도 개선한다. 여관은 일반적으로 상시 영업하는 여관으로 하고 정식집은 크기를 키워 식당으로. 그리고 요리사에게는 야마노 요리를 가르친다.

가능한 빠르게 영지 내의 힘만으로도 살아갈 수 있게 하고 싶다. 하지만 처음에는 다소의 꼼수는 필요하겠지. 안 그러면 일이 진척되지 않는다.

그 뒤로 미츠하는 가게와 공방, 염전 건설에 관해 이야기하고 읍내나 각 촌에서 인원을 파견해달라고 의뢰했다.

부역이라고 받아들이고 당연히 무료봉사라고 생각했던 촌장들은 미츠하가 일당을 주겠다고 하자 놀랐다. 좀처럼 없는 임시 현금 수입이다. 다들 기꺼이 파견해 줄 것이다.

그리고 요리를 잘하는 사람을 아냐고 물어본 결과 정식집 아들이 보제스 백작령의 식당에서 일하고 있다고 한다. 불러올지를 정식집 부부와 상담해 보겠다고 했다.

그리고 마지막으로 미츠하는 아이들의 교육에 관해 이야기했다.

앞으로 풍요로운 생활을 하려면 교육이 반드시 필요하다.

최소한 글자를 읽고 쓰는 것과 계산을 못하면 육체 노동밖에 할 수 있는 게 없다. 그리고 속거나 불공평한 계약서에 사인을 하거나 해서 악덕상인의 먹잇감이 될 수밖에 없다.

아이들도 중요한 노동력이기에 다들 주저했지만 하루걸러 오전만, 그리고 점심을 먹여서 돌려보내겠다고 하자 그제야 수긍해 주었다.

이걸로 이번 의제는 모두 끝났다. 더 없냐고 물어보니 세금은 그대로인가 하는 질문이 나왔다.

세금은 가장 많은 곳이 7할. 이것은 영지민이 정상적으로 생활할 수 있는 한계를 넘는다. 어지간한 일이 생겼을 때 일시적인 조치다. 7할의 세금을 유지하면 대다수는 주민이 도망가거나, 영주가의 멸망이 찾아온다.

지속 가능한 최대 세율이 6할. 그리고 왕국에서 가장 세금이 낮은 곳이 4할. 이것은 상당히 풍요롭고 선정을 베푸는 영지에서만 그렇고 대다수는 보통 5할 전후다.

다만 같은 세율이라도 세수 총액이 금화 1만 개인 영지와 금화 10만 개인 영지는 조건이 서로 다르기 때문에 단순히 비교할 수는 없지만.

참고로 보제스 백작령은 5할이다. 상업이나 영지 내를 통과하는 짐에서 징수를 기대할 수 없는 농업 주체의 시골 영지치고는 충분한 선정의 범주에 해당된다.

그리고 이 영지의 세율은 6할이다. 전 영주 때 그대로이며 아직 미츠하가 아무 지시도 내리지 않았기 때문이다.

"아, 죄송해요, 잊어버렸습니다. 우리 영지의 세율은 이제부터 3할입니다."

""""에에에에에에~!!""""

영지민 측만이 아니라 자작가 측에서도 놀라서 탄성이 나왔다.

미츠하는 딱히 식사나 의류에 돈을 쓰지 않고, 파티를 열거나 하지 않는다. 왕도의 상급귀족이나 대신전의 신관에게 뇌물도 쓰지 않고, 보석도 사지 않는다. 보통 생활비는 가끔 여는 왕도의 가게에서 충분히 벌 수 있다. 그러므로 영지의 세수는 나라에, 즉 국왕 폐하에게 바치는 세금 말고는 사용인이나 공무원들의 월급, 저택의 유지비, 그리고 그것 이외에는 영지 내 공공사업이나 교육, 복리후생 등에만 쓴다. 새로 짓는 상점이나 염전 등을 비롯한 각종 사업은 독립채산을 목표로 하고 있다.

그래도 너무 낮으면 다른 영지와의 균형 문제도 있고 어느 정도는 예산이 있어야 하기에 딱 이 정도면 되지 않나 하고 생각한 수치다.

하지만 영지민들에게는 천지개벽 수준의 충격이다.

4할이었던 자신들의 몫이 7할로.

이것은 생활의 풍요로움이 1.75배가 된 것이 아니다.

4할 중 최소한의 식비, 연료비, 의류 기타 등등 절대적으로 필요한 것에 3할 5푼을 쓰고 있었다. 그러면 살아가는 데 필요한 돈 말고 약간의 사치에 쓸 수 있는 것이 5푼.

그것이 수입이 7할이 되면 어떻게 되는가.

사치에 쓸 수 있는 돈이 3할 5푼. 실로 7배인 것이다. 지금까지 이 7배, 사치스럽게 돈을 쓸 수 있다, 영지민의 구매력이 폭발적으로 증가한 것이다.

그렇게 되면 소비가 늘어난다. 소비가 늘어나면 생산자의 이익이 늘어난다. 생산자의 사정이 좋아지면 그들의 소비도 늘어난다. 그러면 또 그 상품의 소비자도 사정이 좋아진다.

그렇게 하여 약간의 돈이 일정 루트를 돌기만 했던 시골 동네에서 점차 경제가 돌기 시작한 것이다.

* *

제1회 영지민 회의로부터 1개월 후.

가게와 공방이 완성됐다.

안전을 위해 1층으로 지었다. 초보인 마을사람들이 만들기에 왕도에서 전문가를 불러서 지을 수는 없었다.

빈 땅이 많아서 토지는 충분히 있었기에 1층이라도 문제는 없다.

금속가공 장인 랜디 씨는 최소한의 기재를 왕도에서 가져왔기에 서둘러 용광로나 기재 설치에 착수했다. 아직 부족한 기재가 많지만 그것은 발주해서 모은다.

……그렇게 됐는데 무거워서 운반하기 곤란한 것은 수송에
도 노력과 시간이 많이 들고 비싸기 때문에 내가 중간에 개입
하여 몰래 전이해 옮길 작정이다.

"랜디 씨, 소재를 가져왔는데 이거면 돼?"

무거워 보이는 짐을 가지고 갑자기 나타난 나에게 랜디 씨는
놀란 눈치다.

하긴 그럴 수밖에. 누가 영주 스스로 무거운 금속덩어리를
들고 혼자서 공방에 올 줄 알았겠는가.

아무리 낯을 많이 가린다고 해도 상식이 있는 랜디 씨는 허
둥지둥 달려왔다.

"이, 이리 주세요! 제가 들겠습니다!"

그렇게 외치고 서둘러 나에게서 짐을 빼앗아 갔다.

그리고 예상보다 무거웠는지 짐을 든 몸이 콱 주저앉았다.
허리를 삐끗하는 흔한 패턴이지만 어떻게든 버틴 모양이다.

"그거, 내가 살던 나라의 금속 소재야. 더 필요하면 말해 줘.
더 단단하거나 부드러운 것 등 많이 있으니까."

그 소리를 듣고 짐을 열어보는 랜디 씨. 그 안에는 여러 금속
의 주괴가 들어 있었다. 견본용이라서 하나하나는 그렇게 크
지 않다. 그리고 식별용으로 기호가 붙어 있다.

랜디 씨는 몇 개를 꺼내 자세히 관찰했다.

영주인 내가 서서 기다리고 있지만 그것도 모르는 게 바로
랜디 씨이다.

"어……. 이상하군. 뭐지 이것은.

비슷한 주괴인데 하나하나가 미묘하게 달라. 촉감으로는 아무래도 각각 단단함이 다른 듯한데. 그것도 엄청 단단해.

그리고 이 이상하게 가벼운 금속, 정말로 금속인가…….

아니 잠깐, 먼저 좀 더 조사해 보고……."

랜디 씨는 아무래도 자신만의 세계에 빠진 듯하다.

아무래도 기다려도 소용없을 것 같아 나는 랜디 씨를 방치하고 그대로 돌아갔다. 일단 만들어 보게 할 것이 있지만 나중에 다시 오기로 했다. 남자는 이런 상태가 되면 시간이 오래 걸리는 것을 오빠나 아빠로 충분히 학습했다.

아마 나중에 정신을 차린 랜디 씨가 당황하겠지만. 뭐, 그 정도는 자업자득이다.

염전은 아직 공사 중. 나무를 세워서 소금물을 말리는 유하식이므로 계절이나 기후의 영향을 다른 방법보다 적게 받고 노동력이 적게 들며, 장소도 다른 방식보다 좁아도 괜찮다는 장점뿐인 방법이다.

이걸로 멀리서 가져오는 암염이 중심인 소금 유통업계와 전쟁을…… 하지만 여러 일거리가 발생할 것 같으니 일단 영지 내 소비와 소금 절임 제품의 제조에만 쓸 예정이다.

소금 절임을 많이 만들 수 있게 되는 것만으로도 경제 효과는 크다. 이 영지의 경제 규모는 원래 매우 작았다.

학교는 이미 가동에 들어갔다.

원래 인구가 적었기에 아이들도 그리 많지 않다. 그래서 장소는 자작 저택의 한 방을 사용하고 있다. 그편이 가르치기에도 좋고 점심을 준비하기에도 좋다.

또 사용인들도 콜레트나 다른 미성년자 아이들만 아니라 어른도 희망자에 한해서 수업을 듣게 하고 있기에 자작 저택을 쓰는 게 사정이 좋았다.

글자를 읽고 쓰지 못하는 사용인들은 스스로를 부끄럽게 생각하고 있어서 다들 의욕은 충만했다.

교사는 글자를 읽고 쓰기가 가능한 사람 중 손이 비는 사람이나 미리암 씨, 라셸 씨, 그리고 내가 진행했다. 특히 내 돈을 버는 강좌나 적을 깨부수는 무자비한 방법, *토큐 핸즈에서 사온 과학 실험 세트를 쓴 수업 등은 대호평이어서 집사 안톤 씨까지 들으러 오는 상황이었다.

일부 수업에는 아이들에게는 좀 문제가 될 만한 내용도 있었지만 사소한 것은 신경 쓰지 않아!

아이들은 통학을 싫어하기는커녕 또래 아이들과 즐겁게 놀면서 '명백히 자신의 장래에 도움이 된다'고 실감할 수 있는 것을 배우고, 또 배부르게 맛있는 점심을 먹을 수 있다는 점에 마음을 빼앗겨 이틀에 한 번은 너무 적다고 말했다.

---

* 토큐 핸즈 : 생활용품을 중심으로 다양한 물품을 취급하는 일본의 대형 양판점.

그리고 가게다.

왕도에 있는 가게 〈잡화점 미츠하〉의 몇 배나 되는 판매 면적을 가지고 지금껏 상점에 있던 것, 즉 영지에서 얻은 짐승 고기나 산나물, 어패류, 야채나 계란 등의 식료품이나 의복, 농기구의 금속 부분 등의 생활필수품을 전부 그대로 취급하고 있다. 게다가 생선은 이쪽이 매입하는 시스템이다.

그렇다. 지금까지는 이제까지 생선은 빨리 상하기 때문에 팔다 남으면 상점이 그대로 손해를 보는 리스크를 피하기 위해 생선은 팔린 만큼만 나중에 대금을 치르고 팔리지 않은 것은 반품됐었다.

안 그러면 리스크를 걱정해서 매우 소량만 상품을 받기 때문에 딱히 상점 주인이 비겁한 것은 아니다. 위탁 시스템이라면 어부가 원하는 만큼 상품을 둘 수 있어 만약 운이 좋으면 많이 팔릴 수 있다. 그 대신 팔리지 않으면 벌이가 적고, 상하기 직전인 생선을 도로 가져와서 어촌 사람들과 나눠 먹는 것이다.

저녁이 되어도 남은 것을 싸게 팔거나 하지 않는다. 만약 저녁에 싸게 팔면 다음 날부터 저녁때까지 아무도 생선을 사지 않을 테니까.

하지만 새로운 가게에서는 완전히 이쪽이 사 주는 방식이다.

그래서 비싸게 팔든 할인을 하든 완전히 가게의 자유다.

그리고 가공한 것, 즉 익히거나 굽거나 조리한 것도 팔았다. 부가 가치를 붙여 이익률을 올린 것이다. 생선 조리를 귀찮아하는 독신층의 수요를 발굴한 것이다. 그리고 가공하면 다소 신선도가 떨어지는 것도 새로운 상품으로 탈바꿈해 소비기한도 늘어난다.

나아가 팔다 남은 생선은 영업 종료와 동시에 처리를 개시해 건어물이나 소금 절임 등으로 가공했다.

이것들로 생선의 완전 매입을 실현했다.

어부들은 잡기만 하면 확실한 수입이 된다는 것을 알고 의욕이 생겼다.

더군다나 가게에는 일본제 어망과 낚시도구가 판매되고 있었다. 그 위력은 이미 영주님인 내가 직접 시범을 보였다.

······참고로 일본의 작은 어촌에 기서 한가해 보이는 노인에게 어망을 던지는 법을 배운 나는 재미있다며 와글와글 몰려든 노인들에게 붙들려 도망치지도 못하고 근육통이 생길 때까지 계속 훈련받았었다.

조개나 해조류를 건조하는 장소도 정비했다. 다시마, 미역 이외에도 파래나 김 등을 채취 및 가공하기 시작했다. 추가로 새로운 어선의 건조 준비가 시작됐다.

여성이나 아이들도 해조류의 채취나 가공, 바위밭에서 낚시해 건지는 어획으로 수입에 크게 공헌하였다.

어촌은 마을이 생긴 이래 가장 열광적인 분위기에 휩싸였다.

농업은 어업과 달리 수고와 끈기와 시간이 걸린다는 사실을 농촌 사람들 모두가 알고 있다. 그리고 영주님의 지도에 따른 어촌의 상황을 보니 다음 수확기에 거둘 자신들의 실험 성과, 그리고 그것들을 활용한 풍작의 미래를 꿈꾸며 희망에 차 있었다.

그리고 축 늘어진 사촌의 상황에 참지 못한 나는 일본에서 톱이나 도끼를 가져와 기부했다.

이처럼 종래의 상품은 전부 계승하고 추가로 그 몇 배나 되는 공간에 나는 페츠 씨가 들인 상품과 일본의 상품을 대량으로 진열했다.

린스 인 샴푸, 일회용 라이터, 칼로리메이트, 봉지라면 등의 왕도의 가게에서 팔던 상품과 더불어 각종 값싼 통조림, 오래 보관할 수 있는 과자, 철제 농기구, 어업 도구, 공구, 식기, LED라이트, 문구, 편의용품 등등.

구매력이 오른 영지민도 구입하겠지만 진짜 목적은 근처의 다른 영지에서 온 손님이다. 가게의 매출만이 목적이 아니라 영지에 사람들의 흐름을 만드는 일. 그것에 따라 상품의 흐름, 돈의 흐름이 생기는 것이다.

영지민을 위한 상품 말고는 당분간 팔리지 않을지도 모르지만, 금방 상하거나 하지 않기 때문에 문제는 없다.

[야마노 자작령의 가게를 알고 있나]
근처 영지에서 점차 소문이 돌기 시작했다.

그 천둥의 무녀님이 고향에서 가져온 물건을 판다고 한다.

왕도에 있는 가게보다 물건이 많고 더 싸다고 한다.

운이 좋으면 무녀님을 만날 수 있다고 한다.

무녀님이 직접 상품을 건네줘서 소, 손이 닿은 녀석도 있다고 한다!

바다에 접한 영지다. 배로 운반되는 고국에서 온 상품이 왕도보다 싸고 많아지는 것도 그다지 신기할 것이 없다. ……그럴 것이다.

다른 영지에서 오는 손님이 점차 늘어나 여관과 음식점도 개장했다.

여관은 상시 영업을 하고 새로 고용한 종업원이 상주. 목욕탕도 만들었다.

음식점은 보제스 백작령에서 불러온 아들에게 자작 저택에서 야마노 요리를 가르쳐 약간 비싼 가격으로 메뉴를 만들었다.

조금씩이지만 순조롭게 영지가 발전되어 간다.

……산촌을 제외하고.

어쩔 수 없이 나는 표고버섯 종균을 일본에서 가져왔다.

산에서 잘라낸 원목에 많은 구멍을 뚫어 젖은 톱밥과 종균을 섞어 집어넣고 초를 녹인 것을 스펀지에 살짝 붙여 구멍을 막아 마개로 삼는다. 종균과 톱밥이 건조되는 것을 막고 여기에 벌레가 들어가는 것을 막기 위한 선인들의 지혜다.

이제 해가 들지 않는 습한 곳에 두기만 하면 된다.

표고버섯은 구워도 좋고 익혀도 좋고 국물 내는 데도 좋아 누루누루 쓸모가 있다. 무엇보다 말리면 가볍고 쉽게 상하지 않는다는 것이 좋다.

물건을 사러 온 손님에게 시식하게 하여 다른 영지에 점차 소문을 퍼트릴 생각이다. 야마노 자작령의 특산품, 독점 판매다.

죽순도 오래 버티니까……아, 안되나. 대나무 숲 정도는 어느 영지에나 있다. 마(麻)도 나무열매도…….

역시 목탄과 제철밖에 없나. 사철 수집을 시작하자.

……아, 그러려면 자석이 필요하다고? 강력한 네오디뮴 자석을 준비할까. 영구자석계의 최강자라고 하는 그 문구가 진짜인지 시험해 주마!

해안이나 강가에 축적된 표사광상을 찾을까, 잔류광상인 산사철을 찾을까, 어떻게 하지…….

어린아이의 좋은 용돈벌이는 될까? 아니지, 어린아이의 벌이라고는 해도 가계를 지탱할 중요한 수입인가. 마을 사람의 생활은 아직 그렇게 순탄하지 않다. 세율 경감의 효과가 나타나는 것은 다음 수확기 다음부터니까.

……일단 자석을 준비해서 빌려주자.

제20장 에이전트

오랜만에 대장 씨를 방문했다. 그게 있지, 최근 영지개혁으로 바빴거든.

개인 휴대 무기는 대부분 사용할 수 있게 됐다. 던지면 뒤로 날아가는 수류탄을 빼고.

그게, 쓸 수 있다고는 해도 '쏠 수 있게 됐다'는 거라서 명중률은 낮아.

그 드래곤 소재는 좋은 가격으로 팔았다고 한다. 그리고 공평성을 기하고자 비늘이나 고기는 각국에 균등하게 팔았다고 한다. 독점하지 않도록 일정량씩.

물론 엄청나게 비싼 값으로.

비싸다고 불평하는 나라의 몫은 옥션으로 다른 나라나 대기업에 팔았다고 한다. 악마…….

그리고 드래곤 소재 관련의 연구 성과에서 파생된 발견, 발명, 신제품 등의 모든 것에 이권을 확보. 이미 갑부 확정이다.

"……저기, 줄 거거든? 물론 아가씨의 몫도 줄 테니까."

수상쩍게 보는 내 눈에 당황하여 그렇게 설명하는 대장 씨.

"그래서 용병 사업은 계속하나요?"

"그래, 우리는 달리 할 일이 없거든. 돈을 분배하고 해산해도 딱히 할 일도 없고, 어차피 바로 다 탕진하거나 누군가에게 노려지거나 속아서 거지가 되겠지. 그럴 거면 용병단으로 모여 있는 게 안전하니까. 설마 우리에게 싸움을 거는 녀석도 있을 리 없고.

다만 돈이 궁해서 위험한 의뢰를 받는 일은 없어도 된다는 점에서는 고맙지. 애초에 당분간 전투 관련 일은 받지 않을 생각이었고."

응, 돈이 충분히 있으니까 돈을 구하러 사지에 갈 일은 없어지겠지, 보통.

"아, 맞다. 제가 자작령을 운영하고 있다고 했잖아요. 만약 도적이 쳐들어오면 병력을 내주실 거예요?"

"아아, 아가씨의 의뢰라면 이야기는 다르지. 상대가 총기가 없다고 해도 죽을 가능성은 있지만 하긴 그런 걸로 죽을 녀석이 있다면 그냥 그런 놈인 것이지. 지원제로 해도 아마 전부 참가하려고 할 거야."

"아~ 적국이 쳐들어오는 게 아니라서 지난번처럼은 필요 없는데요……."

응, 과잉전력이다.

"아, 목조에 인력으로 움직이는 십여 명이 탈 만한 배에 대해 아는 거 없나요?"

일본과 달리 이 부근의 나라라면 아직 목조에 기계동력이 아닌 배가 있을지도……, 라고 생각했지만.

"……갤리선인가? 아가씨네 나라는 아직 노예라도 쓰고 있는 거야?"

놀란 듯 눈을 동그랗게 뜨는 대장 씨.

없나…….

자, 오늘은 딱히 훈련 예정은 없다. 큰돈을 벌면 전차나 자주식기관포라도 살까. 『신』은 의지가 되니까.

경장갑기동차는 5.56mm로는 무장이 너무 약하다. 역시 20mm 기관포를 실은 보병전투차량 같은…… 잠깐, 무엇과 싸우는 거야, 야마노 자작령은!

……오늘은 이만 돌아가자.

아, 그 전에 도시에 나가 물건 좀 살까.

일본뿐만 아니라 이 나라에서도 물건은 사. 대체로 일본보다 많이 들어오고 싸니까. 자주 가는 가게도 늘었고. 곧잘 덤을 받거나 사탕을 받거나 한다.

……알아, 10~12세 정도의 아이라고 보고 있다는 것쯤은!

"아가씨, 도시에 나가는 거야?"

"네, 물건 좀 사러."

대장 씨는 약간 목소리를 낮춰 말했다.

"……최근 수상한 녀석들이 어슬렁거리고 있어. 아마 어딘가의 국가 정보원일 거야."

"목적은 뭐죠?"

"아마 이세계를 오가는 방법, 언저리겠지. 그리고 이쪽에는 없는 자원이나 기술이라든가.

이전에 우리 바보 녀석이 홈페이지에 사진을 올려버렸고, 이번에 공주님에게 받은 보상이라고 대량으로 환전한 금화, 그거 이전에도 환전했었으니까. 프로가 제대로 조사하면 우리는 몰라도 공주님의 전이가 일회성이 아니란 것 정도는 바로 알겠지."

"자원은 그렇다 치고 기술? 검과 화살의 세계에?"

"있잖아, 그. 마법이라든가, 마법이라든가, 마법⋯⋯."

"아하⋯⋯."

과연 이세계의 이권이나, 잘되면 이세계에 군대를 파견할 생각인가. 24달러짜리 잡동사니로 광대한 토지를 손에 넣거나 일회용 라이터와 다이아 원석을 교환하거나⋯⋯.

하지만 전이는 과학적인 것도, 마법으로 차원의 터널을 통과하는 것도 아니다. 만약 나를 붙잡아서 전이를 명령해도 전이하는 시점에 나만 전이하거나, 다른 사람의 장비나 옷은 전부 남기고 높은 산맥 끝자락에 전이해서 나만 바로 다시 전이하거나 해서 어떻게든 할 수 있다.

애초에 일격에 죽인다면 몰라도 그렇지 않으면 언제든지 전이로 도망칠 수 있으니까 나를 절대로 죽일 수 없는 자들에게 당할 내가 아니다. 약으로 한순간에 잠재워도 심문하려면 의식을 깨울 필요가 있고. 의식이 있는 상태에서는 영점 몇 초만 있으면 전이로 도망칠 수 있다. 즉, 심문은 불가능하다는 것이다. 내가 내 의지로 도와주지 않는 이상…….

응, 탈출하려고 전이할 때 그 거북의 기둥 전부를 함께 가져가는 것도 재미있을 수 있다.

게다가 일단 나는 저쪽 세계의 인간으로 알려져 있고 만약 본명이 들켜도 인질로 잡힐 가족도 소중한 친척도 없다. 만약 그 삼촌 일가가 인질이 된다면 크게 웃어 줄 텐데…….

어쨌든 걱정할 일은 없다는 뜻이다.

"알았어요. 큰 문제는 아니지만 일단 앞으로 내 이름은 그 설명했을 때 이름으로 통일해 주세요. 이상한 녀석들에게 너무 '진명'이 알려지는 것은 좋지 않으니까."

"아, 그래……."

진명이라는 괴상한 단어의 등장에 당황하는 대장 씨. 나중에 일본 애니 오타쿠 대원에게 물어보도록.

그 후에 단원이 차로 거리까지 배웅해 주었다. 어째선지 나를 배웅하는 역할로 서로 다투었다. ……전성기가 왔나?

연속 전이로 도시에 갈 수도 있지만 출현하는 순간을 목격당할 가능성은 항상 있으니까 시속 70마일로 30분쯤, 잡다한 이야기를 하면서 차로 가는 것이 낫다.

아, 신호 같은 것도 없는 길을 그대로 시속 70마일로 논스톱이니까 50킬로는 떨어져 있어, 도시에서. 사설 용병단의 기지가 그렇게 도시 근처에 있을 리 없잖아.

참고로 이 경우의 '마일'은 바다에서 쓰는 마일이 아니라 육지에서 쓰는 마일이다.

도시에 도착하여 나를 내려주고는 단원은 그대로 돌아갔다. 물건을 사고 나면 그대로 전이로 자신의 세계로 돌아가는 것을 알고 있으니까.

그러고 보니 어째선지 다들 내가 '돌아갈 때는 어디에서나 돌아가지만 이 세계에 올 때는 용병단 베이스에만 나타난다'고 하는 생각을 가지고 있다. 아마 전이로 출발하는 장소는 어디라도 상관없지만 도착하는 장소에는 표식이 되는 마커의 설정이 필요하다고 생각하는 건가. 그것이 용병단의 베이스에 설정되어 있다는 식으로. 하긴 아무래도 좋아. 멋대로 생각하라고. 어쩌면 안전책이 될지도 모르니까.

그렇게 적당히 식재료 등을 사서 돌아다니고 있자 모르는 사람이 말을 걸었다.

"실례합니다, 아가씨. 잠시 괜찮으신가요?"

금발의 푸른 눈, 키는 180센티 정도로 내가 올려다볼 높이. 40대 중반에 검은 양복을 입은 침착한 표정의 아저씨. 뒤에는 젊은 사람이 두 명 서 있다. 다들 검은 양복. 약속이라도 했나?

"네, 무슨 일이시죠?"

머릿속에 러시아어와 중국어 지식이 떠오른다. 러시아어는 완전히, 중국어는 약간 어눌하게.

말을 걸었을 때는 영어였지만, 영어는 원래 마스터했기에 딱히 변화는 없다.

흥, 영어와 중국어를 공부해 마스터한 모국어가 러시아어인 사람이군.

물론 대답은 상대가 말한 대로 영어로 했다.

"잠시 이야기 좀 하고 싶은데 괜찮을까요?"

"에? 네, 뭐, 잠시라면⋯⋯."

내 대답에 희색을 띠는 남자.

"그럼 어딘가에서 식사라도 하면서⋯⋯ 자, 이 차로 모셔다 드리겠습니다."

가리키는 곳을 보니 뒤에 검은색 차가 주차되어 있었다. 설마 수상한 남자 3명 플러스 운전수의 차에 무방비로 타는 여자아이는 없겠지. 이세계인이라고 얕보는 건가?

"아뇨, 이 세계에서는 모르는 사람을 따라가거나 모르는 사람의 차에 타면 안 된다고 배워서요⋯⋯."

미간에 주름을 잡는 남자들. 누가 그런 쓸데없는 것을 가르쳤냐 하고 생각하고 있겠지.

"그러니까 저기 가게에서 차라도 마시면서 이야기하면 될 것 같아요."

내 말에 어쩔 수 없이 끄덕이는 남자들. 그리고 걸어가는 나를 따라간다.

아마도 갑자기 납치하는 게 아니라 처음엔 가벼운 접촉이 목적이겠지.

"여, 여기는……."

당혹스러워하는 세 남자.

완전히 눈에 띄었다.

완전히 붕 뜨고 있었다.

적당히 자리를 채운 가게 손님들은 자신들 빼고는 젊은 여성뿐이었다. 그중에 검은 양복 차림의 남자가 셋.

이제는 눈에 마구마구 띈다.

이 도시에서 젊은 여성들에게 인기가 있는 스위트 전문점.

물론 일부러 이 가게로 왔다. 이렇게 주목을 받으면 수상한 행동은 하지 못하겠지. 후하하하하…….

그리고 벽 쪽 테이블을 골라 벽을 등지고 앉았다.

보통 도망칠 수 없는 자리는 피해야 한다. 다단계나 종교 권유로 온, 몇 년 만에 보는 동창이 데려온 처음 보는 동행자와 같이 앉을 때는 특히.

하지만 지금의 나에게는 상관없다. 전이도 있지만 장소가 '이 가게' 니까.

일단 주문을 받으러 온 웨이트리스에게 케이크 세트를 주문했다. 아저씨들은 커피, 커피, 초코바나나크림샌드. 어, 마지막 사람, 다른 두 명이 엄청 노려보고 있어.

응, 먹고 싶었지만 혼자서는 이런 가게에 들어올 용기가 없었구나. 마음껏 드세요……

"그래서 무슨 이야기죠?"

일부러 약간 큰 소리고 그렇게 말했다.

바로 가게에 있는 손님이나 점원 여러분에게 자신들은 아는 사이가 아니라 '처음 보는 수상한 남자들에 둘러싸인 여자아이'라는 것을 알리기 위해서다.

효과는 적중했고 20세 전후의 언니 그룹이 무서운 표정으로 이쪽을 보고 있다. 그리고 힐끔힐끔 이쪽을 보면서 가방에서 휴대전화를 꺼내는 여학생 그룹.

남자들은 가게 안쪽을 등지고 벽 쪽의 나를 보고 있기 때문에 그런 상황을 전혀 모르고 있다. 좋아, 계획대로야……

엄청 불편해하면서 처음 말을 건 중년 남성이 소리를 낮춰 이야기하기 시작했다.

"단도직입적으로 묻겠습니다만 당신은 이세계의 공주님이십니까?"

응, 직구, 스트레이트로 정중앙!

"네, 그렇죠……. 어째서 그걸?"

"오오, 역시! 사실은 우리 나라는 부디 공주님의 나라와 국교를 맺고 싶다는 생각을 가지고 있어……. 마왕군과의 싸움에서도 군대를 파견할 용의도 있습니다!"

그래그래, 말은 그렇게 해도 군대를 주둔시켜서 힘으로 누르시겠다…….

하지만 이세계에 고립되면 어쩔 생각이지. 현대 병기는 보급과 정비가 없으면 바로 무력화되는걸. 게다가 아무리 강력한 병기가 있어도 주위가 온통 적이라면 매일 밤 지속적으로 습격을 당해 전혀 잠들지 못하거나 몰래 침투한 적이 물이나 식량에 독을 풀거나 애초에 현지에서 물이나 식량 확보를 방해하거나 하면 금방 패배할 것 같은데…….

"아니요. 그건 이 세계의 용사님들 덕분에 벌써 끝났으니까요……. 나머지는 주력을 잃은 잔당을 토벌하는 것뿐입니다. 그 정도는 다른 세계의 힘을 빌리지 않고 저희끼리 알아서 해결해야죠……."

내 대답에 '앗' 하고 실망한 표정을 짓는 남자들.

"에엣, 하지만 언제 또 드래곤이 쳐들어올 수도…….."

"아뇨, 고룡은 원래 수백 년에 한 번 나타날까 말까 한 정도랍니다. 성룡은 온화하고 지성적인 생물이라 아주 가끔 어린 용이 난동을 부리는 것 정도라고 해요."

그 후에 저쪽 세계의 학자에게 그렇게 설명을 들었다.

"에…….."

여기서 주문한 음식이 나왔다.

웨이트리스를 보려고 시선을 올린 나는 저도 모르게 뿜을 뻔했다.

젊은 여성이 많은 가게 여기저기에 이물질이 있었다.

마치 미리 짜고 온 것처럼 어두운 색의 눈에 띄지 않는 양복을 입은 그룹이 곳곳에. 눈에 띄지 않는 수수한 양복이 여기서는 엄청 눈에 띈다.

사리가 꾁 사시 그런지 다른 그룹과 같이 앉거나 하여 매우 불편해하는 모습. 그야 젊은 여자와 같이 앉을 수는 없겠지…….

마찬가지로 웨이트리스를 본 남자들도 그것을 눈치채고 황당해한다.

하지만 남자들은 지금 여기서 이야기를 진행하지 않았다간 일단 자신들이 나와 헤어지면 타국의 에이전트들이 한 번에 몰려들 것으로 생각, 주문한 음식을 테이블에 놓은 웨이트리스가 돌아가는 것과 동시에 주위 상황은 무시하고 다시 이야기를 시작했다.

"하지만 조국을 생각하신다면 지금 우리 나라와 국교를……."

"Лояльность к Родине."

"""네?"""

내가 갑자기 말한 말에 뜨억하는 표정을 보이며 나를 바라보는 세 사람.

"제 증조부의 생명의 은인이자 우리 나라의 대영웅 '용사 이바노프' 가 곧잘 입에 담던 말이에요. 조국에의 충성, 이라는 의미라고 들었는데요……."

멍하니 있는 세 사람.

그리고 점차 붉게 물드는 그 얼굴.

"그, 그것은! 그 분은 틀림없이 저희 나라 사람입니다!!"

그래그래, 재미있어지기 시작한다.

"네……, 그, 용사 이바노프가 이 세계의 사람이라고요?"

"그, 그렇습니다! 그 이름과 아까 말은 우리 나라 사람이 틀림없습니다!"

내 말에 흥분하는 모국의 에이전트들.

"그, 그럼 용사님이 가지고 있었다고 하는 전설의 삼신기, 아프터마프 칼라시니코프 사십칠, 토카레프, 그리고 신의 벼락 알피지 세븐, 이라는 것은……."

"네, 네, 네!"

이제는 울 것 같은 남자들.

"이것도 선조님과 우리 나라의 영웅이 이끄신 운명! 부디 우리 나라와 우호조약을!"

"……잠깐 실례해도 되겠습니까?"

테이블에 바짝 몸을 내밀어 내 손을 잡으려는 남자를 새로운 남성이 제지했다.

돌아보며 모처럼 좋은 분위기에 찬물을 끼얹는 남자를 노려보는 모국 에이전트.

아무래도 갑자기 좋아진 분위기에 위기감이 들어서 선수 치기를 방해하기로 한 팀이 있나 보다.

"공주님, 부디 저희도 이야기를 나누고 싶습니다만……."

끼어든 남자의 말에 나는 빙긋 웃으며 대답했다.

"네, 그러시죠! 같은 이야기를 여러 번 하는 것도 번거로우니 한 번에 끝낼 수 있다면야⋯⋯."

빠득빠득 이를 가는 먼저 온 남자들.

그것을 보고 나른 그룹도 일제히 일어났다.

그리고 어슬렁어슬렁 우리 테이블을 에워쌌다.

소녀를 둘러싼 많은 수상한 남자들을 도저히 보다 못해 가게 여기저기서 한 번에 조작되는 휴대전화와 스마트폰. 물론 경찰에 신고하는 것이다.

몇몇 테이블에서는 아예 소녀인 나를 구하기 위해 케이크나이프나 포크를 움켜쥐는 여자들의 모습도 보였다.

나에게만 집중하느라 등 뒤의 그런 움직임을 전혀 눈치채지 못하는 각국 에이전트들.

그들은 대부분의 일반시민이 자신들과 관계가 없는 사건에는 말려들고 싶어 하지 않아 대체적으로 본체만체할 것이고 게다가 자신들은 딱히 수상한 행동이나 위법행위를 하는 것이 아니라고 생각할 것이다.

그런 생각에 물든 그들은 여기가 어떤 손님들이 오는 가게인지, 그리고 자신들이 둘러싸고 있는 인물이 과연 다른 사람에게는 어떻게 보이는지를 깜빡 놓치고 있었던 것이다.

11~12세 소녀를 많은 남성들이 둘러싸고 있는 것은 충분히 수상한 행동이며 신고당할 만한 사건이다.

"아~ 이건 좀 사람이 너무 많네요. 또 나중에 장소를 바꿔서 이야기하는 게 좋겠어요.

그럼 여러분 다시 나중에 연락드릴 테니 연락처를 알려주실래요?"

내 말에 서둘러 명함이나 주소를 메모해서 주는 각국 에이전트들.

신물이 난다는 듯한 얼굴이면서도 아직 쓸데없는 녀석들을 몰아낸 다음에 이야기를 계속해서 다시금 몰래 만날 약속을 잡거나 이대로 장소를 바꾸어서 조약의 가체결을 노리는 모국의 에이전트는 자신들의 우위를 믿고 있었다. 왜냐면 선조의 은인인 용사의 모국인 것이다.

일단 타국의 사람들과 함께 연락처를 전달한 남자가 그렇게 생각하고 있을 때 올 것이 왔다.

"신고가 들어온 가게는 여기입니까!"

드디어 다수의 신고를 받고 달려온 경관 12명.

동시에 많은 신고가 있었다는 것과 소녀가 많은 남자에게 둘러싸였다는 그 신고 내용에서 몇 대의 경찰차가 현장에 급습한 것이다.

가게 안의 상황을 보고 살기를 피우는 경찰들.

"너희, 꼼짝 마라! 아가씨, 이자들은 아는 사람들인가요?"

경찰의 말에 나는 밝게 대답했다.

"아니요, 모르는 사람들이에요. 아까 말을 걸어서 이야기가 하고 싶으니까 차에 타라고, 밥을 사 주겠다고 하기에 어쩐지 불길한 예감이 들어 이 가게라면 가도 된다고 했어요…….”

거짓말은 없다. 완전 솔직했다.

오오, 하고 소녀의 임기응변에 감탄하면서 자신들의 행위가 정답이었다는 것은 기뻐하는 신고자들,

에에에~엑, 하고 경악하는 각국 에이전트들.

그리고 무서운 눈으로 남자들을 노려보는 경찰들.

에이전트들이 경찰에 연행되고 현장에서 간단한 사정청취를 한 다음 해방된 미츠하는 신고해 준 언니들이 혼자서 돌아다니지 말라고 격하게 설교한 다음 사 준 파르페를 먹고 돌아왔다.

그리고 경찰서에서 여러모로 사정청취를 당하고, 신분을 조사받고, 지문을 찍히는 힘겨운 하루를 보낸 각국 에이전트들.

미츠하에게 말을 걸어 그 가게에 데리고 간 것은 처음 남자들뿐이며 그 외에는 우연히 그것을 보고 걱정이 되어 따라 들어갔다는 설명을 주장하여 어떻게든 해방됐지만 너무 수상해서인지 공안에 연락이 갔다.

타국 에이전트들의 정보를 한 번에 입수할 수 있어서 매우 기뻐하는 공안 당국. 공안에 들켜버렸으니 에이전트의 가치는 대폭 저하됐다.

하긴 사실대로 말하지 못하고 소녀 유괴 미수범으로 잡혀온

모국의 에이전트에 비하면 그나마 낫기는 하지만.

　어느 날, 그 에이전트들에게 이메일로 간담회 초대장이 발송됐다.

　'공주님, 그거 진심이었나⋯⋯.'

　그냥 경찰이 올 때까지 시간을 벌려고 한 행동이라고 생각했던 에이전트들은 놀랐다.

　확실히 공주님이 경찰관에서 말한 설명은 거짓은 아니었다. 게다가 경찰을 부른 것은 다른 손님이지 공주님이 직접 부른 것은 아니다.

　'설마 경찰의 질문에 솔직히 대답했을 뿐이고 악의는 하나도 없었나?'

　물론 그럴 리가 없다.

　그리고 모국의 에이전트들도 거의 같은 생각을 하였다.

　공주님이 경찰에 말한 내용은 사실 그대로였으니까⋯⋯.

　아마 이 세계에 대해 잘 모르니까 그게 우리에게 어떤 일이 닥칠지 몰랐을 뿐일 것이라고.

　왜냐면 우리 나라는 대영웅의 모국이니까. 그렇게 자국의 우위를 의심치 않았던 것이다.

　"3일 뒤 그 용병단 베이스에서, 인가⋯⋯."

그리고 초대 메일을 받고 3일 뒤.

용병단 울프팽의 기지, 작전회의실.

단원 전부가 모일 수 있는 넓은 이 방은 거의 모든 자리가 채워져 있었다. 그 태반은 각국 대표들이며 그 밖에는 내 경호를 위한 용병단의 단원들이다. 그 스위트 전문점에서 모인 나라뿐만 아니라 내가 고른 몇 개의 나라에도 초대와 사정 설명을 위한 메일을 보내서 그 나라들에서도 대표를 보내왔다.

급한 이야기였고 또한 비공식적인 모임이었기에 국가의 요직인 장관 등이 참가한 곳은 거의 없고 대다수의 나라는 정보기관의 우두머리들이 믿을 수 있는 부하들과 참가했다. 물론 상당한 재량권을 가지고. 외교 관료들이 나설 차례는 더 나중이다.

"여러분, 오늘은 멀리서 오시느라 고생 많으셨어요. 이제부터 제 영지와 국교를 맺고 싶다는 말씀을 해 주신 여러분과의 간담회를 개시하겠습니다.

내 말과 함께 간담회가 개시됐다.

"먼저 초대장에 나와 있는 대로 조공의 의식을."

본래 조공이란 낮은 나라가 높은 나라에 물건을 바치고 그 대가로 높은 나라로부터 그 몇 배의 물건을 하사받는 것이다. 하지만 나는 그것을 내가 원하는 대로 바꾸었다.

자신과 교섭하고 싶은 각국의 대표가 경쟁하듯 물건을 바친

다. 그리고 나는 그것을 전부 받아 그중에서 가장 마음에 든 것을 바친 자에게만 내 쪽의 물건을 하사한다. 그것도 선택받았다는 명예가 주체라서 답례품 자체에는 금전적 가치가 거의 없다. 소위 '기념품'인 것이다. 또 그렇다고 해서 교섭이 유리해지는 것도 아니다.

······엄청난 사기 행각이다.

그러나 각국은 나, 이세계 공주님의 환심을 사고자 이 선물 경쟁에 이길 생각으로 임했다.

보석. 드레스. 명예 작위. 기타 여러 선물들이 이어진다.

선입관을 버리고 공평하게 하기 위해 이 시점에서는 선물의 국가명을 공개하지 않는다. 물론 나는 사전에 정보를 좀 입수해 놨지만.

모국이 의기양양하게 꺼낸 AK-47 돌격소총, 토카레프 자동권총, RPG-7 세트는 다른 나라 대표로부터 비웃음을 샀다. 전부 시대착오적인 구식 무기인 데다가 금액적으로도 별 것 아니었던 것이다. 하지만 자신만만한 모국 대표.

하지만 어느 물건에도 내가 특히 내색하지 않았다.

그리고 어느 작은 개발도상국 차례가 됐다.

"사람이 젓는 전장 13미터, 폭 3미터의 중고 목조선 2척 목록입니다."

다시 대표들 사이에서 비웃음이 흘러나왔다. 하지만.

"에에엣!"

나도 모르게 소리를 지른 내 격한 반응에 놀라는 대표들.

"그, 그게 진짜입니까! 어, 어떻게 제가 그걸 찾는 줄……."

"네, 돈도 특산품도 없는 나라입니다만 적어도 조금이라도 공주님은 기쁘게 할 생각으로 용병단 여러분에게 여러 이야기를 들은 결과 이전에 목조선을 원하신다는 이야기를 들었습니다……."

"네, 네, 원해요! 필요했어요! 아아, 이걸로 끌망 어업을 시작할 수 있겠어요. 그물 어업용 신형 선박을 자력으로 만들 수 있을 때까지 버틸 수 있겠어요……."

재력이나 기술력을 과시하지 않고 정말로 상대가 원하는 것을 바치는 그 마음. 역시 소국이라도 성의와 의욕이 있는 나라는 다르구나…….

내 반응이 너무 좋은 것에 당황한 강대국 대표가 "우리 나라에서도 대형 선박을 제공하겠습니다!"라고 외쳤지만 스스로 유지나 수리가 불가능한 동력선을 받아도 의미가 없다. 그리고 자력으로 건조할 때 참고할 수 없다고 딱 잘라 거절했다.

그리고 결국 하사품을 받게 된 것은 그 목조선을 바친 소국이 됐고 살아 있는 뿔 달린 토끼 한 쌍, 지구에서는 본 적이 없는 이상한 금속으로 만든 장식품, 그리고 2박 3일의 이세계 여행권 2장이 하사됐다.

나에게는 공짜 수준의 물건이지만 각국 대표들은 '받은 자를 죽여서라도 빼앗겠다!'는 시선으로 그 답례품을 바라보았다.

그들은 선물로 보석이나 드레스를 선택한 자신들이 근본부터 틀렸다는 것을 겨우 알아차렸지만 이미 배는 떠났다.

하지만 나도 딱히 보석을 받아서 불쾌한 것은 아니었다. 환전하면 상당한 돈이 되는 것이다. 그저 지금은 현금보다 영지의 발전에 직접적으로 도움이 되는 것이 좋았을 뿐.

이렇게 의식이 끝나고 드디어 본격적인 회의가 시작됐다.

"그럼 본론으로 들어가도록 하죠. 먼저 여러분께. 우리와 국교를 맺고 싶다고 하셨는데 어째서 저에게 그런 말을 하신 건가요?"

"""에엣……."""

내가 말한 내용을 잘 이해하지 못한 참석자들.

"애초에 저는 어떤 나라의 어느 정도의 지위에 있었습니다만 지금은 나라를 나와 타국에서 살고 있습니다. 그리고 거기서 작위를 받아 작은 영지를 운영하고 있습니다.

즉, 제 재량으로 자유롭게 할 수 있는 것은 제 영지뿐이며 타국과의 교섭이나 조약 체결, 군대를 국내에 끌어들이는 것은 국왕 폐하의 허락 없이는 할 수 없습니다."

나를 지금 있는 나라의 공주라고 생각했던 각국의 대표들은 어? 하고 놀라는 표정을 짓고 있다.

"하, 하지만 마왕군과의 전투 때는……."

"그때는 시간적 여유가 없어서 이전의 신분을 고하고 의용

군으로 이 세계의 용사들을 데려갔습니다. 보상금은 의용군에 대한 사례였습니다. 지금의 저는 작은 지방영주에 지나지 않습니다."

"그, 그럼 국교는……"

"네, 지방 영주에게 그런 권한은 없고 제가 멋대로 타국의 인간을 국내로 끌어들일 수는 없습니다."

나는 대표자들의 질문에 차례차례 답해 나간다.

그리고 생각한 것과 많이 다른 내 이야기에 당황하는 각국 대표들.

"그럼 국왕 폐하를 중개해 주시는 것은……."

"중개해서 어떤 이야기를 하실 생각이신지요?"

"그야 물론 국교 제안과 사절 파견, 교역 이야기를……."

"……어떻게 해서요?"

"네?"

내 질문에 놀라는 대표들.

"아니, 어떻게 사절을 파견하거나 교역하실 생각이신지 궁금해서요……."

""""네?"""

"세계 간 전이 능력을 가진 사람이 많이 있습니까, 여러분들의 나라에는? 저처럼 자신 이외의 사람을 전이하면 생명력을 잃는 일도 없는, 뛰어난 자들이."

""""아…….""""

조용해지는 작전회의실.

"네? 설마 여러분은 저한테 전부 옮기게 할 생각이셨나요?

그랬다간 제가 바로 죽습니다. 그 후엔 어떻게 하실 생각이
시죠?"

"""…………."""

"저, 그 능력은 다른 사람은……."

"제 능력은 우연히 제 세계를 지나가던 유랑의 신께서 내리
신 것입니다. 제 세계에서도 저밖에 사용하지 못하고 다른 사
람에게 전수해 줄 수도 없습니다."

나는 참석자의 질문에 절망적인 대답을 했다.

"저, 저기 이거……."

다른 사람을 동반한 전이가 내 수명을 줄인다는 것을 알고
여행권을 반납하려는 소국의 대표. 아무래도 이 나라의 대표
는 에이전트가 아닌 모양이다. 너무 사람이 좋다.

"아아, 그건 괜찮아요. 사람 한 명 전이하는 정도의 부담은
시간이 지나면 회복되니까요.

그 배에는 다소의 생명력을 소모할 만한 가치가 충분히 있
습니다."

그것을 듣고 일어서는 모국의 대표.

"그럼 우리를 공주님의 모국에 안내해 주십시오! 용사의 모
국 사람으로서 부디 저희 나라에서 인사를 드리고 우호관계
를 맺고 싶습니다!"

또 무슨 헛소리를 하는 거냐고 황당해하는 다른 대표들을 무시하고 모국 대표로 온 남자는 더욱 큰 소리를 냈다.

"공주님의 나라와 우리 러시아의 미래를 위해!!"

"러시아? 그것이 당신의 나라 이름인가요?"

내 질문에 지금까지 자신의 나라 이름을 밝히지 않았다는 것을 눈치챈 대표. 아마 첩보활동을 주로 하는 터라 자신의 이름이나 나라 이름을 입에 담지 않는 것이 습관이 됐나 보다.

"네, 늦었습니다만 제 조국은 러시아 연방입니다!"

"에엣……."

그것을 듣고 나는 놀란 척했다.

내 태도를 보고 이상해하는 모국의 대표.

"저를 속이셨군요! 용사 이바노프의 고국은 그런 이름이 아니었습니다!"

갑작스러운 내 노성에 놀라는 모국 대표.

"용사 이바노프의 고국은 '소비에트 사회주의 공화국 연방'이라고 해요!"

아아, 하고 안심하는 대표.

"그것은 우리 나라의 옛 이름입니다. 나라 이름이 바뀐 것입니다."

"네? 타국이 침략하거나 내란으로 왕조가 바뀐 것입니까?"

"아닙니다, 원래 러시아라는 이름이었습니다만 타국과 합병하여 소비에트로 바꾸었다가 다시 원래 이름으로 돌아간 것입니다. 국가명 이외에는 그대로입니다."

그 설명에 나는 안심한 듯 말했다.

"그랬었군요. 확실히 용사님의 출신지는 소비에트 사회주의 공화국 연방 중에서 우크라이나라는 지방이었다고 합니다만 지금은 러시아 연방의 우크라이나인 거군요⋯⋯."

푸하아~~~!!

작전회의실 여기저기서 격하게 음료를 뿜는 소리가 났다.

우, 우크라이나⋯⋯.

크림 반도 침공⋯⋯.

여기저기서 속삭이는 수군거림.

나는 그중 한 명을 가리켜 물었다.

"왜 그러시죠? 여러분이 무슨 말씀을 하시는지 알려주세요!"

지명을 받은 남성이 필사적으로 웃음을 참으며 이야기했다.

"아니, 저기, 우크라이나는 옛날부터 러시아에게 험한 꼴을 당한 나라거든요. 국민의 대량 학살이라든가⋯⋯. 최근에도 크림 반도라는 지역을 침략당해서, 그 탓으로 국내에서는 아직도 전투가 계속되고 있습니다."

쓸데없는 소리를 한다고 노려보는 모국 대표.

나는 차가운 눈으로 그 사람을 보았다.

물론 우크라이나에 이야기는 잘 알고 있다.

"속이신 거군요!"

"아, 아니, 그게⋯⋯."

이걸로 앞으로 모국이 말하는 것은 전부 무시할 수 있다.

왜냐면 공주를 속이려고 했고, 용사님의 조국의 적이니까.

가장 끈질길 것 같은, 앞으로도 뭔가 대시할 것 같은 곳을 없애고 완전히 무시할 수 있는 이유를 만든다. 계획은 아무래도 잘 풀린 모양이다.

"그런 이유로 저에게 국교를 맺고 싶다고 하셔도…….

교역을 하더라도 많은 물건을 옮길 수 없고, 작은 것으로 하려고 해도 제가 이 세계의 물가를 아는 이상 일회용 라이터로 금화 1개 같은 일은 할 수 없어요.

애초에 이 세계에서는 저쪽 세계의 알이 작고 질이 나쁜 밀이나 약간의 어패류, 이쪽 세계의 위생 기준을 만족할지 알 수 없는 짐승의 고기 등은 수요가 없겠지요.

그리고 이쪽 세계의 것을 무제한으로 옮겨서 저쪽 세계의 경제활동과 산업이 망치거나, 돈이나 보석류를 대량으로 유출할 생각도 없습니다. 처음부터 교역을 할 수 없는 거지요.

제가 언제 사고를 당하거나 병에 걸릴지 모르는데, 책임이 막중한 국가 간 중개자나 마차처럼 일할 수도 없고요.

그래서 여러분, 저에게 구체적으로 어떤 것을 원하시죠? 저나 제 세계의 나라들에 불이익이 발생하지 않는 형태로."

수군거리지만 딱히 누구도 발언하지 않는 회의실.

그중 다른 소국의 대표 한 명이 손을 들고 발언을 요청했다.

"저기, 광물이나 생물의 샘플 등을 받을 순 없을까요……."

다른 사람도 그거다, 그런 방법이, 하면서 쳐다보았다.

미지의 생물이나 미발견 금속. 그것들이 대체 얼마나 가치를 창출할지……. 이전에 얻은 드래곤 소재에서도 많은 발견이 이루어지고 있다.

"아, 그 정도라면…… 그렇군요, 그럼, 샘플은 당신의 나라와 배를 제공해 주신 곳, 이렇게 두 나라에 드리겠습니다. 무언가 발견하시면 저희 쪽에도 알려주세요."

"무, 물론입니다!"

크게 기뻐하는 두 나라 대표들. 그리고 이억? 하고 경악하는 다른 나라 대표들.

"기, 기다려 주세요! 생물의 취급에는 고도의 기술력이 필요합니다! 미지의 세균이나 기생충 등 완벽한 관리와 방역체계를 갖춘 대국이 관리해야 합니다!"

"아, 괜찮아요. 전이할 때 유해한 세균이나 바이러스, 기생충 등은 함께 전이되지 않으니까요. 그러니 전달한 동물이 도망쳐서 자연계에서 번식하는 것만 막으면……."

필사적으로 외치는 미국 대표를 향해 나는 태연하게 말했다.

맞아, 이것이 내가 병원균을 옮길 걱정 없이 태평하게 전이할 수 있는 이유다. '그것'이 내 머릿속에 전달한 전이 능력의 설명 중에 그 설명도 빠짐없이 있었던 것이다.

""“에⋯⋯.”""

다시 숙연해지는 회의실 일동.

그리고 대표들 중에 나이 든 남자가 일어났다. 이 남자도 첩보기관 사람은 아닌 것 같다, 외무기관의 사람일까⋯⋯.

"전하. 혹시, 만약에 말입니다. 세균이나 바이러스성 질병이나 독, 유해물질 등에 오염된 자가 있다고 치고, 그 전이로 이동하실 때 '병원균이나 유해물질은 남아라.' 라고 해서 전이하면 어떻게 되겠는지요⋯⋯."

"네⋯⋯."

생각해 본 적 없었다.

환자를 전이하면? 병원균이나 원인물질을 남기고.

아아아, 마르그리트 때 그걸 알고 있었다면!

나는 머리를 감쌌다.

그리고 묘하게 조용해진 회의실.

위험해! 이 이야기가 퍼지면 큰일 나⋯⋯.

드디어 나도 깨달았다. 이 전이의 엄청난 부가효과에.

어떻게든 입을 막아야 해!

하지만 하필이면 세계 각국의 첩보원이 모인 이곳에서?

"여, 여러분!"

나는 당황해서 큰 소리를 냈다.

"아무것도 없었어요. 알겠죠, 여러분은 지금 아무것도 듣지 못한 거예요!"

땀을 뻘뻘 흘리며.

"이 일에 관해서는 발설을 일절 금하겠어요. 여러분의 상사에게도 더 높은 사람들에게도.

만약 어느 나라에서 높은 사람이 이 일로 한마디라도 어프로치할 경우 그 나라에는 타국이 이세계 관련의 어떠한 기술이나 정보를 제공하는 것을 금하겠어요. 그것을 어기는 경우 제공국에도 같은 처분을 내리겠습니다. 드래곤 연구에서 개발된 것도 전부. 물론 저에게 접촉하는 것도 일절 금지. 조금이라도 개입하려는 나라도 똑같이 처분하겠어요. 다만……."

한 번 숨을 돌리고.

"만약 비밀이 지켜진다면, 지금 여기에 있는 사람과 그 가족, 아내와 아이들에게만 유사시에 전이로 조치를 취할 것을 약속하겠어요. 단 비밀이 알려질 경우 모두에게 이 약속은 무효가 됩니다. 알려지면 입을 막을 필요가 없어지니까요. 그리고 여기에 있는 사람과 가족, 정부 관계자, 정보 관계자와 그 친족은 이후 절대로 전이를 써서 조치를 취하지 않겠습니다."

조금 생각하고 추가한다.

"아, 만약 누출될 경우, 알린 사람과 지금 여기에 있는 사람 외에 그것을 안 사람이 모두 죽고, 기록이고 뭐고 완전히 말소됐다는 확증이 있으면 입막음 대가를 부활해도 좋을지도 모르겠어요……."

썰렁해지는 회의장.

서로 눈치를 살피는 참가자들.

상부에 보고하면 확실히 정보는 퍼진다.

누구도 자신이나 가족의 목숨은 중하다. 그리고 프로 중의 프로인 정보 전문가라면 몰라도 그냥 책상머리 일꾼인 상사, 선거로 낙선하면 그냥 남인 정치인 녀석들이라면 반드시 달려들 것이다. 어쩌면 자신이나 가족을 위한 것 이외에 돈을 목적으로 달려들 수도 있다.

그리고 만약 비밀이 새면.

이 녀석들이라면 그냥 죽이겠지. 자신들을 위해서.

아니면 가족을 위해서.

다들 말하지 않아도 비밀이 지켜질 것 같은 기분이 들었다.

그게 결과적으로 국익에 도움이 될 것이라고.

그 후에 샘플을 제공하기로 한 두 나라와 회의 자리를 갖고, 물레 등 자작령에 도입할 만한 도구에 관해 이야기했다.

역시 선진국이 아니라 작은 개발도상국과의 교류가 유익하다. 그렇게 생각해서 성실한 소국을 몇 군데 골라 초대한 것이 도움이 됐다. 소국은 정보 관계자가 아니라 외교 관계자나 장관 클래스를 투입한 듯하다. 작은 나라는 활동이 자유로우니까.

그리고 무슨 용무가 있으면 대장 씨를 경유해서 연락할 것, 도시에서는 접촉하지 말 것, 미행하지 말 것, 위반한 나라와는 앞으로 절대로 관계하지 않겠다고 엄포를 놓고 해산.

어쨌든 이걸로 주위를 얼쩡거리지 않을 것이다.

나를 이세계 사람이라고 생각할 터이니 '일본인 야마노 미츠하' 도 안전권.

물론 강대국이 이대로 가만히 있지 않을 테지만, 일단 지구 쪽은 일단락. 한동안 영지에만 전념해서 재정을 확충하자.

아, 영주로서 번 돈은 어디까지나 '영지 운영비' 니까 내 개인 자산으로 치지 않아. 그래서 노후를 위한 금화 8만 개는 '미츠하라는 개인' 이 벌어야지.

응, 회계 장부가 달라.

하지만 야마노 자작령은 위치상 타국과의 분쟁이 발생할 만한 장소가 아니다. 토지가 윤택한 것도 아니고 지하자원이 있는 것도 아니고 군사적으로 가치가 있는 것도 아니고 게다가 엄청 작다. 그래서 먼저 외적 요인의 위험은 없다. 그래서 영주로서의 일과 나 개인의 일을 양립하면서 돈을 버는 것도 불가능하지 않다.

좋아, 힘내자! 또 한 걸음, 야망에 다가가는 거야!!

……라고 생각했던 시대가 저에게도 있었습니다.

이번엔 그쪽이냐!

단편 가족

침대에서 자고 있는 콜레트.

깨지 않도록 그 침대 가장자리에 앉아 자는 모습을 본다.

아빠, 엄마, 오빠도 잃고 천애고아가 된 나의 하나밖에 없는 가족……

아니다. 물론 알고 있다.

콜레트에겐 부모가 있고 나와는 친구지만 콜레트가 여기에 있는 직접적인 이유는 나와 사이에 고용주와 종업원이라는 관계가 있기 때문에 불과하다.

그리고 나는 아직 어린 콜레트를 내 마음대로 부모와 떨어트려 놓은 악당이다.

너무나 귀여운 딸을 빼앗겨 부모는 얼마나 비탄에 잠겨…… 있지는 않았다, 그러고 보니.

어째선지 쌍수를 들고 대찬성, 엄청 기뻐했었다…….

하지만 콜레트는 아직 여덟 살이다. 부모와 떨어져 얼마나 슬퍼……하는 모습은 전혀 없었다, 그러고 보니.

처음 보는 귀족의 저택을 흥분해서 구석구석 탐험하며 돌아다니거나 내가 일본에서 가져온 기기나 도구를 만지작거리거나 나에게 딱 붙어서 떨어지지 않거나……

불안과 외로움이 아니라 환한 미소를 띠고 기쁜 듯이 뛰어 돌아다니면서. 전혀, 조금도, 부모와 떨어지게 된 일을 신경도 안 쓰는 눈치였다.

……그래도 괜찮은 거니!

물론 그것을 바라고 그렇게 만든 것이 나니까 뭐라 말할 처지가 아니지만.

가족을 잃고 친구들과도 진로가 엇갈려 소원해진 나에게 곁에 있어 주면서 절대로 나를 배신하지 않을 사람은 콜레트밖에 없다. 그래서 콜레트가 여덟 살 평민 소녀치고는 상당한 재능을 가지고 있는 것을 이용해서 억지로 내 곁에 둔 것이다.

콜레트의 부모님은, 이 나라에는 없지만 지구로 치자면 기숙사 딸린 중등교육기관에 딸을 보낸 부모와 같은 심정일지도 모른다.

내가 이곳의 최고 책임자이고, 거리는 마을에서 걸어서 반나절 정도, 그리고 마을 소녀가 귀족가의 가신 후보가 된다는 일은 갑자기 나타난 백마 탄 왕자님에게 '사실 당신은 어딘가의 공주님이었습니다. 모시러 왔습니다.' 소리를 들은 듯한 일에 7억 엔 복권에 당첨된 깃보다 100배 대단한 상황이니 생각해 보면 반대할 이유가 없지만…….

이 세계에 와서 처음 만난 내 생명의 은인.

강하고……등골과 늑골이 부러지지 않도록 조심하자…….
총명하고 솔직하고 성실하고 귀여운 내 어린 친구.

무슨 일이 있어도 반드시 지킨다.

이 아이를 지키기 위해서라면 1만 명 정도는 가볍게 죽일 수
있을 것 같다.

하긴 그 전에 지구로 전이하겠지만.

……사비네?

응, 물론 사비네도 온힘을 다해 지켜야지!

하지만 뭐, 사비네는 공주님이니까. 내가 어떻게 하지 않아
도 호위나 근위병들이 많이 따라 다니니까, 정말로 이 나라가
침략을 당해 왕도가 함락될 때가 아니면 위험할 일이 없나.

물론 그때는 전이로 탈출시킬 거고……. 사비네가 그것을
원한다면.

그 아이는 아마 가족……아니 국민을 버리고 왕족이 도망칠
수 없다고 할 것 같아. 왕족의 피를 남긴다는 의미를 알기 쉽
게 설명한 애니메이션은 없나…….

그리고 보제스 백작가의 장녀, 베아트리스.

데뷔탕트 볼의 운영을 나에게 맡겼으니까 그 약속을 달성할
때까지 죽게 하지 않겠어.

그리고 내 영주 저택 최연소 메이드, 수습 메이드 리아. 정규 메이드 최연소 노엘. 기타 '야마노 자작가 메이드 소녀대' 사람들, 아줌…………콜록콜록, 어른 여러분도 아무도 죽게 하지 않아. 아무도, 아무도, 아무도…………

콜레트의 머리를 손으로 슬며시 쓰다듬자 일본산 린스 인 샴푸의 위력인지 살랑살랑한 머리가 손가락 사이로 빠져나갔다.

'음…….몸이 무거워…………'

콜레트가 답답해서 눈을 떠 보니 하반신에 묵직한 게 얹혀 있었다.

'미츠하…….'

언제부터인지 콜레트를 덮쳐 누르듯이 잠든 미츠하.

그리고 자상한 눈으로 미츠하의 머리를 쓰다듬는 콜레트.

'미츠하는 내가 지켜줄게……. 무슨 일이 생겨도 반드시……. 여차하면 우리 마을까지 업고 갈 거야. 그래도 위험하다면 다른 나라까지 업고 갈 거야. 미츠하를 위해서라면 적을 10명이나 20명쯤 그냥 죽일 수 있을 것 같아…….'

많이 무겁지 않은 미츠하의 체중을 하반신에 느끼면서 콜레트는 다시 눈을 살포시 감았다.

단편 수수께끼의 소녀

　수수께끼의 소녀가 우리 베이스에 출입하기 시작한 뒤로 벌써 몇 달이 지났다.

　항상 갑자기 나타나고 다시 갑자기 "그럼 이만!" 하고 가볍게 오른손을 들고 사라진다.

　아니, 비유적 표현이 아니라 진짜 사라져버리는 것이다.

　……딱히 유령은 아니지만 말이야. 밥도 먹고 화장실도 간다. 놀리면 빨개져서 화를 낸다. 아마 살아 있는 사람이겠지.

　처음엔 세상 물정 모르는 어딘가 작은 나라의 귀족 딸내미인가 생각했다. 소형화기의 훈련 의뢰 정도는 치안이 나쁜 나라의 아가씨라면 그렇게 드문 일은 아니다.

　그런 것은 보통 호위하는 사람의 역할이지만 호위하는 사람에게 습격당하는 것도 드물지 않고 호위를 데리고 갈 수 없는 곳도 있다. 파티회장이나 탈의실, 목욕탕, 화장실 등이 대충 그렇다. 파티회장에서의 경비는 주최자 측 책임이지만 테러리스트에게 죽은 다음에 항의해도 소용없는 것이다.

　그런 이유로 소형화기와 흐음, 쇼트 소드는 그렇다고 치자.

그런 것이 언제 나설 차례가 있는지는 모르지만 본인이 하고 싶다고 한다면 본인 자유이다. 이쪽은 돈만 받으면 된다. 어쩌면 다이어트 운동 대신일지도 모르니까. 음, 문제는 없어.

……하지만 소형화기라고 하니까 그냥 권총이나 자동소총, 고작해야 적의 눈을 멀게 해 도망치기 위한 섬광탄이나 스턴 그레네이드 정도라고 생각했는데 주위에 파편을 날려 살상하는 파열수류탄이나 경기관총, 중기관총, 유탄 발사기, 박격포, 무반동총, 로켓 발사기도 알려달라고 하였다.

그것들은 이미 소화기가 아니라 중형, 중화기의 범주에 발을 걸치는 거야!

애초에 아가씨 혼자서 사용법을 알아도 본체나 탄약의 수송, 장전, 보조 등 도저히 혼자서는 사용할 수 없어. 게다가 그것이 어린애라면 더더욱 그래.

물론 이쪽도 장사를 하는 거니까 돈을 받으면 알려주기야 하겠지만 말이야.

난 몰라, 어떻게 되어도……. 충고와 경고는 충분히 했다. 우리는 의무를 다했다, 완벽하게…….

그리고 수류탄 사용만은 금지시켰다.

위험 반경보다 멀리 못 던지고, 그리고 높이 치켜든 수류탄이 뒤로 날아갔다.

웃기지 말라고. 모의탄이 아니었으면 4~5명은 죽었어! 본인을 포함해서!

하악하악…….

어쨌든 일단 통상보다 3배의 시간을 들여 어떻게든 훈련을 끝냈다.

누가 우리의 인내력을 칭찬해 줘!

그렇게 받았던 의뢰가 잘 끝났다고 생각했다. 지금 생각해 보니 나라는 녀석도 참 순진하게 생각했었다……. 예전 대장에게 그토록 '뭐든지 항상 최악의 상황을 가정하고 그 3배 정도의 대비를 하는 법이다. 그리고 대체적으로 그렇게 될 거니까.'라고 말을 들었었는데…….

그리고 '그 날'이 찾아왔다.

"용병단 울프팽 전원을 고용하려고 해요. 출격은 모레 새벽. 적은 약 2만, 몬스터도 있습니다. 지불은 최소 보장으로 금화 4만 개, 경우에 따라서는 추가 지불 가능. 받아 주시겠어요?"

뭐야, 그게에에에에에~~!!

그리고 시작된 마왕군과 드래곤을 상대로 한 세계의 명운을 건 결전이라니, 뭐야 이 영웅담은!

금화 6만 개 드래곤 버스터 칭호와 드래곤 몸뚱이로 엄청나게 벌었다!

……그나저나 천사라고 불러도 될까, 아가씨. 여신님이라

고 하기엔 가슴이 좀, 끄억! 진짜로 발로 차는 녀석이 어디 있어! ……아니, 미안해. 그러니까 그 재떨이는 좀 놓고 이야기하자. 꽤 비싼 거고, 무거워서 아프거든…….

흐흠, 그런 이유로 우리는 재정적으로 전혀 문제가, 없는 정도가 아니라 매우 풍족해졌다. 게다가 드래곤 소재 연구에서 떨어지는 개런티 수입으로 이후에도 지속적인 이익이 확보된 상태다.

돈을 나누고 해산하면 반드시 슬픈 결말이 기다리고 있다. 우리 용병들은 하나같이 머리는 나쁘지만 바보답게 분수는 안다. 그래서 이대로 조직을 유지하고 위험한 일은 하지 않으면서 느긋하게 지내기로 했다. 돈보다는 스릴이 좋다는 녀석은 알아서 혼자 의뢰를 받으라고.

아, 그건 상관없지만, 문제는 말이지.

……저 아가씨, 대체 정체가 뭘까?

"그런 이유로 너희들의 예상을 듣고자 한다. 누가……. 좋아, 반짝이!"

빠르게 손을 든 녀석을 지명했다.

"차원세계의 마포소녀!"

"다음!"

"엘프 프린세스! 그 절벽가슴은 반드시 엘프입니다!"

"얌마! 너, 갑자기 나타나면 어쩔 거야! 그러다가 *8문킥 맞는다!"

"""작아! 발, 작아!"""

"어른용 신발은 사이즈가 없어서 아이용이나 오더메이드라던데. 중얼중얼 말하더군……."

"""…………"""

이걸로 다들 아가씨 앞에서는 결코 발 크기나 신발 이야기는 꺼내지 않겠지.

"네! 이세계의 마법사로 세계를 건너는 마법과 언어번역 마법을 쓸 수 있는 고귀한 신분!

오래전에 이 세계에 와서 여러모로 공부했으니까 지구에 대해서 그럭저럭 안다!"

……음, 그럴싸한데.

"아, 치료마법도 쓸 수 있다고 생각합니다. 훈련하다가 다친 곳이 며칠 뒤에는 흔적도 없이 깔끔하게 나았으니까요."

그건 나도 어느 정도 눈치채고 있었다. 역시 그랬나…….

그렇다면 지구인, 아니 이 세계의 인간일 가능성은 없나. 역

---

* 8문킥 : 문(文)은 옛날의 길이 단위. 1문은 약 2.4cm이므로 미츠하의 발 크기를 추정할 수 있다. '8문킥' 자체는 일본의 프로레슬러 자이언트 바바가 사용한 기술 '16문 킥'에서 유래.

시 그 이세계 사람이고, 동양인 같은 외모는 그냥 우연인가.

우리가 갔던 나라는 백인 계열의 인종이었지만 타국에서 왔다고 했으니까. 거기가 그런 인종, 이 세계로 치면 동양인에 해당되는 자들의 나라겠지.

하긴 동양인 같건 백인 같건 흑인 같건, 상관없지. 외계인보다는 다른 역사가 흐른 별개의 지구라고 생각하는 것이 좋을지도 몰라. 왜냐면 너무 인간을 닮았거든.

……토끼에 뿔이 있고 몬스터나 드래곤이 있으니까 인간에게도 뿔이 있거나 팔이 여섯 개 달렸어도 이상하지 않지만…….

"좋아, 그럼 지금까지의 정보를 종합해서 아가씨는 이세계, 아마도 이 세계와 같은 계열의 이차원 세계의 지구에 해당되는 행성에 있는 왕의 누나로, 지금은 다른 나라의 귀족, 자작님을 하고 있고, 적어도 세계를 건너거나 언어번역, 치유까지 세 개, 어쩌면 그보다 더 많은 마법을 쓸 수 있는 마법소녀.

그리고 상당히 오래전부터 이 세계를 오갔고, 지식이 조금 부족한 부분이 있지만 이 세계를 많이 공부했다. 이렇게 추측하면 문제없겠나?"

다들 이의 없다는 표정이다.

"그럼 이제껏 했던 대로 대외적으로는 아가씨의 이름을 '나노하'라고 하고 다른 정보는 일절 흘리지 마라. 인터넷에 사진을 올리지 말란 말이야!"

몇 명이 눈길을 돌렸다…….

그런 이유로 대충 예상대로의 결론에 도달했는데.

우리에게 생활의 안정을 가져다준 은인이다. 배신할 생각은 추호도 없다. 앞으로도 여러모로 신세를 질 것 같고.

생명의 안전과 돈에 휘둘리지 않는 안정된 생활.

우리하고는 인연이 없다고 생각했는데, 아무리 원해도 손에 넣을 수 없을 것이라고 포기했던 그런 생활이 막상 손에 들어오니.

하고 싶은 일이 떠오르지 않는다.

술, 여자, 도박? 세계 여행?

그딴 게 아니야.

그 세계.

모처럼 안전하고 우아한 생활을 손에 넣었는데도 머릿속에 떠오르는 것은 야만스럽고 위험한 그 세계뿐이다.

몬스터.

고블린, 오크, 오거, 기타 여러 몬스터들…….그리고 드래곤.

가고 싶다.

또 그 세계로 가고 싶다!

…….젠장, 나는 '전투광'이 아니야! 아닐 텐데도…….

아무리 생각해도 그 세계에 가고 싶어서, 가고 싶어서, 미칠 것 같다.

"젠장, 어째서 이렇게 이세계에 가고 싶은 거냐고!"

"······도련님이니까."

놀라서 뒤돌아보자 아가씨가 히죽거리며 서 있었다. 마치 '언젠가 말해 보고 싶은 명대사를 드디어 말했다!' 같은 즐거운 표정으로······.

무, 물어볼까? 아니면 말고 되면 대박이다!

"데, 데려가 줄 수 없나?"

"······안 돼요."

"젠자아아아아아앙~~!!"

나는 막으려고 하는 아가씨를 뿌리치고 방을 뛰쳐나가 밖으로 달려 나갔다.

이런 때는 힘껏 달리는 거다!

"우오오오오오오오~~!!"

문득 앞을 보니 나랑 똑같이 외치면서 달리는 두 사람이 있었다. 그때 휴가로 멀리 나가 있어서 드래곤 버스터가 되지 못한 두 사람이었다.

그렇군, 너희도 그랬냐······.

""우오오오오··········· 엉엉엉······.""

울지 마, 울지 말라고오오······. 엉엉엉엉엉···········

후기

FUNA입니다.

「노후를 대비해 이세계에서 금화 8만 개를 모읍니다」 2권을 사 주셔서 대단히 감사합니다!

자중하지 않은 전투, 그리고 자신의 의지에 반해 '천둥의 무녀'라는 별명과 귀족의 칭호를 얻게 된 미츠하.

노후의 안정된 생활을 목표로 느긋하게 돈을 벌려고 했는데 어째서 이런 일이!

그리고 영지 발전을 위해 왕도에서 분주히 일하는 미츠하.

영지 경영에 전념하려고 하는데 설마 백어택이이이!

미츠하 "백어택은 발리볼로 충분해!"

3권(반드시 나온다. ……아마도 나온다……나오면 좋겠다……모든 것은 이 2권의 흥행에 달렸다!)에서의 미츠하의 활약을 기대해 주세요!

그리고 이 서적 2권과 동시에 모토에 케이스케 선생님이 그리신 본 작품의 코믹스 제1권이 발매!

지금 당장 만화 매장으로 GO!

또 Web코믹지 [수요일의 시리우스]에서 호평 연재 중인 코미컬라이즈 최신화도 잘 부탁합니다!(http://seiga.nicovideo.jp/manga/offcial/w_sirius/)

매월 둘째, 넷째 수요일에 갱신합니다.(「포션빨로 연명합니다!」는 첫째, 셋째 수요일 갱신)

담당 편집자님, 일러스트레이터 토자이 님, 표지 디자이너님, 교정교열님, 기타 인쇄, 제본, 유통, 서점 여러분, 소설 투고 사이트 〈소설가가 되자〉 운영자님, 감상 코너에서 오탈자 지적이나 어드바이스를 해 주신 여러분, 그리고 이 책을 집어 주신 여러분에게 진심으로 감사드립니다.

감사합니다!

이어서 소설, 코믹스들도 잘 부탁드립니다.

그리고 다음 권에서 다시 만날 수 있도록…….

미츠하 "내 야망은 이제부터야!"

사비네 "우주를 손에 넣어 주세요, 미츠하 언니."

미츠하 "DVD를 너무 봐서 사비네가 이상해졌어~~!!"

노후를 대비해 이세계에서 금화 8만 개를 모읍니다 2

2018년 09월 07일 제1판 인쇄
2018년 09월 17일 제1판 발행

지음 FUNA | **일러스트** 토자이 | **옮김** 최재호

펴낸이 임광순 | **제작 디자인팀장** 오태철
편집부 황건수 · 신채윤 · 이병건 · 이홍재 · 김호민
디자인팀 박진아 · 이종훈 · 한혜빈 · 김태원
국제팀 노석진 · 엄태진

펴낸곳 영상출판미디어(주)
등록번호 제 2002-000003호
주소 21311 인천광역시 부평구 평천로 132 (청천동)
전화 032-505-2973(代) | **FAX** 032-505-2982

ISBN 979-11-319-8810-7
ISBN 979-11-319-8486-4 (세트)

영상출판미디어(주)

단행본 출간작 리스트
[최신 해외 라이선스 작품]

영상출판
미디어(주)

작은 몸에는 엄청난 마법 재능이! 귀여운 외모에 속지 마세요!?
(귀여움) 최강 열 살 소녀 페리스가 전하는 훈훈한 마법학원 스토리!

열 살 최강 마도사
1~3

열 살 소녀 페리스는 마석 광산에서 일하는 노예.
나날이 주어지는 일은 가혹하지만 결코 미소를 잃지 않는다.
어느 날, 마석 광산이 정체불명의 마술사들에게 파괴되고,
페리스 혼자만 살아 도망친다.

도망친 곳에서 만난 사람은 앨리시아라는 아리따운 아가씨.
수상한 사람들에게 유괴될 위험에 처한 아가씨를 엉겁결에 구출한
페리스는 그 보답으로 저택으로 초대를 받고,
거기서 마법의 재능을 발견하는데——

아마노 세이주 지음 / 후카히레 일러스트

영상출판
미디어㈜

리비티움 황국의 돼지풀 공주
1~2

못생긴 외모와 우둔함 때문에 '돼지풀 공주' 라고 불리는
리비티움 황국의 명가 오란슈 변경백의 딸 실티아나는
첫째 부인이 꾸민 음모에 의해 암살되어 【어둠의 숲】에 버려지지만,
마녀 레지나의 도움을 받고 다시 살아나면서 전생의 기억을 되찾는데——?!

기왕 버려진 김에 이름도 바꾸고, 마녀의 제자가 되면서 수행 & 다이어트!
그렇게 평화로운 일상이 계속되는가 싶었더니, 다양한 만남이 운명을 크게 바꾸고——.

「흡혈희는 장밋빛 꿈을 꾼다」 사사키 이치로&마리모 콤비 부활!
대망의 서적화, 스타트!

사사키 이치로 지음 / 마리모 일러스트

영상출판
미디어㈜

슬라임을 잡으면서 300년, 모르는 사이에 레벨MAX가 되었습니다 1~4

원래 세계에서 과로사한 것을 반성하고 불로불사의 마녀가 되어
느긋하게 300년을 살았더니──레벨99 = 세계 최강이 되어 있었습니다.
생활비를 벌려고 틈틈이 잡았던 슬라임의 경험치가 너무 많이 쌓였나?
소문은 금방 퍼지고, 호기심에 몰려드는 모험가, 결투하자고 덤비는 드래곤,
급기야 나를 엄마라고 부르는 몬스터 딸까지 찾아오는데 말이죠──.

모험을 떠난 적도 없는데도 최강?
어? 그럼 내 빈둥빈둥 생활은 어떡하라고?
슬라임만 잡는 이색 이세계 최강&슬로 라이프, 개막!

모리타 키세츠 지음 / 베니오 일러스트

영상출판
미디어㈜